探偵は御《み》簾《す》の中

同じ心にあらずとも

汀こるもの

講談社
タイガ

イラスト――しきみ
デザイン――東海林かつこ（next door design）

目次

登場人物

別当祐高《べっとうすけたか》 検非違使《けびいし》別当。
京の貴族では珍しい妻一筋の愛妻家、ということになっている。

忍《しのぶ》の上《うえ》 祐高の北の方（正妻）。

太郎《たろう》 祐高の長男。

大将祐長《たいしょうすけなが》 祐高の兄。自称苦労人。

弾正尹大納言《だんじょういんのだいなごん》 大将祐長の悪友。日和見で要領のいい京の貴族。

衛門督朝宣《えもんのかみとものり》 女好き。命懸けで独自の恋愛観を追求する。

三位中将《さんみのちゅうじょう》 荒三位《あらさんみ》。貴族なのに乱暴で有名。

少将純直《しょうしょうすみなお》 検非違使佐《けびいしのすけ》。祐高のいとこで弟分。

蟬丸法師《せみまるほうし》 高野山を下りてきた盲目の老僧。

五月夜《さつきよ》 中宮大属《ちゅうぐうだいさかん》。純直の従者で美少年。

梅若丸《うめわかまる》 いつも純直の手紙を届ける使い。

糞鳶丸《くそとびまる》 河内に出没する盗賊の頭目。

陰陽寮学生安倍千枝松《おんみょうりょうがくせいあべのちえまつ》 陰陽師《おんみょうじ》見習い。ひねくれ者。父と折り合いが悪い。

葛城《かつらぎ》 忍づきの女房。不幸な女。

天文博士安倍泰躬《てんもんはかせあべのやすみ》 安倍晴明《せいめい》の血を引く評判の陰陽師。

蜃《しん》の夢

京《みやこ》の貴族に生まれたら、女の運命は一つだった。

「よいですか姫さま方。女は夫に愛され、子を産んでこそです。やや子こそは御家《おいえ》の宝。夫君《せのきみ》にかわいがっていただき、御子を授かること。多少の遊びは許すとして、夫君をつまらない愛人などに奪われてはなりません。正妻、北の方の威厳《いげん》を守ること。姫さま方は立派な貴族の男君の妻となられるのです。妾《めかけ》ではなく」

こう、ことあるごとに乳母《めのと》に口酸っぱく言われて育つ。

しかも二条《にじょう》大納言家の忍《しのぶ》の上《うえ》の場合、姉姫がさっさと夫君と不仲になってしまい、乳母のお小言が増えた。

「お父上さまは大層お嘆きであられます。この上は姫さまの結婚は決してしくじってはならないと。後がないのです」

「わかってるわよ」

そうして忍は親の勧めで大将の次男と結婚することになったが、彼女も十六歳なりに相手の顔を覗《のぞ》き見たりして考えた。

「聟《むこ》君が幼《おさな》くてものわからないうちに、わたしなしでは生きられないように躾《しつ》けてしまえばいいんじゃないかしら！」

彼女は夫の弱みを握ることにした。

「あなた、一人の女に同じ歌を二度贈るなんてもてない甲斐性《かいしょう》なしね！　大丈夫、真面目《まじめ》にやっていれば取って食ったりしないから！」

彼女は気の弱い二つ下の夫を脅して言うことを聞かせた――

そうは言っても子供の口約束に過ぎない。

十四歳の夫は性根は純朴な少年だったが目鼻立ちは凛々《りり》しく、何年もすればどこぞの才女やら遊女やら艶《あで》やかなものに目を引かれて骨抜きにされるのだろう。自分の知らないところで大人になって、京にごまんといる色好みの男になるのだろう。夫の兄も友人もそのようだった。姉の夫も。

忍も先行きを悲観して泣く日はあった。

いつか夫がどこかで運命の女と出会って知らない他人になってしまう。邸《やしき》で待っていることしかできない自分にはそれを止める力はない――いくら賢《さか》しい約束をしたところでそのときが来たら全《すべ》て反故《ほご》になる。

彼女にできるのは子を産み育て、我こそ北の方であると毅然《きぜん》としていることだけだった。あるいは「世の男なんてそんなもの」と割り切ったふりをして夫を茶化《ちゃか》した。

夫にとって自分が唯一の女でなくなっても、仲のいい姉なのだと思い込ませればそばにいられる。そう思っていた。

が。

彼女の悲愴《ひそう》な決意と関係なく、夫の祐高《すけたか》はのんびりと拾った石などくれて、特に浮気の気配などなかった。

少年の祐高が忍にくれたのは親指の先ほどの茶色い石で「瑪瑙《めのう》に違いない」という話。よく磨《みが》かれて綺麗《きれい》と言えなくはないが、仏像に持たせるような宝玉でもなかった。

祐高が河原で拾った中で一番綺麗なものだという。

「あなたはわたしの恋歌などいらないと言った。ならこれをもらってくれ」

祐高は大真面目に言ったが――正直どうしろと。

「確かにこれはいつぞや忍さまのご親戚《しんせき》に見せていただいた偕老同穴《かいろうどうけつ》などに比べればただの石ころだ。わたしは将来、栄達すればあれに勝《まさ》るとも劣《おと》らない黄金《こがね》の太刀やら翡翠《ひすい》の玉《ぎょく》やら立派な宝物を手に入れるだろう。が、今はこの石くらいだ。こんなものでもわたしには大事な宝で、魂だ。夫婦となり将来を誓ったからにはあなたに持っていてもらいたい」

「そんな大事なものをわたしにくださらなくても。もっと当たり前の花では駄目なのかしら？　女に石などくださっても使い道もないわ」

忍はやんわり断ったつもりだったが祐高は気づかなかった。

「花は散ってしまう。石はずっとこのままだ。八つのとき拾ってから毎日磨いているが少し減っただけだ。きっと米寿の年寄りになってもまだあるだろう」

「とこしえの不滅の愛を石で表しているということ？」

志はありがたいが茶色い石くれだ。

「神代《かみよ》の頃、石長比売《いわながひめ》の昔から花より石の方が縁起がいい。同じように河原で拾ったものでも花の形さえしていればあなたはその方がいいのか。小さな酢漿草《かたばみ》でもいいのか」

「――では受け取りますから、あなたは引き続きこれを磨きに毎日わたしのところにいらしてね。いつかあなたの帯飾りにしましょう」

祐高が何やら理屈をこねるので、忍はその茶色い石を受け取った。――あんまり拒んだら怒らせそうで。甘くかき口説くというよりは、何となく不機嫌そうだったので。

さてこれをどうするか。忍は母からも姉からも叔母からも乳母からも、夫君から石をもらったなんて聞いたことがなかった。これは忍を試していて、邪険に扱うと祐高の心も離れてしまうということなのだろうか――おとぎ話か。

本人が魂だと言うのだから祐高の化身と思って丁重に扱うべきなのだろう。忍はとりあえず、念持仏と一緒に御厨子《みずし》に飾って拝むことにした。他に思いつかなかったので。

祐高は約束通りほぼ毎日やって来て、御厨子から石を取って布で磨いた。どうやらこれでいいようで、忍はひやひやするような呆《あき》れるような心持ちだった。

思えば祐高との結婚生活はずっとそんな感じだった。

忍が両親と住まう二条大納言邸では、父母が聟の祐高を歓待するために日々、豪奢《ごうしゃ》な衣装や調度を用意していた。文机《ふづくえ》と硯《すずり》入れはどちらも黒檀《こくたん》を彫刻した名品だった。

その硯入れの中に、祐高が拾ってきた小石が増える。半年に一個ほど。

祐高が一個ずつ絹の端切《はぎ》れで磨いているのを忍がなんとはなしに見ていると、なかなか綺麗に澄んだ玻璃《はり》らしきものがあった。ところどころ白い斑《ふ》が入っているのも愛嬌《あいきょう》だ。

「これは女も喜ぶと思うけど、恋人にあげたりしないの?」

「まるで前のは喜んでいないような言いようだな。石など使い道がないとあなたが言ったのではないか」

「言ったけど」

「あげるような女などいない。余計な心配をするな」

むしろ祐高の機嫌を損《そこ》ねたようだった。

祐高が十八のとき、この硯入れの中に真っ白な珠《たま》が入っていたことがあった——小指の爪《つめ》の先ほどだったが、真珠だった。

「……祐高さま、これは何?」

練り絹のように白く、穏《おだ》やかな虹《にじ》の色を帯びる小さな珠があんまり無造作に他《ほか》の小石とごっちゃにしてあるので、忍は声が震えた。

「ああ、真珠か。新しい寺に奉納《ほうのう》する仏像に真珠の数珠《じゅず》を綴《つづ》って持たせることになり、兄上がいくつか伊勢《いせ》から取り寄せたのだがこれだけ他と大きさも色味も合わなくて使えない。勿体《もったい》ないのでいただいた。しかし自分で拾っていないせいかあまり愛着が湧《わ》かないというか、真珠は軽くて石らしくないというか。こんなに軽いと文鎮にもならないし、磨くとかえって傷がつく。――忍さま、ほしいならさしあげようか？」

祐高は力みもなくすらすらと説明した――忍は何を言われたか理解できなかった。

「あ、義兄上《あにうえ》さまにいただいたものをそんな。もらえないわよ」

「そうか」

これきり、ずっと黒檀の硯入れに真珠が――夫は器が大きいのか、阿呆《あほう》なのか。忍は少し不安になった。これこそ栄達の末に手に入れた本物の宝であろうに、河原の石と一緒くたに。これを見れば目の色を変えて彼を褒めそやす女がいくらでも現れるだろうに。

その半年後。

その日、祐高は早くに内裏《だいり》を辞して先触れもそこそこにどたどた足音を立てて忍の住まいに踏み込んできた。

「忍さま！」

「どうなさったの」

尋常でない様子に忍も緊張したが――

「これを見てくれ。上総国《かずさのくに》からの貢ぎ物でまたとない宝だ」

興奮で顔を真っ赤にした夫が両手で差し出したのは、一寸ほどの大きさのざらついた灰色の石だった。

ただしぐるぐる丸く巻いた巻き貝のような形をしている——蝸牛《かたつむり》の殻だけ、天罰で石になったような——日頃見る蝸牛より遥《はる》かに大きく扁平《へんぺい》だ。蝸牛や田螺《たにし》、栄螺《さざえ》など巻き貝は渦の中心が盛り上がって尖《とが》っているものだ。

「す、すまない。これは見せるだけなのだ。知らせなければならないと思っただけで、たとえあなたといえどもさしあげられない」

なぜか祐高は申しわけなさそうに肩を落とした。

「いえ、別にくださらなくても結構だけれど……石の蝸牛?」

忍の感想は「珍しいが、一回見たら十分」だった。それで祐高は安堵したようだった。

「石がこのように自然に丸まって螺旋《らせん》を描くことなどあるのだろうか！　その辺の蝸牛とも全然違う。わたしはこれは蜃《しん》の骸《むくろ》だと思う！　海の彼方《かなた》には蜃という幻獣がいて大蛤《はまぐり》のような竜のような姿をしていて、口から幻を吐《は》くのだ。海の上、遥か沖合に唐国《からくに》の壮麗な城郭《じょうかく》や宮殿のような影が突如ゆらゆら揺れて漁師や水夫《かこ》を脅かすそうだ。仙人の住まう蓬萊山《ほうらいさん》の影だけが見えるとも言う。瑞兆《ずいちょう》だ。学者などは蜃とは巨大な硨磲《しゃこ》貝のことだと言うが、蛤と竜と両方に似ているなんて意味がよくわからない」

祐高は興奮して早口で語った。鼻血を出しそうなほど。

しかしこの石は真珠のように柔らかく輝くわけではない。形は綺麗な螺旋だが、表面がざらざら、ぎざぎざしていて下人の使う安物の土器《かわらけ》みたいで美しい秘宝とはとても。色味では最初にもらった茶色い小石の方が綺麗なくらいだ。忍から見て、幻獣の力でありもしない幻を見ているのは祐高だった。

祐高はこの上総の蝸牛の御石《みいし》を御厨子に祀《まつ》って朝夕拝んだ。忍の住んでいる邸の御厨子に、だ。くれるわけではないと謝ったのは何だったのか。もう死んでいるので蜃気楼《しんきろう》を見せることはなかったが、ときどき客に見せて自慢したりもしていた。

——もしかしてこの男は結構な変人で女に見向きもせず、女からも見向きもされず、恋愛など知らずずっと朴訥《ぼくとつ》な少年のままなのだろうか——

忍は夫が蝸牛の石を拝む姿を見て安心すればいいのか、変な男と結婚してしまったと嘆けばいいのか。

何だか、当初考えていたのと違う。

こんなぼんやりした祐高だが身《み》の丈《たけ》六尺に育ち、新たな邸に住まい、八年も経《た》って三人目の子が生まれると一人前に恋歌の書を読んで泣いたりした。

やっと初恋か、と思ったが、その相手は忍だった。

彼の運命の女は彼女だった。稀《まれ》なる幸いの瑠璃《るり》の鳥はずっと近くにいたのだ。

めでたしめでたし——

——で終わればよかったのだが、残念ながらその後も二人の人生は続いてしまい、蜜月《みつげつ》は永遠ではない。いつか終わる。

盛り上がっているのは祐高ばかりで、ここに来て忍には祐高の粗が見えるようになってきた。

祐高の兄の妻、白桃殿《はくとうでん》明子《あきらこ》にまつわる事件で二人の間には深い亀裂《きれつ》が走った——お節介《せっかい》にも他人を救えるなどと思い上がった忍の罪なのか、更にそこにお節介の上塗りをした祐高の罪なのか。とにかく二人がかりで大騒ぎをして他人を傷つけた。

ここに来て忍は恐ろしいことに気づいてしまった。

「……もしかして祐高さま、浮気をしないのはいいことだけど、それは京においては単なる特殊性癖で人として上等なんてものではないのでは？　あまりにも世の中の程度が低いからものすごくいいことのように思えるだけで、別段尊敬できることではなかったのでは？　わたし、この人のどこが好きなんだったっけ？」

忍は夫の愛を疑ったのではない。人間性を疑ってしまった。

二人の間にはただの惚《ほ》れた腫《は》れた浮気の何のよりも数段根深い問題が発生した。

それとも忍が強欲なのだろうか、「愛する人には善良であってほしい、自分にはない敬《うやま》えるところがあってほしい」というのは。

ただお互い気が合わない、話が合わない、相性が悪いだけの政略結婚ではこうはならない。相性がよく脈がある上等な政略結婚、それゆえに迷い込む魔境がそこにあった。

忍は「何となく好き」なだけでは足りず、真実の愛を求めたがゆえに見失った。

愛も栄華も一瞬の胡蝶《こちょう》の夢に過ぎないのか、それとも忍がありもしない蜃の吐く夢を追い求めさまよったのか。

見えない犯人

1

「忍の上が家出したらしいな。二郎《じろう》祐高、丁度よい。縁談だ。右大臣家の三女、小夜《さよ》の上《うえ》が夫と離縁するそうだぞ。再婚でもまだ十九で連れ子もないなら悪くない。右大臣家の聟になればお前はわたしの相聟《あいむこ》。名実ともに兄弟になろう」

「無理です」

邸を訪ねたら一体どこで噂《うわさ》を耳にしたのか、兄はこれだった。祐高も即座に断ってためらいがない。

兄の祐長《すけなが》は二十五歳で祐高が二十二歳、兄が大将で弟は中納言、肩書きだけなら人に憚《はばか》るところのない立派な公卿《くぎょう》の兄弟だ。凜々しい顔立ちは二人とも父によく似ているが祐高の方が五寸ばかり背が高い。

兄弟二人併せて世間には「大鳥居と蟬《せみ》」と呼ばれていた。「兄弟の大きい方と小さい方」とも——弟の祐高は六尺余りで総身に知恵が回りかねると言われており、兄の祐長も指さされるほど小さいわけではなかったが。

「無理とは何だ。小夜の上は我が妻の妹なのだからひどい醜女《しこめ》ということはあるまい」

「やや子を煮て食う女ですよ。間違いなく鬼です。悪鬼羅刹《らせつ》の化身です」

「そんなわけないだろう、右大臣家の姫君だぞ。思いつきで妙な噂を流すな。右大臣さまに訴えられたらどうする」

兄は信じなかったが、残念ながら右大臣家の三女・小夜の上は別当祐高にとって不倶戴《ふぐたい》天《てん》と言っていい最悪の女だった。それ以上語るのはいくら兄相手でもためらわれた。

どうしてそんなことになったと言われても困るので、兄の豪邸の美しい庭園の松の枝振りなど眺《なが》めた。白桃殿と称する邸の寝殿《しんでん》は苔《こけ》と松とが美しく手入れされ、日に日に涼しくなってくる昨今でも枯れたところなどなく緑色だ。庇《ひさし》の畳に座ったまま眺めても見応《みごた》えがある。

「そもそもわたしは既に兄上の勧めで結婚しているのになぜ縁談など」

祐高が忍と結婚したのは二人が十四歳と十六歳のとき。父にはまるでやる気がなく、兄が選んだ政略結婚だ。

もう八年経って、子供も三人も生まれていた。——妻の家出は一昨日。

「忍の上はそのままでよい、もう別れろとは言わん」

大将祐長はすげなかった。

「小夜は恐らく子が産まれんから忍の上の太郎君《たろうぎみ》をそのまま嫡男にしておけばよい。右大臣家には月に二、三回通って飯を食って夫づらをしていればいいのだ」

世間は事実上、一夫多妻だった。

「いいえ、あちらもわたしは好みではないと……小夜さまは皇子さまにしか興味がないらしいですよ」

「いかん、あの女に皇子さまなど舅《しゅうと》どのに旨味《うまみ》が多すぎる。女が誰が好きとか知るか。お前には政治はわからん、余計なことを考えるな。……荒三位《あらさんみ》は内大臣家の中君《なかのきみ》と別れたのか？　あちらの方がいいのかな。荒三位はどうせ乳と尻《しり》が大きければ何でもいいのだろうし」

「絶対やめた方がいいですよ、その組み合わせは」

「荒三位が三年も振り回せばきっと小夜の上が勝手に世を儚《はかな》んで尼になってくれるだろう。そうだな、その方が穏便かな」

一瞬、祐高も他の男ならいいかと思ってしまったが、いいはずはなかった。

——どうしてこう、誰も望まない結婚をお膳立《ぜんだ》てするのだろう、我が兄ながら。男女をくっつけて回る趣味があるわけでもないのがたちが悪い。

別当祐高は小夜に幸せになってほしいと願うような筋合いはなかったが、積極的に不幸になってほしいというのも何だかそら恐ろしいのだった——恨まれそうで——

「どうして右大臣家の姫の縁談を兄上が差配するのですか」

「わたしが結婚するわけにいかんからな。女四の宮《にょしのみや》を得た後なのに妻の妹など」

「当たり前ですよ」

事実上、一夫多妻と言っても兄には既に右大臣家の長女という正妻がいるところに、新たに皇女を妻とするのは物議を醸《かも》した。政治だから何でもあり、なわけではない。

「兄上におかれましては十四歳の皇女さまとの新婚生活はいかがですか」

「芳しくない」

祐高が慇懃無礼《いんぎんぶれい》に言うと大将祐長はすねたように鼻を鳴らし、螺鈿《らでん》の脇息《きょうそく》にもたれて愚痴《ぐち》を垂れ始めた。

「――ここだけの話、露顕《ところあらわし》の宴《うたげ》がひどかった。お前も出てくれればあんなことにならなかったのに。そんなに飲んだつもりはないのにぐでんぐでんになって途中から記憶がない。皇女さまがひどく怯《おび》えて。どうやら、何かやらかしたらしい。歳《とし》を取って酒に弱くなったのだろうか。まだ二十五なのに老化現象が。琉球《りゅうきゅう》の鬱金《うこん》は肝の臓を強くして深酒によく効くと言うが、お前どう思う」

「どうって……何でもかんでも薬に頼るのはいかがなものかと……」

祐高は返答に困った。薄寒い気持ちになったのを表情に出さないよう気をつけなければならなかった――びっくりするほど、この兄は祐高を疑っていなかった。祐高は諸般の事情で「ちょっと眠くなってくれるだけでいいんだが」と考えて酒に怪しい薬を入れて兄に贈ったのだが、今更言い出せず、後ろめたい気持ちになっていた。

祐高にとって兄は複雑怪奇な存在だった。おぞましいほど抜け目ないように見えて、背中はがら空きで祐高が手を伸ばして突き飛ばしたらそのまま吹っ飛んでしまう。

幼い頃は兄に殴られても殴り返すことなどなかった祐高だったが、今は兄を殴ったら殺してしまうかもしれない――

検非違使《けびいし》別当祐高卿《きょう》は品行方正で虫も殺さない男で知られていた。

それが今年に入って友人が妻に夜這《よば》いをかけようとして以来、怒ると太刀を振り回すくせがついてしまい、日に日に増していく自分の凶暴性を恐れていた。つまり彼は兄弟喧嘩《げんか》の仕方を知らなかった。

「そんな話より鳥羽《とば》でのことをお聞かせください」

と話を戻したのは半分、ごまかしもあった。

「そんな話とは何だ、わたしは真剣に悩んでいるのに」

祐高の不自然な態度に気づいているのかいないのか、兄は不満げだった。

「按察使《あぜち》の従者など知るか。よくも瑞兆にけちをつけたな、あの男。どうしてもと言うから仲間に入れてやったのにわたしこそ恩を仇《あだ》で返された気分だ。わたしが許すから按察使の邸に押し込んで引っ捕らえてしまえばいい」

「そういうわけにいきませんよ」

「わたしが許せば、いい。そういう話ではないのか」

大将祐長は傲然《ごうぜん》と言い放った。

そうかもしれなかった。

今朝がた、血まみれの子供の生首を抱《かか》えた女が別当邸に駆け込んできた。

夜明け前、祐高がまだ自邸の寝殿の御帳台《みちょうだい》で一人まどろんでいる頃、大きな足音を立てて妻の乳母・桔梗《ききょう》が部屋に駆け込んできた。

「殿さま、殿さま！　お休みのところ申しわけありませんが一大事にございます！」

祐高は地鳴りのようなすごい足音で飛び起き、生きた心地がしなかったが、桔梗も寝起きで化粧を落としていて眉毛《まゆげ》がなかった。平生、毅然《きぜん》と生きている彼女には考えられないことだ。

祐高は顔を洗う間もなく上衣を軽く羽織《はお》って門まで出て行くと、煌々《こうこう》と篝火《かがりび》が燃えて常になく門番の武士たちが多い。

京の平安を守る検非違使別当たる者の邸に賊など入っては世間に示しがつかないので、武士たちはいずれも筋骨隆々たる厳選した益荒男《ますらお》、立派な胴丸を着せて鉢金を締め、弓と薙刀《なぎなた》を持たせている。それが皆、額を集めてこそこそとささやき合っていた。

「殿さまのおなりです！」

桔梗が大声を張り上げると、武士たちは道を空けてひざまずいた。

——人だかりの真ん中に筵《むしろ》が敷かれ、女が座っていた。腰までしかない短い髪、垢《あか》じみた小袖《こそで》に褶《しびら》を巻いて——祐高が普段目にすることのない賤《しず》の女《め》だ。

小袖も顔も血で茶色く汚れて、ほおを伝った涙の痕《あと》がくっきりと浮かび上がっていた。目もとや口もとが赤黒いのは、痣《あざ》か。泣き叫んだりしておらず、ぼうっとしてしまっているようだった。

胸に抱いた生首は梨《なし》よりは一回り二回り大きい。髪が短く、男女の区別も年齢も判然としなかった。

目をつむっているのがまるで母に甘えているようで、目にした祐高は心が痺《しび》れた。

一瞬しか見ることができなかった。祐高は腰が抜けそうで這々《ほうほう》の体《てい》で寝殿まで戻り、武士の頭《かしら》を庭に呼びつけて事態の説明を求めた。

「——先ほどの女は室町小路《むろまちこうじ》辺りに住まう者で名を千鳥《ちどり》と申します。こちらに参ったのは寅《とら》の刻三つ頃でしょうか。〝夫が子を殺《あや》めた、別当さまに目通り願いたい〟と申しました」

武士の頭は右衛門大志《うえもんだいさかん》 平 正秀《たいらのまさひで》、三十半ばで目鼻ががっしりした粗野な大男でこんなときには頼もしい。姿勢よくひざまずいて報告する、口調が明瞭《めいりょう》で聞き取りやすい。

「夫とは大学寮《だいがくりょう》の学生《がくしょう》、矢田部清麿《やたべのきよまろ》なる者。按察使大納言《あぜちのだいなごん》さまに仕えているそうです。この男、しばしば千鳥と息子、六歳の犬丸《いぬまる》を打擲《ちょうちゃく》するくせがありましたが、これまでは大事に至りませんでした。今宵《こよい》も夜半にしたたかに酔って帰ってきてわけのわからぬことを申して千鳥を打擲。今日に限って太刀を抜いて凄《すご》んできたそうです。犬丸は千鳥を庇《かば》って前に飛び出し、一太刀で首を刎《は》ねられた。千鳥は別当さまのご令室が慈悲深い方と聞いて、こちらに逃げ込んでまいったとのことです」

「そ、その夫とやらは」

「室町に今、人をやって捜させています」

「うむ、子の首を刎ねるとは大罪である。我が子だと。酔っぱらってそれほど見境をなくすとは。六歳、うちの太郎と同い年ではないか。これを許せば人心が乱れる。即刻捕らえて獄につなぎ、厳罰に処すべし」

まだ空は暗いのに祐高は眠気が一気に吹っ飛んでしまった。

だが検非違使別当たる者が自分で室町に矢田部某《なにがし》を捕らえに行くなど軽率な真似《まね》はできない。

罪人を捕らえて罰し、京の平安を守るのは検非違使庁の役目だが、実務にあたるのは佐《すけ》まで。長である別当は帝《みかど》の勅に代わる別当宣を書くのがお役目で、罪人を追いかけて馬で走り回るようなことはしない——

検非違使佐の純直《すみなお》はいとこで別当邸の居候だったが、折悪《あ》しく留守だった。

折悪しく留守は、別当令室の忍の上もだった。憐《あわ》れな女は、忍の慈悲深い人柄《ひとがら》を慕《した》ってきたというのに——忍が実際、慈悲深いかどうかはともかくとして。

悪いことはまだあった。

室町の住まいに血まみれの子の胴体だけが残されていたが、矢田部某とやらは姿を消していた。

按察使大納言の邸に駆け込んだということになれば、罪人一人のために正三位《しょうさんみ》大納言ともあろう高級貴族の邸を家宅捜索することになる。

しかも夜明けを待って按察使大納言に連絡したところ、彼もまた留守だった——前日から、友人と郊外の鳥羽伏見《とばふしみ》の別荘に紅葉狩りに出向いていた。

その別荘の持ち主が祐高の実兄・大将祐長だった。

その日の昼、鳥羽には世にも稀《まれ》なる五色の瑞雲《ずいうん》がかかった。

別荘に集った貴族たちは奇瑞《きずい》を喜んで瑞雲の絵を描かせて、和歌や漢詩に夢中だったという。

室町の凄惨《せいさん》な事件のことなどつゆ知らず——

ということで按察使大納言には内々に噂の学生の行方を知らないかとやんわり尋《たず》ねる文を送り、祐高は宴から戻った兄を訪ねることになった——よく知らない按察使大納言のもとに押しかけるより兄の方がましだった。

何せ、この件で祐高はあまり冷静でない。

もう昨日のことだが目をつむると子供の首が闇《やみ》の中にちらついて眠れない。

長男と同い年、考えると胸がつぶれる。なぜそんなことが起きるのか、思いを馳《は》せるだけで泣いてしまう。食も細った。

我が子を喪《うしな》った女は当座、尼寺で世話してもらえるように便宜を図り、生首と胴も塚《つか》を作って丁重に供養したが、それで心が晴れるわけはない。

忍がいたなら忍にあれやこれや話し、彼女にも犯人《ぼんにん》を捕らえる策を一緒に考えてもらったのに。きっと彼女も義憤に燃えたろうに。

按察使大納言は直接の犯人ではないが、対峙《たいじ》すると激昂《げきこう》しておかしなことを口走ってしまうかもしれなかった——

「二郎はどう思うのだ？」

大将祐長は子供の生首の話を聞いてもそれほど動揺しなかった。目の前にないからだろうか。

「我が子の首を抱えた女が嘘偽《うそ》りなど申すはずはないです。鬼気迫る形相、もし北が邸にいたらと思うとぞっとします」

「嘘偽りでないなら、その矢田部某が犯人なのだろう。邸を暴《あば》いて連れて行け。按察使大納言はわたしが適当に取りなしておく」

「いえ、あの、わたしが思うだけで証《あかし》はないのでいきなりそう、兄上の強権を振りかざすのは。按察使大納言さまがどう思うでしょう」

「かまわん、四十で納言止まりのじいさんがどう思おうと知ったことか。どのみち右大臣さまから手を回すのだ」

兄は面倒くさそうに脇息にもたれていた。

「学生の一匹や二匹、獄につないで生爪《なまづめ》の二、三枚も剥《は》がして、お前一人のために京の平安を破って斬刑《ざんけい》を復活させるとでも言ってやれ。縮み上がって何でもべらべら喋《しゃべ》る」

扇で祐高の腹を軽く小突いた。

「唐《とう》では死罪にするとき、首ではなく腰を断ち斬《き》るのだ」

「死刑は京の平安を乱します！　主上《おかみ》の徳が損なわれる！」

桓武天皇《かんむてんのう》が平安遷都して以来、罪人に死刑は下されなかった。死刑にした者の霊が祟《たた》って疫病《えきびょう》や災害をもたらすとされていた。逆賊・平将門《たいらのまさかど》ですらも戦場で討ち取ったので死刑ではなかった。

そもそも世の中に死刑にしなければならないほどの罪人が現れるのは君主たる帝の徳が足りないということだった。

今上の御代《みよ》はまだ始まったばかり。死刑は若い帝の名を汚す。

「だから言葉で脅して、実際には死なない程度に痛い目を見せて隠岐《おき》やら佐渡《さど》やらに流刑にすればよい。それが検非違使のやり方であろう。爪はまた生《は》えてくるし笞《むち》で背中を加減して打つくらいできよう」

だからどんな罪人でも、検非違使庁で罪を減じて流刑の沙汰《さた》を下す決まりになっている――本末転倒だがそれが数百年も続いていた。

旅に出るときには陰陽師《おんみょうじ》に安全祈願のまじないをさせるが、流刑のときはそのまじないを逆《さか》さに打たせる。

流刑先でひどい目に遭って死ねばいいと皆で祈りながら送り出すのだ。

「そうですがいきなり拷問というのは」

「何だ、何を怖《お》じ気《け》づくのか。お前がやらなくても下官にさせればよい。誰かやり方を知っている」

「当たり前ですよ。そうではなく——拷問されたらやっていなくても、やったと答えてしまうのでは」

「別にいいではないか、どうでも」

兄の口調は軽かった。

「ど、どうでもいいとは」

「殺されたのがお前の子ならば何としてでもまことの犯人を見つけて証さねばならんだろうが、貴族でもない学生の子など。見せしめに父親を棒で叩《たた》いて島流しにせよ。そんなものだろう」

——兄上はあの生首を見ていないから。

「間違っていれば真の犯人を見逃すことになります」

「だから?」

「六歳の子をむやみに殺すような者を野放しにしてよいのですか」

「わたしはお前のそういう幼稚なところが好きだ」

大将祐長はにこやかに笑って、祐高の鼻を指でつついた。

「京に民草はうなるほどいる。その中には己の子を殺す者、妻を殺す者、ものを盗む者、人を殴る者、女を犯して殺す者——考えたくもないな。目を覆《おお》うような邪悪があちこちに」

「兄上も邪悪はお嫌いですか」

祐高は少し意外だった。

「わたしを何だと思っている。相撲《すもう》は好きだが血の出るような立ち合いは嫌いだ。血を見ると気が遠くなる。もっと大きくなって刃向かうようになったというならまだしも、六歳の子の首を斬るなど何を考えているのか。けだものだ」

「月並みですね」

「わたしは平凡な男だが？　楽しいことしかしたくないのは誰でもそうだろう？　人を殺して何が楽しい？　気色悪いだけだろうが」

当たり前のようなことを言っているが、大将祐長は当たり前の男ではない。祐高は二十一年もこの兄の弟をやっているのに、確かに知っていることなど目が二つあって鼻が一つあるくらいだった。

「しかし実際、善人と悪人を篩《ふるい》で分けることなどできない。できたら楽しいのだろうがな」

不精な話だ。閻魔大王《えんまだいおう》ですら鏡を見て分ける。

「善人ぶった面従腹背の輩《やから》など掃いて捨てるほどいる。心が妲己《だっき》の美女もおれば、不細工で目つきの悪い善人もいるだろう。——それをお前まさかじっとよく見たらわかると、これまで必死で箸《はし》で米の一粒一粒、いいのと悪いのを選り分けて《え》いたのか？　検非違使の別当になってからずっと？」

兄の言はこれまた当たり前のことだったが、祐高は返事に迷った——「善人ぶった面従腹背の輩」とは他ならぬ祐高のことだった。兄は「顔を見てもわからない」などと諦《あきら》めずにもっときちんと、箸でつつき回しても弟の正体を知るべきだった。

「政《まつりごと》は拙速を尊ぶぞ」

そんな兄がわかったようなことを言う。

「さっさと按察使の邸に乗り込め、わたしが許す。文などまどろっこしいことをしないで、お前が行け。さもなくば——」

不吉な音が言葉を遮《さえぎ》った。誰かが足音を立てて駆け込んできた。

祐高に使者が来たとのことだった。按察使大納言に出した手紙の返事だ。

受け取った料紙に書かれた筆跡は流暢《りゅうちょう》だが、本人なのだろうか——

「……兄上！」

「何が書いてあった」

祐高は読み終えると手紙を兄に押しつけた。兄は文面を一瞥《いちべつ》した——

結論は最初に書いてある。

〝何かの間違いであろう。矢田部は昨日、鳥羽に同行したので事件とはかかわりない。かの瑞雲の絵を描いたのが矢田部だ〟

「ほうら、手紙で打診したりせずいきなり踏み込んでしまえばよかったのだ！　お人好《ひとよ》しめ！」

兄は音を立てて床板を蹴《け》りつけた。

「按察使め。学生如《ごと》きのためにわたしの奇瑞にけちをつけおって！　裏切り者、どうしてくれようか」

吐き捨てたが、怒っているというよりは笑っているようだった。

2

ここに不思議な絵図がある。楕円《だえん》が途中でねじれたような。数珠玉が二つつながっているような。線は五色でそれぞれ絡まり合っている。

青い背景に描かれたこの絵図は他のどんなものにも似ていない。

円の一つは胎蔵界曼荼羅《まんだら》、もう一つは金剛界曼荼羅にあたり、簡素ながら両界曼荼羅を表している。

そんなもっともらしい話があるとかないとか。

このようにまたとない奇蹟《きせき》が鳥羽の空に浮かんだと——

大将祐長は内裏で喧伝《けんでん》する予定で意気揚々と弟に見せたのだが、弟は生首事件のことを喚《わめ》き始めたために出鼻をくじかれ、自邸の隅《すみ》に放り出したままになった。

3

「何と、大将はさぞお怒りであろうな。怖や怖や」

怖いと言いながら弾正尹大納言《だんじょういんのだいなごん》も笑っていた——京の貴族の表情は「やや微笑に寄せる」程度がよいとされる。本気で怒ったり笑ったりは高貴の者の行動ではない。常に余裕を持って感情的にならないのがよい。

祐高はそうすぐに按察使大納言の邸に押し入る気になれなかった。按察使大納言は白《しら》を切るのに決まっているし、押し入ったら即、学生当人を捕縛して拷問となってしまう。

そうなれば真相は永遠に消えて失《う》せる。

その前に鳥羽の別荘で何があったのか、他に居合わせた者に確かめてみようと思った。

最初に訪ねた弾正尹大納言は少し年上で兄とつき合いが長い。恐らく悪趣味な女遊びの仲間として意気投合している。

弾正尹大納言邸では早々に母屋《もや》に通された。畳に蒔絵《まきえ》の脇息が用意され、来客として厚く遇されているのはいいが重いほど香が焚《た》きしめられて息苦しい。庭好きの祐高としては庭が見えない位置に席をしつらえられると少し残念だ——この状況で石の形がいいとか木の配置がいいとか言っていられないのだが。

件《くだん》の学生は、鳥羽の空に瑞雲が出た折に絵を描いたとのことだったが兄は按察使大納言の従者としか憶《おぼ》えておらずはっきりしなかったので、弾正尹大納言はどうか——

「ん？　大将は憶えておらん？　……そもそも祐高卿は鳥羽での宴がどういうものか知らんのか？」

「存じません」

「いかんなあ、いかんぞ。この先の京での立ち回りが変わる。……大将は気遣《きづか》って言わんのかな……いや、ならばこそわたしが教えてやるべきか」

「悪い遊びのことなら結構です」

「そんなことではない、政だ」

持って回った言い方をするので祐高はてっきり得体の知れない女を集めた乱痴気騒ぎの様子を語るのだと思ったが、弾正尹大納言は今まで見たことがない顔つきをしていた。弾正尹の顔立ちはよく言ってふっくらして高貴、悪く言って腫れぼったくて大造りだったが、常になく口を引き締め、ささやくように語り出した。

「祐高卿は、このところ朝廷が左大臣派と右大臣派に分かれておるのは理解しているか」

「うっすらとは」

何せ妃《きさき》となっていた左大臣の末の妹姫が今上の皇子をお産みになり、中宮《ちゅうぐう》となられた。

こうなると左大臣家は、まだ二歳やそこらの若宮をすぐにも新帝と仰ぎたいと気の早いことを言い出す。

対して右大臣が支持するのは今上の腹違いの弟宮、右大臣家の妃が産んだ東宮《とうぐう》――十二歳だが元服しており、右大臣家ゆかりの姫君を妃にしている。

この東宮が病《やまい》がちで季節の変わり目になると床につき、そのたび左大臣派と右大臣派は紛糾していた――

「しかし主上はお若く壮健でこれからも続々と子宝に恵まれるでしょうに、臣下が勝手に跡継ぎのことをあれこれ言って揉《も》めるというのは不敬ではないですか」

「それは右大臣派の言い草だな。まあわたしもそう思う。東宮が相応《ふさわ》しい器かどうかなど臣下が決めることではない」

右大臣派の姫が東宮の妃というが、十二歳で次代の皇子を得るまで何年かかるのか。二歳の若宮はやっと伝い歩きができるかどうかだ。

「わたしと大将はこれまで、風が吹くたび右に左に揺れる薄《すすき》の穂と呼ばれてのらりくらり生きておった」

大将祐長と弾正尹大納言は二人とも左大臣一族の傍系の生まれなのだが右大臣ゆかりの姫と結婚していて、どちらの派閥なのかはっきりしなかった。

なお祐高は出自も左大臣、妻の父の二条大納言は中宮の母の兄弟という確固たる左大臣派だ。

「わたしたちは都合のよいときだけ左大臣さまについたり右大臣さまについたりしておったから、浮き草だの蝙蝠《こうもり》だの流れに逆らわない目高《めだか》の群れだの、皆言いたいように言っていたものよ」

「あ、あんまりです」

「いやあ実際そのようにふるまっておったから」

弾正尹大納言はあっさり言った。

「なぜそんな？」

「父が健在だから父の指示で世の中の釣り合いを取っていた。わたしの下にも弟がおるし。数合わせだ。力の天秤《てんびん》とはそうしたものだ」

「そんなものなのですか？」

「そんなものだった、わたしは。──だが大将は早くに父御を亡くされたろう？」

父が死んだのは五年前、兄が二十、自分が十七のときだ。急な病だった。

「あちらはあれ以来、岳父の右大臣さまの機嫌を取るのが大変でな。それでいて、父方の縁が絶えたままでは左大臣さまから離れすぎてしまう。親の手助けなしに両方に媚《こ》びるのは傍目《はため》にも気の毒だった」

「……気の毒って、弾正尹さまは兄上のことをそんな風に思っていたのですか？」

「祐高卿は思わんかったか」

──考えたこともなかった。兄が「わたしは苦労人だ」とか冗談めかして洩《も》らすことはあったが──

「そうか」

何をわかった気になったのか、弾正尹大納言はうなずいた。

「兄弟であっても卿《けい》は二条大納言どのの秘蔵《ひぞ》っ子《こ》、あの家は娘ばかりで婿といっても実の息子のようにかわいがられていたであろう。二条大納言どのは裏表がなくつき合いやすい方であるし。それですくすく身の丈六尺にまで育って。大将は卿にまで苦労をさせたくなかったのだな。男の見栄《みえ》というものもあるのか？　兄としては弟に愚痴などこぼしたくない。わかるぞ」

「わ、わかるのですか」

「弟というのは敵でもあり味方でもあり……」

「あの、それで鳥羽では何を？」

「そう急《せ》くな」

祐高が話を戻そうとしても、弾正尹は政治の話を続けた。

「右大臣さまは嫡男の宰相《さいしょうのちゅうじょう》中将が何だかよくわからん死に方をして、いきなりがくっと年老いただろう？　そこに大将がつけ込んで。女四の宮さまの皇女降嫁は事実上、大将があちらの次男を差し置いて右大臣さまの跡継ぎになったということだ。この勢いで大臣に欠員が出たら大将がなるだろうし、何なら儀同三司《ぎどうさんし》に任ぜられるかもしれない」

「儀同三司⁉」

思いも寄らないことだった。

大臣は太政大臣、左大臣、右大臣、内大臣の四人だが元々は三人で、内大臣は後からできた職だ。臨時で律令《りつりょう》にない役職が設けられるのはよくある。それがそのまま慣例になるのも。検非違使だって律令にはない。

大臣職に空きがない場合、准大臣の位が設けられる。往々にして〝数の外《ほか》の大臣〟と呼ばれる。

〝儀同三司〟は唐名で〝左右大臣に准ずる〟の意味だがあまり使われない。この場合は「特別に珍しい職に任ぜられる」ということで名誉だ。

「じゅ、准大臣ということは兄上は従二位《じゅにい》に叙されると？」

二位以上になれば敬称が〝卿〟から〝公〟になる。大将だった亡き父より偉くなるので家全体の格が上がり、祐高は〝大将の子〟ではなく〝大臣の弟〟に——

「可能性だ。内定とかそんな話ではない。——そんな話ではないが、我々左大臣派と右大臣派の間をふらふらしていた浮き草一味は、ここいらで一つ新派閥〝儀同三司派〟を作れるのではないかと淡い夢を見てだな。その気のある者だけ鳥羽に集って、ええと、壮行会。決起集会？　〝未来の儀同三司祐長公を囲む会〟をしていたわけだ。東宮でも若宮でもないとなればどなたを担ぐか、それはもう盛り上がって」

「わ、わたしは聞いておりませんが」

「確定してから知らせたいのかな。祐高卿は空気が読めんのが長所でもあるから、その天然ぶりで左大臣派を引っかき回す役割であまりものを教わっていないのだろう。策なのだ。気を悪くするな。恐らく卿にはおいしい話だ。忍の上は息災かね？」

弾正尹大納言は取り繕《つくろ》ったつもりだったのだろうが、率直な評価が祐高の心にぐさぐさ刺さった。──気を悪くするなと言われても、全然褒めていない。

「傀儡子女《くぐつめ》だか巫女《みこ》だか怪しげな女もいて真面目な会ではなかったしな。──瑞雲もあって幸先《さいさき》がいいところで按察使どのがこれなのだからなあ。大将は怒るだろうよ。当然だ」

「まだ何もわかっておりませんし、按察使大納言さまが人を殺《あや》めたわけでは」

「奇瑞にけちがついたのは同じだ。何を考えているのだろうなあ、按察使どのは。別当から問い合わせがあった時点で学生など差し出せばよかったのだ」

それは聞き捨てならなかった。

「──弾正尹さまは憶えておられないとおっしゃったが、鳥羽の宴で絵を描いたのは他の者で按察使さまは矢田部某を庇って偽りをおっしゃったという意味ですか？」

「さてわたしはそんなことを言ったか？　大将への誠意として、按察使どのは別当に犯人を渡すべきと思っただけだ」

祐高は真面目に問い返したが、弾正尹大納言の答えはのらくらしていた。

「犯人かどうかは矢田部を調べなければわかりません。わたしは真相を知りたいだけです。兄上への義理など」

「堅いなあ、祐高卿は。どのみち、素直に差し出さないのは大将に含むところがあるのだろうよ」

「そうでしょうか。絵を描いていたのが本当ならわたしは無理に出て来いとは思いません。——いえ、我が子が死んだのだから弔《とむら》いに顔を出すなり妻に会いに行くなりすべきでしょうに、まだ知らないとでも言うのでしょうか」

「それは後ろ暗くて出てこないのだろう」

つまり学生の件は、兄がどう答えたかを弾正尹大納言に教えたのがまずかった。この御仁は兄の足跡に合わせていくらでも右に左に足踏みをする——しくじった。

唇《くちびる》を噛《か》む祐高に、更に弾正尹大納言は畳みかけた。

「按察使どのは左大臣派の内通者だったのだろうか」

「は?」

「左大臣さまからしてみれば己が嫡男の純直を差し置いて、傍流の大将が儀同三司とは許しがたい」

語りながら弾正尹大納言はにやついていて、よほど度しがたい。新派閥を作ると言いながら、まだしっかり釣り合いを取ってよそに移るつもりがあるようだ。

祐高の母は左大臣の姉妹——左大臣からしてみれば祐高たち兄弟はわりとどうでもいい姉妹の子。年下でも左大臣の嫡男の純直はいずれ祐高たちの上役になるはずだった。

「これがいっそ大臣に欠員ができて内大臣に任ぜられるなら年功序列というもの。純直はまだ十七なのだからすぐに大臣というわけにいかん。あれが座るまで十年ほど大将に預けておく、で済んだ。数の外の大臣もまあ許せる。だが儀同三司となると目障《めざわ》りだ。大将のためにわざわざ特例を作るということなのだから。——手下にその辺の下人の子の首を斬らせて大将の気運を死穢《しえ》で穢《けが》そうとしたというのはありうるぞ。ある種の呪《のろ》いだ。内大臣さまというのもあるか。あちらは四十過ぎなのに二十五の青二才が追い上げてくるなど悪夢のようだろう」

「ざれごとをおっしゃいますな」

「本気だが」

——なお悪い。

「鳥羽に直接送り込むのでなく別当の邸に駆け込ませるとか、気が利いている。大将が卿に黙っていた政界事情をわたしがべらべら全部喋っているこの状況自体、大将からすれば最愛の弟を寝取られたようだろうなあ。今頃はらわたが煮えくり返っている」

「気色の悪いたとえ話をしないでください。侮辱です」

「おお、怒るな、冗談だ」

弾正尹大納言は女のように口許《くちもと》を隠してくすくす笑った。

「祐高卿と差し向かいで話をするなど普段ないからはしゃいで口が滑《すべ》ったのだ。我が弟もこれくらい素直であればなあ」

——祐高が怒っているのは、なぜ人が殺された話で冗談を言えるのか、なのだが。

4

「ギドウサンシ？　知らんなあ、何語だ？　おれはただ大将がご馳走《ちそう》をおごって遊んでくれると言うから。朝宣《とものり》卿の宴は堅苦しい。大将が言い出しっぺならぱーっと騒いで遊んで気楽でいいだろう、と思っていたらこたびは結構堅苦しかった。しくじった」

――鳥羽の三人目はこのざまだった。弾正尹大納言の長い話は何だったのだろうか。

三位中将はこのところは母の実家の曹司《ぞうし》にいたが、来客ということで東《ひがし》の対《たい》に通された。

彼は見た目にはきっちりと直衣《のうし》を着て幼さの残る青年貴族の風情。公卿の中では数少ない年下の十九歳。童顔のわりに気性が激しく荒三位とあだ名されている。多分長年慣れ親しんだ祐高相手だからともう少し崩した袿《うちき》姿《すがた》などで出てこようとしたが、正式な来訪なので従者が気にして直衣を着せたのだろう。

「いや夜はよかったのだ、どんちゃん騒ぎ。吹き矢を吹く女というのがだな。吹き矢はわかるか？　細身の竹筒で針を飛ばす。それを女のあそこで――」

「夜の話は結構」

荒三位が身振り手振りを交えて詳細に語ってくれようとしたので、祐高はさっさと止めた。

「堅苦しくてつまらなかった翌日の話を」

「えぇー、夜の話の方が面白いぞ。昼のことなど他のやつに聞け。どうせ皆同じことを言うのだ」

「わからないから聞いている」

――この話しぶり、完全に荒三位は頭数を増やす要員だった。彼ですら呼ばれたのに祐高には声がかからなかったというのは由々しき事態なのかもしれなかった。あるいは実際のところ兄に新派閥を作るほどの人望はなく、人数を水増ししてみせなければならなかったのだろうか。

「瑞雲をご覧になった？」

「なったなった、これでいいのか」

投げやりに言って、荒三位は腕を枕《まくら》に板敷《いたじき》の床にごろりと寝そべった。畳があるのにわざわざ板敷に。

「学生の矢田部を見たか？」

祐高が尋ねても面倒そうだ。

「学生など知らん。憶えていない。男に興味ない」

「皆そうおっしゃる」

「ならそうなのだろうよ。――そうだ、祐高卿、忍の上に家出されたというのは本当か！」

背中を掻《か》いていた荒三位だったが、急に顔を明るくしてがばりと起き上がった。祐高に対してひどい言いぐさだと思ったが。

「卿とおれは妻に家出された者同士！　仲間だ！」

どうやら本人は、共感を示しているつもりだったらしい。

「いえ……三位中将さまのご令室は病気療養であろうが。我が北はその、寺詣《もう》でに行ったそうで」

「同じだ！　寂《さび》しい身の上の男二人、今宵は白拍子でも呼んで語り明かそう！　――祐高卿は白拍子は嫌いか。秋の夜長に楽器をかき鳴らして酒を飲んで、虫の声を聞いて二人で泣こう！」

「楽しいのか、それは」

「きっと楽しい！」

――うっかり、夕餉《ゆうげ》の頃合いだった。

「遠慮するな、思う存分飲み食いせよ！　ともに飯を食わせてくれる女もいない甲斐性なし、どうせ家に帰っても待っている者もいないのだ！」

と、荒三位が側仕《そばづか》えに料理を運ばせて、祐高はなぜだか鶹《ひばり》の丸焼きなど食べることになった。

「男がつまらん菜っ葉など食っていられるか、肉だ！」

小さな鶹は羽根をむしられた姿そのままに炙《あぶ》り焼きにされて高坏《たかつき》に何羽《わ》も積まれていた。荒三位は手摑《てづか》みで取って大口を開けてかぶりつく。

嘴《くちばし》や足がついたままで見た目が怖くて、祐高は最初はおっかなびっくり義務的にかじった。出された食事が気に入らないとは言いづらく、一口二口食べてやめようと思った。

これがちょっとどうかしているほど美味だった。

皮は香ばしく肉は柔らかくて汁が多い。塩気の奥に脂の甘味がある。見た目が怖いことなどすぐに忘れ、荒三位の真似をして不作法に両手で引き裂いてむしゃぶりついた。がぶがぶ食らって小骨を吐き、脂まみれの手で盃《さかずき》を取って酒を飲むと吹っ切れてきた。

「これは北には見せられない姿だ」

「いい肉は播磨《はりま》の焼き塩を振って焼くだけで美味《うま》い！　風雅ぶった宴席では出せない料理だが男やもめ二人なら格好をつけることもあるまい。誰が見ているわけでもなし」

「小骨が多い」

「噛み砕《くだ》け！　髄も滋養がある。半端《はんぱ》な食らいようでは鶴も成仏できん。我らは今、貴族ではなく山犬だ！」

荒三位が遠吠《とおぼ》えの真似をしたので、祐高も酒の勢いで少し吠《ほ》えた。

帯を緩《ゆる》めて五羽か六羽、思うさま貪《むさぼ》り食って、腹がくちくなったらべたついた手を洗ってさっぱりした梨や瓜《うり》の漬けものなどで酒を飲む。この頃にやっと日が落ちて虫が鳴き出すのが聞こえた。

——楽器を鳴らしたりしなかったが、とても意義深かった。普段、兄や朝宣と酒を飲んでもこうはならない。

「ああ、堕落した……」

「男やもめだから！　暴飲暴食もやむなし！」

暴飲暴食というのはこういうことではないような気がする。

「人に言えない秘密ができてしまった。……鶍がこんなに美味だとは知らなかった」

「人に言うなよ、皆で寄ってたかって追い回すとこんな小鳥はあっという間にいなくなる。知っている者だけの楽しみだ」

「な、なるほど」

「おれは鶴《つる》より好きだ」

信じがたいことだが——祐高は忍がいなくなって心にぽっかり穴が空いていたのが、人をやめて無心に肉をたらふく食らってびょうびょうと犬の鳴き真似をしていたら寂しさが遠のいたような。飯を食って酒を飲んで子供じみた悪ふざけをしただけで、そら恐ろしいほど充実していた。

「息が脂くさくなってないか」

「しばらく寺には行けんな！　——忍の上を迎えに行くつもりだったか？」

「いや、行った先を知らないので」

祐高は軽く答えた。あまり愚痴っぽくしたくなかった。

「長男だけ連れて行って、娘とやや子は邸にいるので三日や五日で戻るのだと思う。北の乳母も我が家にいて。だから慌てて捜し回るのもなあと」

「子か。おれにはまだ子がいないからなあ」

荒三位がにやついたが嫌な感じはしない。

——忍が姫を置いて行ったのは大きい。

離縁しても女の子は母親が手許《てもと》で育てるものだ。逆に男の子は大人になったら父親の援助で仕官しなければならない。

どんなつもりでも、一度は姫を迎えに邸に戻ってくる。

乳母の桔梗もいなくて不便だろう。忍は未《いま》だに彼女がいなければ牛車《ぎっしゃ》にも乗れないのだからこちらが心配なほどだ。

「長男はいくつだ?」

「六つ。太郎はわたしにそっくりなので、忍さまを慰めてくれればいいのだが」

「卿にそっくりなのか」

「——顔は似ているがあの子の方が賢い」

「親馬鹿《おやばか》め」

「ああ」

荒三位が破顔し、祐高もはにかんだ。

「いいなあ、やはり息子がほしい。三人ほどいれば一人はおれより強くなるだろう」

「息子はいいぞ。馬に乗せて淡海《おうみ》の海まで行ったら喜んだ。忍さまや姫も連れて行きたいが、女と二人乗りというわけにいかないから。牛車では遅すぎて話が大仰になる」

「淡海はいいな、しょっぱくなくて本物の海より好きだ」

「湖面に沈む夕日が美しくて、つい暗くなるまで連れ回してしまった。太郎は最後の方、馬の上で眠って——」

祐高は語っているとはらりと涙がこぼれた。

「何だ、のろけておいて泣くのか」

荒三位は気遣ったり慌てたりする様子がなく脇息にもたれたままだった。親切だと思った。

あのときは淡海の湖面ににじんだ赤い色がまぶしくて涙がこぼれて、その拍子《ひょうし》に忍がいないのを思い出した。馬上で声を上げて泣いていたら、太郎に「どこか痛いのか」と心配された。

今はいろいろなことが急にどっと押し寄せて、すぐには言葉にできない。

忍は宿直《とのい》の間にものも言わずに出て行ってしまった。朝、邸に帰ったら北の対はいつもの半分ほどしか女房がいなかった。桔梗は「何も知らない」とすげない。そんなわけはないのだ。

出て行った理由はわかっている。祐高が不甲斐《ふがい》ないからだ。

自分の嗚咽《おえつ》の向こうで鈴虫や松虫が鳴きさざめいている。皆、愛されたいと声を上げずにおれない。

何という世の中だ。

虫けらですら孤独に耐えられない。

「——わたしは左大臣家の血筋に連なる姫君を娶《めと》り、兄上は右大臣家の息女を。兄弟で左と右に別れて釣り合いを取って、大きく傾いたときは有利な方が助ける。兄上はそのようにお考えだったではないか」

虫けらと違う人の道理とは何か、少し考えて出た言葉がこれだった。

「わたしはこの結婚で三人も子をなして役目を果たした。十年後、姫は十四で若宮さまは十二歳、姫を兄上の養女として若宮さまに入内《じゅだい》させれば儀同三司派は盤石。そのとき帝がどなたかなど大した問題ではなく、今から左大臣派だ右大臣派だと大騒ぎする必要はない。姫が皇子をお産みになればそのときこそ天下は我らのもの。元々その程度の結婚ではないか。なぜ今頃愛だ恋だ偕老同穴だなどと入れ揚げて。青臭い。あんな女がいなくても今から姫に美しく上品な才女を教育係につけて、教養豊かに育てさせて――」

「大将が喋っているのかと思った。兄弟で声まで似ているのだな。物陰《ものかげ》に隠れて話しかけたら二、三人騙《だま》せるかもしれんぞ」

荒三位に冷や水を浴びせられ、祐高は一気に我に返った。

「……嫌だ！　忍さまと別れたくない！　忍さまがいなければ生きている意味がない！」

「そうそう、素直が一番だ。嘘をつくと根性が曲がる。嘘をついただけ本当のことを言って取り返せ」

「出会った理由など関係ない！　わたしは今、忍さまが恋しい！」

「いい感じだ。その勢いで銀杏《ぎんなん》でも食うか？」

荒三位が言ったので、殻のまま炒《い》られた銀杏が高坏に山盛りで出てきた。荒三位は脇息に一粒置いて器用に檜扇《ひおうぎ》で殻を割って実を食べる。

「銀杏は精がつきすぎるのでは？」

「おれは妻でなくてもいいので、力をつけて男の子を作るのだ。妾の子の方が危ない遊びを教えられそうだ」

「わ、わたしは他のものにしておく」

祐高は搗《か》ち栗《ぐり》を食べることになった。あんなに肉をたらふく食ったのに意外と腹の隙間《すきま》に入る。

「……忍さまはわたしが嫌いになって出て行ったのだ」

ぼそぼそした栗を食べて、ぼそぼそとつぶやいた。

「気遣いがなく一言多いわたしが嫌になって。……いや、元々我慢していたのかもしれぬ。今更帝の妃になれるわけでもなし、離縁しても他にいい夫が見つかるとは限らぬ。子を抱えて実家に戻るよりはわたしが不愉快なのに耐えた方がまし。向こうもまさかわたしが八年目になって愛だ恋だ言い始める面倒くさい男だとはつゆ知らず。ずっと割り切った政略結婚のままでいればよかったのに」

「自虐的だな、祐高卿」

「中将さまは妻に嫌われたかもしれないと考えたことはないか」

「おれのことが嫌いな女がいるはずがない！」

荒三位は勢いよく銀杏の殻を弾《はじ》き飛ばした。

「中君は、あえて距離を置く向こうの手管なのだ。女を振り回しすぎると罪だな。祐高卿もおれの次くらいにいい男だぞ。自信を持て」

――これが二人の女に次々浮気された男の態度だろうか。そのうち一人は死んで一人は寝込んでいる。妻の中君が「病気療養」で別居し始めてどれくらいになったか。知らぬは本人ばかりなり。だがなぜか全てを知る祐高の方が気圧《けお》された。

「……中将さまとわたしは何が違うのだろう……」

「おれに敵《かな》わんからと言ってへこむことはない。背丈《せたけ》以外、何をしても勝てないのだから卑屈になる気持ちはわかるが、おれの女運にあやかるくらいでいろ」

「本当に、何をしたら中将さまに勝てるのだろうな……」

黄色い実をぽんぽん口に放り込んでいる荒三位を見ていると、祐高は自分が煮えきらない女々《めめ》しい男で些細《ささい》なことで悩んでいるような気がしてきた。

「三人も子を産むのが〝我慢〟なんてものか。十月十日《とつきとおか》かけて腹が膨《ふく》らんだ挙げ句に身が裂けるのだぞ、嫌なら一度で逃げている。そんなことをうじうじ言い出したから家出などされるのだ」

「た、確かに……」

「恋は人を阿呆にするな。気が塞《ふさ》ぐときは焼いた肉を食え」

普段、祐高は衛門督《えもんのかみ》朝宣などに恋愛論を説かれていたが、荒三位は全然違うことを言うのだった。

「身体《からだ》の怪我《けが》を治すときは肉を食って血を増やすが、なぜか心が病んでいるのも肉を食えば満たされるのだ」

「満たされすぎてびっくりした。飯であんなにはしゃいだのは初めてだ」

「人もけだものなのだ。本当は牛の肉が美味いのだが、食うために牛を殺すと人を殺すより責められる。鬼の所行と下司《げす》にまで罵《ののし》られる」

「……そうだな、牛は食べたくない……いや、極楽往生できなくなるから、中将さまも小鳥を食うのは控《ひか》えた方が」

「肉を食ったくらいで地獄に落ちたりするものか」

「まあ、地獄に落ちた人からじかに話を聞いたことはないのだが……」

「祐高卿は女をあてがっても忍の上に気兼ねして上手《うま》くいかんだろう。なら他のことではっちゃけてたがを外さないと。悩みが深いときは普段やらないことをやれ。阿呆もたまにやると健康にいいぞ」

「……ありがとう」

おかげさまで、肉を食って酒を飲んで泣いてぐずったせいか阿呆の底が抜けて憂《うれ》いだけ落ちていったように晴れやかだ。誰に迷惑をかけるものでもなく、気持ちよく羽目を外した。

「中将さまに気を遣わせてしまうとは」

「気にするな」

荒三位がにかっと笑い、声をひそめた。

「実は内大臣家の建物が直ったので、中君が帰ってくると言うのだ」

聟入りしたので本来、彼の住む家は内大臣家だった。

「おれは一足先に幸せになるので祐高卿にもお裾分《すそわ》けだ。いや置き去りにして悪いな」

「――そうか。別に悪くはない。わたしの方もすぐ帰ってくるだろうから」

嬉《うれ》しそうに銀杏を食べている荒三位の顔を見ていると、祐高の胸の中にはじわりとこみ上げるものがあった。

さっき、この男を「妻に浮気されても気づかない馬鹿《ばか》」だと蔑《さげす》まなかったか。

教えてやった方が親切だと思わなかったか。

きっと、彼の妻は明かすにしろ隠すにしろ覚悟が決まったから戻ってくるのだ。

真相を知ったら荒三位は暴れるだろうか。笑って許すだろうか。「おれよりいい男なんかこの世にいなかっただろう?」と受け流すのだろうか。

とっくに知っているのかもしれない。

こんなところにも自分の傲慢《ごうまん》さがあった。

「妬《ねた》んだりしない、心より幸せを祈ろう」

祐高は憑《つ》きものが落ちた気分でつぶやいた。

「……令室が戻ってくるのに側女《そばめ》が男の子を授かったらまずいのでは?」

「妾と妻の子で競わせても楽しい」

「ひどい父親だ。恨まれるぞ」

「子は父を乗り越えてこそだ」

笑い合って二人、盃を掲げて献じた。

決して人が好《よ》いだけの男ではないが、彼が今日食わせてくれた炙り肉の何倍も、何十倍も報《むく》われますように。

5

聞き込みが進んでいない。

一応、使庁《すいか》の手勢を少しだけ使って按察使大納言の邸を見張らせてそれらしい学生が出て来たら誰何するようにはしているが、そう簡単にはいかない。

按察使大納言を問い詰める前に、もう二人ほど話を聞く相手が残っていた。

片方は天文博士《てんもんはかせ》安倍泰躬《あべのやすみ》だ。祐高の邸に呼ぶとすぐに来た。五色の雲が稀なる奇瑞で吉兆であると占ったのは彼だった。

三十代半ばにして陰陽寮《おんみょうりょう》随一の英才、京の全てを知る男——笑っていても寂しそうな顔をする不思議な細身の柳のような男だ。大体いつも、白い浄衣《じょうえ》を着ている。

「しかしわたしはじかに雲を見たわけではありません、鳥羽に居合わせたわけではないので。わたしが赴いた頃には散っておりました。絵は既に仕上がっていたのか、別室で描いていたのか」

話を聞くと、彼は庇の間で殊勝《しゅしょう》に目を伏せた。

――この事件が始まって、初めてまともにものを言うやつが出てきた。聞かれたことを答えない者ばかりだった。

「瑞雲が散った後でも占えるのか」

「はい。奇瑞というのは極まった運気が人の目にも見えるようになったもので、目に見える部分が消えても運気はそのままですので卜筮《ぼくぜい》で占えばわかります」

「そんなものか」

「――実はひどい目に遭いました」

天文博士は真下を向いて、表情を隠していた。

「その、これは恥ずかしいので喧伝しないでほしいのですが」

祐高は身を固くした。まさか兄に嬲《なぶ》られたのか。こんな年上の男を辱めるような――

泰躬がやがてぽつりとつぶやいた。

「……わたしは馬に乗れないのです」

あらゆる意味で想像を絶する話だった。

「馬に乗れないって……ここまでは何で来た？」

「馬です」

「乗れるではないか」

「口取りが手綱を引いてくれれば。それに踏み台を使えば」

京の貴族は滅多《めった》に地べたに下りない。牛車や馬を使う。牛車にばかり乗っていられないので幼い頃から馬術の修練をする。貴族の邸を訪れる者も馬に乗るのが礼儀というものだった。

――口取りはともかく、大人が踏み台を使わなければ乗り降りできないのはかなり恥ずかしい。子供しか使わない。泰躬の背丈なら足が届かないはずがない。

「一人では無理なのです。馬に限らず獣に嫌われるたちで懐《なつ》かれません。家の番犬にも吠えられますし、どこぞで飼い猫を逃がしかけたこともありました。牛車の牛も避けるようにしています。牛馬を言祝《ことほ》ぐまじないは大変です。仲よくしてくれるのは亀《かめ》くらいのものです」

「……陰陽の術を究めた弊害なのか?」

「究めるなどもってのほか。まだまだ未熟ですが、関係ないと思います。家でもわたしだけです。前世の因縁《いんねん》なのかと。そういう星の下に生まれついたのでしょう」

「にわかには信じられんな。それで何がひどい目だと?」

「呼びつけられて鳥羽の別荘まで歩いて行こうとしたら、お使者にそれでは遅いと急かされて、鞍《くら》の後ろに乗せられて連れて行かれることになりました。――四半刻《はんとき》ほどでしたが死ぬ思いでした。わたしは近頃走るのが趣味で、馬に乗らずとも自分で走った方が早いのに」

京から鳥羽までは二里足らず？　歩くと一刻近くかかる。

兄か弾正尹大納言か荒三位か、誰の使いだったか知らないがじれったくなる気持ちはわかる。奇瑞で喜んでいる公卿たちを待たせておけないだろう。四半刻とは飛ばしたものだ。

「それで鳥羽で目を回して朦朧《もうろう》としたまま筮竹《ぜいちく》を繰ることになって、誰がいたとかいないとか正直記憶が曖昧《あいまい》で。あのように凝《こ》った絵を描くには何本もの筆やら絵の具やら道具を並べるでしょうから、そのようなことをしている者はいなかったとしか」

――「恥ずかしいので誰にも言わないで」「死ぬ思い」とまで言うからには、乱暴に振り回されて酔って吐いたりしたのだろうか。

不思議な術で京の全てを操る傲岸不遜《ごうがんふそん》の男が、馬で二人乗りしたというだけの話で生娘のようにびくついて肩を丸めている。

六歳の太郎が祐高と二人乗りで、近江《おうみ》まで行って無邪気にはしゃいでいたというのに。獣に好かれない星の下に生まれついて？　申しわけないような、「京に生まれて馬が怖いなんて甘えるな」と一喝したくなるような。泰躬が荒三位の息子に生まれていたら最悪、死んでいた。こんな悲劇は彼で終わりにしてほしい。

しかしこれまでの連中は誰も彼も「男に興味がない」とかふざけたことをぬかしていたので、矢田部某が別荘にいたかどうか憶えていない理由をちゃんと答えたのは泰躬だけだ。大したものだ――「馬が怖くてそれどころではなかった」のどこがちゃんとしているのか。いや、これは命にかかわる秘密なので祐高を信頼して打ち明けてくれたのだ。

「そんなに急いだのに奇瑞の雲が消えていたとは、災難だったな」

とりあえず祐高は同情することにした。呆れてはいけない。

「それよりも帰りがもっとまずかったのです」

なぜか流されてしまったが。

「帰りも馬の二人乗りだったのか？」

「いえ、帰りは牛車を使わせていただきました。急ぐ理由もありませんし」

「牛車は牛が離れているし、牛が振り向いて後ろを見たりしないからいいのでは？」

「それが〝どうせ同じ家に帰るのだから〟と兄と同乗させられました――不仲な妻の父で十五年上で腹違いの兄の陰陽助《おんようのすけ》です。しかもものすごく不機嫌で気詰まりで、牛車は遅いからきっちり一刻かかって、種類の違う地獄でした」

ぐちぐち言われたが、流石《さすが》に知らん。家族とは仲よくしろ。

いや待て。

「奇瑞の雲は珍しいとはいえ陰陽師を二人呼んだのか？　同じ家から？　行きはそち一人であったのに？」

――奇妙な話だ。大がかりな儀式ならともかく、急ぎの瑞雲の鑑定に陰陽師を二人？

「陰陽助は五十代で何やら具合の悪いところが多そうな年寄りだな？　そちらは馬が達者で一人で早駆けしたのか？　鳥羽に陰陽師は一人行けばいいのではないか？　そちを無理

に二人乗りで振り回す必要があったか？　二人がかりで占いをして答えが違ったらどうするのだ。使者は安倍の邸ではなくそちの別邸に迎えに来て、行き違いがあったのか？」

泰躬は頭を上げた。

「お使者は安倍の邸に参りました。なぜか陰陽助はわたしより先に鳥羽に来ておりました。占ったのはわたしだけです」

恥じ入る様子もなく、そう答えた。

「……そちより先に、陰陽助がなぜ鳥羽にいる？　おかしいではないか」

「わたしにわかるのはここまでです。兄の事情までは、仲が悪いので」

「あらかじめ陰陽助を呼んでいたのが体調不良などで奇瑞の雲を占うことができず、急ぎ安倍の邸にそちを――なぜあらかじめ陰陽師を呼ぶなど？　何が起きると思っていたのだ？　わたしも呼ばれていない会で、そちの兄は何をして？　例の〝手を触れずに蛙《かえる》を殺す術〟のような座興で一晩中――」

泰躬の返事はない。

「……ずっと鳥羽にいたとしたらそちの兄は奇瑞の雲を見たのか？」

「兄は近頃、のどを悪くしたので占いとまじないのときしか口を利きません」

――そもそも大将祐長は無口な年寄りの占い師を宴席に呼ぶだろうか？　愛想《あいそう》があって宴席にも呼びやすいのが売りなのは泰躬の方だ。物静かに見えてちょっとしたまじないで宴を賑《にぎ》わせるのに長《た》けている。彼はそれで評判になった。

「もしかしてこれは、とてもおかしな話か？」

「別当さまがそうお思いならば」

疑念が起こったが、このときは口にしなかった。祐高が自分でとどめを刺してはいけないような気がした。

6

とどめを刺したのは春日《かすが》侍従、鳥羽にいた最後の一人だ。三位の公卿ばかりの中、一人だけ従五位《じゅごい》で最年少の十八歳。恐らく父親の代理。身なりをかまわない荒三位とは違い、いかにも幼い顔にそばかすがあるのを気にしていつも必死に白粉《おしろい》で塗り潰《つぶ》している。

「別当祐高卿は衛門督朝宣卿と仲がよいですね？」

邸を訪ねていくと祐高に畳を勧めて、春日侍従はいきなり、事件と関係のない話を始めた――衛門督朝宣が鳥羽にいたとは聞いていない。

「……仲がよく見えるのか？」

「見えます」

祐高は絶交したつもりだったのに。

「衛門督朝宣卿のもとにいる遊女《あそび》、譲ってくれるように再三頼んでいるのですがのらりくらり焦《じ》らされっ放しで。あの御仁、若いわたしをからかって楽しんでいるのです。ここは一つ、祐高卿から苦言を呈《てい》してくださいませんか。わたしは夕凪《ゆうなぎ》御前のために日々、心を痛めて身も細る想《おも》いなのに誰も真面目に聞いてくれないのです。皆で寄ってたかってわたしの恋心を嬲って、あんまりじゃないですか！」

　春日侍従は悔《くや》しげに畳を叩いた。彼が遊女に入れ揚げて、朝宣の邸の周囲を徘徊《はいかい》したり季節の花をむしって歩いたり代書屋に次々恋文を書かせたり水垢離《みずごり》したり何やらの社で祈ったりしているのは近頃、内裏で話の種になっていた。

　今日は右手の指に布を巻いているようだったが、傷をつけて血で手紙でも書いたのか布自体が願掛けなのか——突っ込んで尋ねるのはためらわれた。

　どうやら春日侍従は朝宣を本気で陥れたいがそれほどの権力がなく、遊女絡みの話ということで親に頼み込んでもすげなくされている。そんなところだろう。

「叶《かな》わぬ恋は気の毒だが……わたしが今日、しに来たのは別の話で。まずそちらを」

——卿も荒三位に肉を食わせてもらえ、と言いたいところだった。

「わかっております、鳥羽でしょう？　わたしとてただで人にものを頼もうとは思っておりません。公正な祐高卿に取引を持ちかけるのは心苦しいですが、色恋に血迷ってなりふりかまわないのです。こうなったら使えるものは何でも使います」

「取引？」

　何やらきなくさい。

　春日侍従が不貞腐《ふてくさ》れたような顔で差し出したのは塗りの文箱《ふばこ》だった。開けると、紙が入っている。

何か書かれているが、文字ではない。大きく猪目模様《いのめもよう》が描いてあったり、二重丸が描いてあったり、家紋のような三角が描いてあったり。

子供の落書きのようでもあるが、線は綺麗で迷いがなく一人前に落款がある。〝義秀《よしひで》〟とは最近売り出し中の絵仏師で頼まれれば仏画以外も描くとのことだが——

「大将祐長卿には悪いですが、ここまでけちがついたらもう同じでしょう。按察使大納言さまがあの態度なのにわたしだけ馬鹿をみるのも耐えられない。良心も咎《とが》めるし、恋に狂ったんですよ。そういうことで。一挙両得です」

兄に悪いとはやはり——

「……まさかとは思うがこれは、瑞雲の絵の下描き」

「草案と言いますか……いえ、何とは言いません。わたしがうっかり隠し損なったのを別当祐高卿が見つけてしまったのです。わざとではないのです、わざとでは」

安倍泰躬が鳥羽の別荘に着いたときにはもう、同じく安倍の陰陽師の陰陽助がいた理由がこれで説明できる。

瑞雲が出ることは事前に決定していた。

儀同三司派の集会にそんなものが出ること自体、できすぎている。

そんな奇蹟が起きたわりに荒三位のやる気がなく、「他のやつに聞け。どうせ皆同じことを言う」などと面倒くさそうにしていたのはこのせいだ。本当だったら彼はもっとはしやいでしかるべきだ。

口裏を合わせるように言われただけだったのだ。

京から離れた鳥羽の空のことなど誰にもわからない。証す手段などない。

控えている間に陰陽助が体調を悪くしたのか、そのときの空気で「仕込み」でない陰陽師を急ぎ呼びつけて占わせた方がいいという案が出たのかはわからないが——

「儀同三司派は初手から瑞雲の寿《ことほ》ぎがあり天運に恵まれているという話になるはずだった?」

「按察使大納言さま、何を考えているんでしょうね」

「あの絵を居合わせた矢田部某が描いたというのはまるきりの嘘か?」

「まるきりと言うか、按察使大納言さまが絵の上手い従者に心当たりがある、任せろとおっしゃるから——これには落款があってあれにはないですが、お察しください」

瑞雲が出てから使者が急いで四半刻で安倍の邸に馬を飛ばして、泰躬を急かして四半刻で鳥羽に連れて行った。そのときには瑞雲は消えていた。

泰躬の仕度に手間取ったとして瑞雲が出ていたのは半刻あまり。一刻はないだろう。

その間に描いたにしては五色の瑞雲の絵は、きちんと色が入って見栄えよくできていた。五色、空の青も含めれば六色もの顔料がたまたま揃《そろ》っていたというのもおかしい。高価なものも使っていたようだった。「半刻強の間に線画を描いて、色は後から入れた」と主張するつもりだったのだろうか。

矢田部某がいたかどうかについて、兄は「憶えていない」、弾正尹大納言は「大将がそう言うならそう」、荒三位は「男の顔など知らん」——

兄は「真偽などどうでもいいからさっさと按察使大納言の邸宅に押し込んで取り押さえろ」とも言っていた。

知らないどころか。

按察使大納言の主張が大嘘なのは知っていたが、なら本当に絵を描いたのが誰か、絵仏師のことを自分で言いたくなかったので不機嫌で横暴なふりをしていた——兄は人並みの人間だ。

真面目な良識派を気取ってちんたら聞き込みなどしていた祐高の方が馬鹿みたいだ。

こうなるとそれはないだろうと思っていた「左大臣あるいは内大臣の内通者だった按察使大納言が適当な下人の子を殺して奇瑞にけちをつけた」弾正尹大納言説が説得力を持って立ち上がってくる。

しょうもない策にはしょうもない策。

落書きのような下絵と、眠るように目をつむった子供の首。

これらが等価であると言うのか。

首を抱いて別当邸に駆け込んできた女にはどう説明すればいい。左大臣派と右大臣派の対立から？　大将祐長が左大臣派に生まれながら右大臣の娘を娶って？

あの憐れな女に、お前の夫は見境をなくして子の首を斬り落とす外道ではなく、左大臣ともあろうお方の出す褒美《ほうび》に目がくらんで子の命を売った守銭奴だったと語るのか――

7

「それで卿はのこのこ律儀に子供の使いをしに来たと？　春日侍従め、祐高卿に泣きついておれを叱《しか》ってもらおうとは無粋《ぶすい》の限り。あいつにはがっかりだ！　せめて親に泣きつけ！　祐高卿に説教されたらおれが折れると思っているその根性が気に入らん！　良心の呵責《かしゃく》も解消できて一挙両得とは見下げ果てた話だ。片手間で恋愛成就すると思うな！　卿も卿だ、若者を甘やかすな！　卿に叱られたからおれは折れた、春日侍従のところに行けでは夕凪御前の気持ちはどうなる！　朴念仁が他人の恋路に口出しするな！」

衛門督朝宣の反応は予想通りだった。ある意味、清々《すがすが》しかった。深く考えると傷つくばかりなので全く深刻でないやつに出会って気持ちを切り替えようという祐高の意図は大体成功した。

朝宣は色好みで鳴らした二十四歳、忍によると「美男だが垂れ目で上の睫毛《まつげ》より下の睫毛が長いのが何となく気に入らない」――かつては親友だったが妻に狼藉《ろうぜき》を働こうとして以来、絶交――しているつもりだが誰にもそう思われていない。

一つ予想外だったのは、朝宣が直衣《いろど》を着崩して文机に向かっているところに通されたことだ。いつもなら彼はきっちりと彩り鮮やかな襲《かさね》の衣装を着こなして、自分では飲み食いしないのに祐高には酒や季節の果物など勧めるのだと思っていたが、今日に限って文机に広げた巻紙を前にうんうん唸《うな》っていてそれどころではなかった——和歌の短冊ではなく長い巻紙は漢文を書くためのものだ。

「——まさかと思うが公文書を書いているのか？」

祐高は立ったまま文机を見下ろした。公卿を捕まえて「まさか」というのが祐高は自分でもおかしい。

朝宣はいつから髻《もとどり》を結い直していないのか、髪の毛もあちこち飛び出していた。そろそろしどけない色男という次元を超えて薄汚い。

「衛門府は今、先々帝の三十回忌の仕度で忙しい。……三十回忌などする意味があるのか⁉ 先帝ならまだしも！」

「無意味とは不敬であるぞ」

「帝王たる御方は生まれながらに十善の徳をお持ちであり、崩御なさった瞬間に御魂《みたま》が龍となって極楽浄土の一番いい蓮《はちす》の上に遷座ましますのだから法要など必要ないのでは⁉」

「死霊が祟るから法要をするわけではないだろう。三十年前ならまだ御代をご存知の方がいる。お前にとっても祖父君であろうが」

「要は年寄りの寄り合いではないか！ なぜこのおれがちまちました警備の予算案など作らなければならない！ 馬がどうとか篝火がどうとか！」

背を屈《かが》めて見てみると巻紙は書きかけの予算案と、参列者の名簿の二つあるらしかった。名前の横にいろいろと走り書きがある。

故人と縁の近い皇族で連絡が取れていない人がいる。まさか先々帝ともあろう方の兄弟の居場所がわからないとでも言うのか。もう高齢なのに存命なのは意外だが。法要まで後十日もないのに肉親に知らせていないのはまずいだろう――結構な国家機密だ。朝宣を失脚させるには十分だ。巻き込まれる皇族もたまったものではない。

弾正尹大納言が右に左に揺れる薄なら、衛門督朝宣は数合わせにすら参加しない真性の反社会気質。政治の話をすると怒るのだから飯や酒をおごればその場は言うことを聞く荒三位の方が遥かにまし、味方につけても労力のわりに得るものが少ない――朝宣は風雅な遊びには欠かせないが、真面目な話をする相手だと誰にも思われていなかった。臣下に下ったとはいえ仮にも今上帝の御《おん》いとこだというのに。

朝宣を失脚させるなど簡単だが、この通り放っておいても勝手に自滅するのは目に見えているので誰も手を汚したくない。むしろ手出しすると「妻を寝取られでもしたのか」と揶揄《やゆ》され、余裕のないやつだと嘲《あざけ》られる――これまでに太刀を抜いて朝宣を追い回したのは祐高だけだった。

何もしなくても二年後には失脚していると皆に軽んじられた結果、奇蹟的に「二年」が思ったより長く続いて朝宣は現在の身分にいる。彼の存在は朝廷の安定の象徴だった。こう見えて賢帝の治世を言祝ぐ麒麟《きりん》の化身か何かなのかもしれなかった。

「衛門府の長官だからだろう。朝廷の禄《ろく》を食《は》んでいるからだろう。臣下は額に汗して働け」

「近衛《このえ》大将の仕事ではないのか！」

「お前がやれと言われたのだからお前の仕事だ。帝室のご威光にかかわる。手抜きなど許さぬ」

「叡山《えいざん》の高僧が毎日、早くしろ無能と罵ってくる！」

「仕事ができないなら当然の報いだ」

「手伝ってくれ！　手伝ってくれたら春日侍従の不徳は許してやってもいい！」

「お前が勝手に女衒《ぜげん》の真似をしているのにわたしに公務を手伝えとはよくもぬけぬけと。夕凪御前の気持ちはどうなった。恋愛を片手間でいいように操るな」

ちょっと緊張感がなさすぎるのでは、と不安になるほどだった。生き馬の目を抜く派閥争いが嫌なら地道な事務仕事くらいはしないと本当に世間から爪弾《つまはじ》きにされる。これを手伝ったら朝宣のためにならない。

――朝宣と大将祐長は年齢は一つしか違わないが、兄の方は事務がきついと喚いていたことなどない。邸に帰って寝る暇がないとか言って、内裏の隅で気絶していたことなら何度かあった。

兄は儀同三司になったら他の大臣から仕事を奪うくらいでなければならないだろう。例外の官職に就くのだから当たり前の作業などなく、何か自分からめざましい活躍をしてみせなければ――怠け者では務まらない。新派閥の長と目され、既存派閥が危機感を抱くらいに人望もある――ここに来て思わぬ兄の美点を見たようで複雑だ。

「連日神経が張り詰めているのか、このところ毎晩偉そうな年寄りの坊主がにじり寄ってくる夢を見てうなされる。――純直に丸投げしたいのに逐電した、あいつ！」

「丸投げするな。そういえば最近、純直を見かけないな」

いとこの純直は右衛門佐と検非違使佐を兼任しているので朝宣と祐高と両方の部下だった。ついでに右近衛少将なので荒三位の部下でもあった。

「親に反対された何とかいう女と駆け落ちしたのではないのか⁉」

「桜花《おうか》さまはうちの邸にいるぞ。駆け落ちなどしていない」

純直の妻の桜花は貴族としての血筋はこの上ないが両親ともに流行《はや》り病で亡くしていて政治力は皆無、まだ十七の純直を誑《たぶら》かして勝手に結婚したと左大臣に嫌われている。下手なところにいると何をされるかわからないので別当邸で厳重に保護していた。忍が不在なのでなおのことだ。彼女の縁者だ。

「ならどこにいるのだ。おかしくないか」

朝宣はよほど仕事が嫌なのか、筆を置いた。

「左大臣は今、純直の弟とかいう美少年を連れて歩いている。十九だから美青年か？」

「――見かけた。ここに来る途中で牛車ですれ違った」

祐高は大路でのことを思い出した――

互いに牛車だったので前駆の声を聞くと祐高が道の脇《わき》に寄せ、大臣たるお方が通りすぎるのを待った。

左大臣ともなればちょっと出歩くだけで葵祭《あおいまつり》のような唐破風《からはふ》つきの豪奢な牛車の御簾《みす》を上げて乗るが、今日、隣に座していたのは純直ではなく切れ長の目許《めもと》涼しげな玲瓏《れいろう》珠のごとき公達《きんだち》——幼くて愛くるしい純直とは全く違う冷たい白皙《はくせき》の美貌《びぼう》の青年だった。

左大臣はもう滅多に友人と牛車に乗らない。父の太政大臣か、嫡男の純直。それが似ても似つかぬ青年にその座を取って代わられて——

純直にも左大臣にも似ていないが、どこかで見た顔だったとふと思った。

「待て、純直の弟？　純直は十七なのだから十九なら兄ではないか」

「妾の子なのだろう。播磨《はりま》かどこかで介《すけ》をやっていたのを呼び戻したらしい。ノブハルとかいう」

「名前が似ていないな」

父親から一字もらったりして兄弟は名前が似るものだ。

「左大臣さまの側女はよほどの美女なのか、顔も似ていなかった。整っているが冷たい。目つきがきつい」

「二十年ほど前の五節《ごせち》の舞姫の子らしいぞ。受領《ずりょう》の娘だが絶世の美女で燃えるような恋があったとか。どうせなら姫君も仕込んでおいてくれれば今時分食べ頃になっていただろうに」

「左大臣さまにそのような姫君がいたらとっくにお妃さまだ。お前の出る幕ではない。

――純直には母君が同じ弟もいるはずだ。ノブハルとやらがなぜ？」

――なぜ彼は純直しか乗れない牛車に乗っていた？

「純直は言うことを聞かないので、本当なら地方官止まりで日の当たらない隠し子を代わりに引っ張り出してきたという話だ。嫡妻の子らにまとめて灸《きゅう》を据える」

「まさか純直を廃嫡する？　政略結婚を嫌がったくらいで」

――くらいで、ではない。祐高は自分で言って苦い思いになった。

新勢力儀同三司派が興ろうとしているこの事態。左大臣は嫡男の純直と右大臣家の小夜を結婚させるくらいの飛び道具を出したいところだ。それを防ぐために兄は祐高に先んじて小夜と結婚しろなどと言い出したのだろう。

色恋に血迷って父親に逆らう純直など、さっさと切り捨ててもっとものわかりのいい妾の子にすげ替える。

それくらいの速度がないと若い大将祐長に対抗できない――

「……こんな世の中を真面目に生きたって馬鹿らしいから色恋にかまけるお前は意外と賢いのかもな」

「そう、この世に真面目にするべきことなどほとんどない。我々矮小《わいしょう》なる人の子は儚く死ぬ虫けらと大差ない。つがうだけなら虫でも獣でもできる。人と虫と何が違うと言えば、文学があるかないかだ」

「お前の世迷《よま》い言《ごと》が耳に沁《し》みるのは、わたしが疲れているからなのかな」

どうも仕事にうんざりしているのはお互いさまのようだ。祐高はしゃがんだままぼそぼそ語る。

「――件の学生の子の事件、左大臣さまが兄上に嫌がらせを仕掛けただけという説がある。人が死ねば穢れだから財でもって学生を買収して子を殺めさせ、兄上の不徳ということにした。目の前で子を殺された母親に何と説明すればいいのか。ほとほと嫌になる」

「それはおれの知る愛の話と違うな」

「お前の経典には親子愛のことは何と書いてあるのだ」

「親子の愛など知らんが、女の愛なら心当たりがなくはないぞ」

朝宣はなぜか嬉しそうにその辺に積み上げた草子を一冊取り上げて繰った――

「別当祐高卿の邸の警護をしている、右衛門大志平正秀？」

「知っているのか？　――右衛門府か。いや大志なんて下官を、督がいちいち知っているのはすごいな。右衛門府は何人いるのだ」

この男、事務仕事は苦手なのに下官の人望はあるのかもしれない。この調子であちこちの貴族の邸の門番と面識があるのは恐ろしい。

「この衛門督朝宣は下司の色恋にも通じているので。――これだ」

草子の間に短冊が挟んであるのを朝宣は祐高に見せた。上手いのか下手なのかのたくった字で和歌が書いてある。漢字は読める。――「錦部国俊《にしきべのくにとし》」が「平正秀」に贈ったものの？　男同士で色恋の歌？　あるいは友情について？

「何だ？　和歌はわからぬ」

「十日ほど前か、右衛門府で錦部大志が作った恋歌だ。あれは代作で小遣い稼ぎをしているから」

女に渡す歌を代わりに作ってやったのか。——いちいち名前を書くのか？

「それが？」

「何とかいう学生の妻に言い寄るので、名作を作れという注文。拙《つたな》い腰折れなどで文学を志す学生の妻を寝取るわけにいかんから、心得のある者、皆で総力を挙げておれも助力した。これは写しだ。——しょうもない結末は許さんと思ったが、人死にが出るとはな」

祐高は頭から血の気が引いた。

薄様は白いが何かの花びらを漉《す》き込んだ高級品で——これは朝宣が自分用に用意したものか？

「……うちの警護の平大志が、子の母の……千鳥に恋歌を渡した？　生首事件で初めて出会ったのではなく、前からつき合いがあった？」

「按察使がこれ幸いと、大将祐長の足を引っ張る材料にしただけかもな。左大臣は何も関係ない。つまらん連中だ。政治などつまらん」

「——平大志を問い詰める！」

祐高は立ち上がった。朝宣は緩やかに手を振った。

「卿が真面目に生きても馬鹿を見るだけ。この話、もう一転くらいするぞ」

――急ぎ、朝宣の邸を辞して自邸に帰った祐高を待っていたのは、千鳥が瑠璃宝寺《るりほうじ》から姿を消したという報だった。

右衛門大志平正秀も姿を消していた。

8

代わりに別当邸には、大将祐長がいた。寝殿で若い女房の若菜《わかな》を侍《はべ》らせて機嫌よく夕餉の膳をつついていた――よく遊びに来るとはいえ、我が物顔だ。

「見ろ二郎、蝦夷《えぞ》の塩鮭《しおざけ》だぞ！　珍品だ！　脂が乗って美味い、お前も食え！」

「……わたしの家ですよ。食べますけどね」

忍がいたら互いに遠慮などあったのかもしれないが、いないのだからやりたい放題だ。膳は桔梗が用意したのだろうか。祐高は向かいの畳に腰を下ろした。

「鮭《さけ》は本当に珍《こわい》しいですね。こんなものどこに」

山盛りの強飯や青菜の煮たのはいつも通りだが、色鮮やかな朱色の切り身は他の魚と似ていなくて見違えようがない。塩鮭はもっと固い干物なら見かけるが、柔らかさを保《たも》った塩漬けは大臣でもそう食べられるものではない。鯛《たい》や鯉《こい》より遥かに貴重で手に入ったら祐高に報告が来るはず。

「実はうちに来た贈答の品だ。折角だからお前にも食わせてやろうと思って持ってきた」

「そ……それはどうも……」

――どう考えても鳥羽の別荘の宴会用に頼んで、間に合わなかった品だ。あるいは結婚の露顕に間に合わなかったものかも。祐高が食べていいのかと思うが、食べなくても勿体ないだけだ。お相伴《しょうばん》に与《あずか》ることにした。

「鮭は皮が美味いな。こればかり食っていられたらいいのに。骨に気をつけろ。のどに引っかけて死んだら大恥だぞ」

「はあ……」

気の進まない相手と食べても美味なのだから鮭というのはすごい。

「今日の収穫はどうだった。足で調べて何か納得したか」

兄が笑顔で尋ねるのはきっと、わざとだ。祐高は見るからに意気消沈していたのか。

「――何もかもわかった気になっていたら、死んだ子の母がうちの警護の侍と姿を消して逐電しました」

「それはすごい、馬鹿を見たのはわたしだけかと思ったらきっちりお前にまで痛い目を見せるとは」

「兄上、あまり若菜の尻を触らないでください。減ります」

「別に嫌がってないぞ。なあ？　公卿の邸の女房になったからには一度くらい愛人になってみたいだろう？」

若菜はそれ以降、祐高の方を見ずに兄の肩にしなだれかかっていたので、自由恋愛なのだと思うことにした。祐高の所有物ではない。別当宣を書いて追捕使に追いかけさせるか。関所に触れを出して足止めするか」

「租税の無駄遣いです。仲間の侍どもに確かめましたが、以前から考えての出奔ではないようです。前もって干し飯《ほしいい》など買い求めてはおらず、今朝はそのような様子はなかったと。生米や布など金品を持って出ただけで家財道具の重いものはそのまま」

「思ったよりおおごとになって慌てて出て行った、か。学生が捕縛されてそれで終わりかと思っていたのに別当さまがやけに熱心にお調べになる。これはまずい、と」

「あらぬ噂を立てられて苦にして姿を消しただけかもしれません。戻ってくる可能性も」

「お人好しだなあ、お前は。大恥をかかされたのに。そんなにお人好しで誰が喜ぶ」

今、兄が喜んでいる。鮭の皮ばかりかじって、酒を飲んで若菜の身体を撫《な》で回している。上機嫌だ。

「よく妻を殴る夫、その妻から相談を受けている間に横恋慕し始める間男――よくある話だ。そして再婚するのに前夫の子が邪魔になる。まあ自分たちから京を出て行ったのだ。流刑の手間が省けた」

「逃げたから怪しい、というのもどうかと」

「首は穏やかな顔をしていたという話だったな？　子が自ら首を差し出して、技量の冴《さ》えた者が太刀で速やかに断てば柔らかな子の首なら痛みを与えず断ち切れるか？」

兄が若菜の首の辺りを叩いた。

「恨みを抱いた首は、忿怒《ふんぬ》の表情をしていると聞く。顔つきはどうだった？」

祐高はてっきり冗談だと思ったので、答えるのが遅れた。

「え、そ、京では斬首《ざんしゅ》刑などしておりません。使庁の誰も生きた人の首を刎ねた経験がありません。捕縛の際に殺してしまうことはあるやもしれませんが。——覚悟していれば生首が安らかな顔になるかなど誰も知りません」

「これは平和惚《ぼ》けというやつか？」

「お言葉ですが、斬首刑などない方がいいのに決まっております」

不謹慎よりは平和惚けの方がいくらかましだ。

「兄上は母が幼子《おさなご》に死ぬように言って聞かせたとでもおっしゃいますか」

祐高は口にするだけでもおぞましいのに、兄はにべもない。

「父が子を殺すことがあるなら母もあるだろう。何か不思議か」

「母は腹を痛めて子を産むのにそんな惨《むご》いことがありましょうか」

「鶏《にわとり》は己の卵を突き割って喰《く》らうぞ。味を憶えて何度でも割る。母の愛などまやかしだ。女の愛もな」

抗議するように若菜が身じろぎしたが、兄は眉も動かさなかった。

「まさか母が恋しいか、二郎」

「まさか。去年の正月以来会ってもおりません」

兄に言われると子供扱いされているようでむっとした――母は「男の子は怖い」が口癖《くちぐせ》で兄弟二人とも乳母に預けたきり、幼い頃でさえほとんど顔も見せなかった。

亡き父も政のために左大臣の姉妹を娶っただけだった。

「腹を痛めたと言ってその程度だ。産んだことも忘れる。それとも冷たいのは我らの母だけでよそのは優しいと思っているのか」

「首を斬るのは優しいとか優しくないとかいう話ではないです。鬼の所行です」

「男の鬼がいるなら女の鬼もいる。父を疑うならば母を疑うのも道理であろう。憐れな女に見えたか。心は武則天《ぶそくてん》かもしれないぞ。学生以外に犯人がいるかもしれんとはそういうことではないのか？　お前は何を思って学生以外の犯人を捜していたのだ？」

「……よその犯人を捜していたわけでは。わたしは真実を明らかにしたいだけで」

「真実？　それがあると何か具合がいいのか？」

祐高は答えに詰まり、強飯を口に押し込んだ。

――忍がこの話を後で聞いたら、どんな真相があったのかと期待たっぷりで尋ねるだろう。世間の淑《しと》やかな姫と違って人殺しだの何だの、おぞましい話が大好きなのだ。

わからなくて尻切れでは彼女をがっかりさせる。祐高が調べられることは全部調べておかないと申しわけない。

が、妻のためだと言えば兄に嘲られる――忍が不在の事情も兄は悪い方に解釈するのに決まっている。余計なことを言わないのが一番だ。

塩鮭をほじって、塩梅もかじって飯を飲んでいると、兄が自分で先を続けた。

「――いずれにせよお前がすることは学生を笞打つか、逃げた女を罵るかだぞ。これで我らの予想しえないところに子殺しの犯人がいるということもあるまい。真実が必要というのは少し大仰ではないか？」

「――そうですか？」

何もいらないというのも乱暴な話だ。

「どうせ学生は笞打ったら何か言うのだから一回にまとめた方が早い。笞打ちと自白、どちらが前で後でも」

「兄上は按察使大納言さまに意趣返ししたくて学生を笞打てとおっしゃるのですか？」

兄は口に指を突っ込んで鮭の小骨を引っ張り出してから答えた。

「まあ、八割くらいはそうだな」

二割も他の欲得があるというのか。

「お前も多少気に入らない仕事でも折り合いをつけることを憶えろ。あれは嫌これは嫌では話が進まん。こたびは学生を笞打ったらわたしが褒美を出そうか。女、ではお前は駄目か。馬でも太刀でも。あるいはこの鮭をもう一尾」

きっと春日侍従なら即座に遊女を所望するのに違いない。

「――寺」

「寺？　少々値が張るな」

祐高は奇をてらったつもりだったが、兄はさほど驚かなかった。

「もっときりきり働くなら来年、いや再来年辺りに考えてやらんでもない。こたびの仕事ぶりでは中くらいの仏像、そんなところだろう。少しずつ必要なものを集めていくか？　山門、僧坊、食堂《じきどう》、金堂《こんどう》、脇侍《わきじ》に本尊、何年越しになるやら。しかし酔狂だな。死人を弔ってやるのか？」

兄が数え上げるのを聞いて、かえって祐高は心が冷えた。

口内に痛みが走る。鮭の骨が刺さったらしい。億劫《おっくう》だったがのどに刺さるともっと痛い。口に指を突っ込んで骨を取り出そうとするが、中を探ってもなかなか見つからない。

――わたしは見返りがほしくて駄々をこねているのか？

兄のくれる馬や太刀のために納得していない事件を解決するなんてごめんだ。

だが、忍に褒められたくて真実を求めるのはそれとはどう違う――

やっと骨を引っ張り出したが、指先にあったものは想像したよりずっと細くて小さかった。

自分の動機は不純なのではないか。

彼女に誇れないしょうもない結末だったら、がっかりするのか。

9

翌日、安倍泰躬は祐高の顔を見ると、目を細めた。

「……お顔の色が優れませんね」

「深酒が過ぎた。少し頭が痛い」

鮭がしょっぱかったせいかもしれない。兄が勧めるまま飲みすぎてしまったせいかも。

「宿酔《ふつかよ》いによい薬などございますが」

「そこまでではない」

苦い薬湯《やくとう》を飲むくらいなら頭痛を我慢した方がましだった。

「そちらの調べは？」

忍は牛車で何日も旅するとなると、旅路の安全を祈るまじないをさせたはずだった。まじないを頼める相手はそう多くない。泰躬がやったのでなければ、その息子ということになる。

「せがれで間違いありませんが、このところ姿を消しております。家族も何も知らないようです」

しかし泰躬は息子と仲が悪かった――兄とも妻とも息子とも仲が悪い。家族全員に嫌われているのではないか。大丈夫か。

「では後日改めて千枝松《ちえまつ》に話を聞くとして、今日は化野《あだしの》の寺に行こうと思う。ついて来てくれ」

「化野とは」

「例の子の生首を葬った寺だ」

火葬にしたわけではない——掘り返してみれば兄の言うように表情や斬り口からわかる真相があるかもしれない。

祐高は牛車で出かけ、泰躬にはその後を歩いてついて来てもらった——他の者なら馬に乗せるのだがどうやら彼は自分の足の方が信用できるらしいので。

しかし化野に向かう道中、牛車の車輪が石を踏んで身体が揺さぶられるたび、どんどん気が変わり始めた。

もう何日も経っている。生首ではない。まだ髑髏《しゃれこうべ》になるほどではないが、きっと半端なおぞましいことになっている。

顔つきも斬り口も腐り果てて、見たところで死者を辱めるばかりなのでは。

父に斬られたか、母の間男に斬られたかで何か違うのか。

あんまり揺られて気分が悪くなって、車を止めてえずいた。

「やはりお具合が悪い」

牛車から顔を出して地べたに吐いていると、泰躬がやって来て声をかけた。

「今日はやめて邸に戻られては。御身が弱っているのに穢れに触れたら病みつくかもしれません」

祐高は臭くて酸っぱくてのどが焼ける。最悪の気分だったが、

「──行く」

嗄《か》れた声でそう答えた。

「どうしてそうまでなさるのです」

「どうしてもだ」

答えた後で考えた。

どうして？

兄も聞いた。

──当てつけ、だろうか？

忍が謎《なぞ》を解いてくれないから自分がこんな目に遭っている。病になったら忍のせいだ。ちゃんと家にいてどうするのが正しいのか言ってくれないから。

──病で寝ついたわたしの姿を見て泣き伏せばいい。わたしの枕もとで詫《わ》びてほしい。

そうしたらわたしは──

すっかり吐き終わって、従者から竹筒で水をもらって口を濯《すす》いだ。汚れを落とすと心の汚れも落ちたようだった。どうかしている。

空になった胃《い》の腑《ふ》に水を注ぎ込んだら少しは頭の痛いのも消えた。

調子のいいうちに突っ切ってしまおうと牛車を急がせた。

噂に聞いた化野の小寺は今までに訪れたどの寺より小さかった。山門から覗く本堂に荘厳さはなく、ただ古びた小屋のように見えた。

「では、塚を掘り返します」

従者と下人たちが鍬《くわ》を持って牛車の前に出てきたが、

「気が変わった」

祐高は制止し、沓《くつ》を履いて自ら寺の裏の塚を見舞うことにした。

犬丸を葬った塚とやらは土饅頭《どまんじゅう》の上にいびつな石が置いてあっただけだった。埋めたところだけ草を抜いたらしく、周囲は枯れ草がぼうぼうで地面が見えない。

祐高の父の墓は立派な石塔があっていつでも手入れが行き届いていた。枯れ草に埋もれていたことなどない。

ならこれを立派な石塔に作り直せと命じれば用は足りるのか？

この子の母は京を去った。もうこの塚を見舞うのは祐高だけだ。もっと貴族が訪れるに相応しい墓所に仕上げて——

「殿さま、天文博士どのに術を使わせてはいかがでしょう？　陰陽師の術なら死者の声を聞くことができるのでは」

従者が賢しらぶって横から言った。

泰躬《たまよばい》がちらりとこちらを見てうなずく。

「魂呼ですか。別当さまがお望みなら」

「――いや」

祐高が望んで得られるようなものはいらない。

思い描いてみる。

犬丸は太郎と同じくらいの背丈だが、顔は太郎ではない。遊び相手の下人の子に似ている。庶民の子はみずらを結わないので禿髪《かむろがみ》。簡素な麻の衣を着ている。

生首の眠るように安らかな顔――

あの首が目を開けているところはどうしても思いつかないので、下人の子に似せたままにする。

――お前がいくら母を思って安らいでいても、その瞬間が恐ろしくなかったはずはないのだ。

痛くなかったはずはない。

死を覚悟していた?　六つの子に覚悟などない。

馬鹿馬鹿しい。

真実は一つだけだ。

誰が犯人であろうが、死なねばならない道理などなかった。

政や男女の愛憎など幼子に何の価値があろうか。

逆もまた真なり、だ。生みの母すらも京を去った今は、この幼子を悼む者など一人もいない。

わたししか――

――傲慢なお前がいくら見下しても、独善を押しつけても拒《こば》まない相手をついに見つけたな。

頭の中で自分が嘲笑《あざわら》った。

荒三位はその相手になってくれなかったがこれほど惨《みじ》めならば十分だろう。忍と違って逃げない、文句を言わない。

いつまでも土饅頭のままここにいる――何年でも何十年でも――

禿髪の子はぼんやりと立ちすくんでいる――

そのとき、奇蹟が起きた。

「泣くな。粽《ちまき》を食え。美味いぞ」

見知らぬ童子が横から、禿髪の子に声をかけた。

赤い絹の小狩衣《こかりぎぬ》をまとい、下げみずらを結った貴族の子だ。まだ十歳にもならないだろうが、顔つきもふっくらとして品がある。

太郎のようにも――幼い頃の自分のようにも見える。

手に粽と竹筒を持っている。

「こっちは柑子《こうじ》の汁だ。飲んでみろ。甘いから」

禿髪の子はかぶりを振った。ぽたぽた涙をこぼしていた。

「悲しい。ものなど食えない――」

「悲しむことなど何もない」

童子は左手に竹筒を持ったまま、祐高を指した。

「悲しみも苦しみも全て、あの方が解決してくださる。検非違使の別当さまだ。罪は人のものだ。お前は美味いものを食って飲んで忘れてしまえばよい。意外と苦しいのは治る。嘘だと思って食ってみろ。案ずるな、親などいなければいないでどうとでもなるのだ」

そうして童子は無理矢理に禿髪の子に竹筒を持たせ、粽をほどいて中の餅《もち》を出す――

「――さま、別当さま」

泰躬の声で我に返った。

目の前にあったのは枯れ草と土饅頭だけだ。子の姿などどこにもない。

祐高は身体が傾いたのか従者に右肩を支えられていた。従者の方が背が低いので大変そうだ。

自分でちゃんと姿勢を正そうと思うのだが、頭がぐらぐらして立っていられない。泰躬も左肩を支え始めた。祐高の図体《ずうたい》が大きいせいで二人がかりでも不安定だ。

「お顔が赤《あこ》うございますよ。お熱があるのでは」

「何か術を使ったか？」

「いえ？　必要ですか？　熱冷ましは薬湯の方が効くかと」

薬湯は苦いから嫌いだ――答えるのもままならない。

「風病《ふうびょう》を軽んじてはいけませんよ。早くお邸にお戻りになって薬湯をお召しにならないと。典薬寮《てんやくりょう》に連絡いたします。夕餉は粥《かゆ》など軽いものになさって、湯殿は控えた方がよいでしょう――」

声が遠く聞こえる。

何だか妙に眠い。目が痛いのか。目をつむると楽な気がする。

闇の中は温かい。

ここで忍が泣いて詫びに来るのを待つのも一興だ。もう遅い、そう笑ってやるのだ――

10

高熱が気持ちよかったのは最初の四半刻だけだった。

その後は関節が痛くて眠れない、だるくて起き上がれないのに眠ることもできない、薬湯が地獄の沼のように不味《まず》い、ちょっとうつらうつらすると悪夢にうなされる、散々だった。

病など何もいいことがなかった。忍も帰ってこない。

典薬寮の薬師《くすし》の見立てでは宿酔からの風邪。

だがそう寝込んではいられない。朝には熱は下がったので兄のところに行かなければならない。

安倍泰躬からの手紙を見て、決意した。

祐高が検非違使庁の武官たちとその手勢、五十人ばかりを引き連れて按察使大納言の邸に乗り込んだのはその日の夕方——使庁の武官たちに出てこいと言うのが一番大変だった。皆、他の仕事をしていたので。

按察使大納言邸の見張りは、学生矢田部なる者は一度も出てこなかった、と。

築地塀《ついじべい》にしつらえられた立派な丹塗《にぬ》りの四足門は屋根つきで牛車が通れるほど大きく、ここだけでもちょっとした御殿だ。按察使大納言の認めた貴族だけを受け容《うい》れる。

だが今日は違う。

「これより別当宣において我が子を殺めた罪で学生矢田部清麿を捕縛する！　別当宣は主上の宣も同じ、逆らう者は容赦せぬ！」

軍勢を率いる平少尉《へいしょうじょう》が先頭に立って大声で書状を読み上げる。四十半ばで小柄《こがら》だが検非違使庁きっての古強者《ふるつわもの》、彼は緋縅《ひおどし》の鎧《よろい》すら着けていた。

これほどの大役は少将純直に任せたかったが、いないものは仕方がない——按察使大納言が左大臣側なら彼は苦しい立場だっただろうからいなくて正解かもしれない。

「お、お待ちあれ」

常になく大勢な上、別当宣と聞いて按察使大納言邸の門番たちはうろたえた。一人前に胴丸を着て薙刀など持っているが、彼らは洛中《らくちゅう》を徘徊する賊と戦い、按察使大納言に胡麻《ごま》を擂《す》りに来る小役人や芸人を追い払うためにいる。敵はならず者、身分の低い者だ。使庁の放免一人二人ならともかく別当宣を携えた五十人の鎧武者の軍勢、高貴な黒の礼装を着た別当本人の牛車までいる一行など寝耳に水だろう。

「急ぎ、主の意向を伺い――」

「按察使大納言さまとて主上の臣、別当宣は主上の宣も同じ、臣の意向など伺う必要はない！　門を開けないならば力ずくで打ち破る！」

門番はためらいがちにこちらをなだめようとしたが、少尉は大声で遮った。

門を破るというのは脅しではなく、尖った太い丸太を何本も束《たば》ねて荷車にくくりつけたものまで用意してきた。大勢で押し引きして何度もぶつければ閂《かんぬき》を下ろした門扉でもぶち破れるそうだ。

丸太の荷車を目にした門番たちは露骨に狼狽《ろうばい》して、やがて自分たちで門の戸を開けた。本当に打ち破られて主自慢の四足門を傷つけたらかえってお叱りを受ける――

「行け！」

少尉が号令すると、手勢たちは容赦なく門に殺到し邸に乗り込んだ。

公卿らしい冠に黒の束帯姿の祐高は、命令など下官たちに任せて大路に止めた牛車に乗ったまま、後ろから眺めているだけだ。なるべく偉そうにふんぞり返って。病み上がりで束帯が重いのもある。格式ある装束は動きにくいものだ。

門の中からは女の悲鳴が聞こえた。武装した軍勢が汚れた足のまま、邸に踏み入ったのだ。無理はない。

「かまうな！　貴人の寝所を暴いてでも学生を捜し出せ！　別当宣に逆らう者は縛せ！」

少尉はがらがら声を張り上げていた。はったりを利かせるのが半分――怪我人はあまり出したくないが抵抗が激しいなら多少脅かす程度はやむなし。少しばかり邸を壊してもいいと言ってある。

そのうち兵が一人戻ってきた。

「別当さま、按察使大納言さまがお話があるので車宿《くるまやどり》においでになるようにと」

――来た。

祐高は牛車を車宿に入れさせた。たっぷり時間をかけて牛を外して祐高は優雅に牛車を降り、衣擦《きぬず》れの音を立てて裾《きょ》を引きずって、四十代で上品な髭《ひげ》を蓄《たくわ》えた按察使大納言と対峙する。

築地塀の内側は外とは打って変わって心地よい緑の庭園が広がるが、今日は見ていられないのが残念だ。

車宿も来客の牛車に見劣りしないよう、白木の梁《はり》や高欄などよく磨かれて金色の金具がふんだんに使われている。ここは邸のほんの入り口に過ぎないが、誰を招いても負けない矜持《きょうじ》を感じる。

祐高はまず両手で笏《しゃく》を持ったまま深くお辞儀した。

「失礼いたしました、按察使大納言さま。この者どもが罪人を庇い立ていたしますので、少しばかり手荒な真似をしております。京の平安を守るためにございます」

緩やかに話すすべは兄の物真似だ。この方が相手は怒る。予想通りに按察使大納言は貴族らしくもなく顔をしかめて舌打ちした。

「ぬけぬけと。随分来るのが遅かったが、新しいおもちゃを使ってみたくて用意させていたのか？　何だあの野蛮な代物は、荒三位にでも教わったのか」

丸太の荷車のことを言っているのか。

「うぬのことは宮廷の良心と思っていたのに令室が不貞を働いてから乱行続きだな、祐高卿。お父君は草葉の陰《かげ》で嘆いておられよう」

按察使大納言が言葉で刺してきた。——これはお互い怒ったら負けの勝負だ。祐高は努《つと》めて冷静に返事をする。

「妻は貞淑で我が身に降りかかった火の粉を払っただけですが、家庭に見苦しいところが多いのは認めます。しかしこたびは世の正義を守るためです」

「正義だと、大将のお許しがあれば何をしてもよいというのが正義か。余を辱めるために別当宣を濫発するなど」

恐らく按察使大納言はこの後で左大臣家に駆け込んで、「大将祐長とその弟がこんなにひどい」と涙ながらに訴え、大将祐長の仲間になってもいいことなど何もないと広く世間に知らしめる。そういう段取りになっているのだろう。

そもそも悪党を庇った按察使大納言が悪い、という常識にたどり着いてくれる人は何人いるのか。祐高はため息をついた。

「はて、何をおっしゃるのでしょう。まさかわたしが兄弟の情に溺《おぼ》れて右大将閣下の言うがまま別当宣を書いて狼藉《ろうぜき》しているとでも？」

「違うと申すか。ならばなにゆえ我が邸を穢している」

「もとより人殺しを匿《かくま》う邸など穢れておりますが、無論、学生矢田部への疑いが定かになったため」

「定かであると？　それこそ大将が難癖《なんくせ》をつけてきたか。宴には確かに――」

「当日夜明け頃、鳥羽伏見の農夫の娘が泣く子をあやすため家の外に出ると、顔を血に濡《ぬ》らした悪鬼の如き男が街道を駆けてゆくところであった、確かに見たと申しました。他にも不審な男を見たという話がございます」

祐高は揺るぎなく語った。

――これが彼の政治だ。

祐高が病に臥《ふ》せっている間、安倍泰躬は家人に手伝わせて鳥羽伏見で聞き込みをしていた。

彼は今回失態が多いのを取り戻そうと、家出した忍の牛車の一行を見た者がいないか捜していたのだが、全然違う話を拾ってきた。

真っ暗闇の中、一刻もかけて鳥羽伏見に行くのはいくら人殺しでも恐ろしい。野盗に遭うかもしれない。

学生矢田部は血に酔って室町の家からは走り去ったが洛外《らくがい》に着くまでに醒《さ》めてしまい、夜陰に紛《まぎ》れて人気《ひとけ》のないところに潜み、夜が白み始めてから一気に主人のいる鳥羽へと街道を走った――

「また鳥羽伏見の別荘の門番が、朝方血まみれの男が按察使大納言さまを訪ねてきたものの、身なりが穢らわしいので門の外で待たせて顔を洗わせたと申しました。その男は按察使大納言さまの行列とともに京へ戻ったと。これが子を殺めて返り血を浴びた者でなければ何でありましょうか」

ここに来て泰躬の話と符合する証言が出てきた。宴席にいた当人たちは有耶無耶《うやむや》にしようとしたが、答えを知っている者が他にいた――犯人はずっと別荘の外にいたのだ。

瑞雲の絵を誰が描いたかなど問題ではない。

祐高は絶句する按察使大納言に向かって唱えた。

「按察使大納言さまは人殺しをお邸に招じ入れ、穢れた身で参内して清浄であるべき内裏に穢れを持ち込みました。由々しきことです。それもまた罪でございますから追って沙汰を下します。しばし謹慎なさいませ」

「よ、余が穢らわしいだと」

按察使大納言の声が震えた。

「血は穢れ、まして幼い我が子を殺めるような者は人でなしの鬼畜生でございます。そのような不心得者をそば近くに置くとは臣としていかがなものか。主上の御稜威《みいつ》にかかわります。ご注意めされよ」

「うぬは、伏見の農夫の子や門番などという地下《じげ》の言うことを真に受けて我が邸に踏み込んだとそう申すか⁉　宴席の公卿の話は嘘であると⁉」

「身分は違えど人の言葉に重いも軽いもありましょうか。酔っておられたのか宴席の皆さまの話は全てあやふやであてになりませんでした」

祐高は心からそう信じて説いたつもりだったが、按察使大納言は顔を真っ赤にし、板敷を蹴った。もう貴族の体裁は投げ捨てて唾《つば》が飛ぶほどに祐高を罵る。

「おのれ、大将祐長！　余を愚弄《ぐろう》するのに、ふ、伏見の農夫だと⁉　言うにこと欠いて！　許さぬ、許さぬぞ、うぬもだ！　今に見ておれ！」

「兄上は関係ありません、全てわたしの独断にございます」

「うるさい、図体ばかり大きな負蝗虫《おんぶばった》！　兄に手綱を取ってもらわねば一歩も動けぬ駄馬めが！　うぬら兄弟、まとめて地獄を見せてくれるぞ！」

――やはりそうなるのか。

按察使大納言はついに祐高の袍《ほう》にまで手をかけた。

が、何分、祐高の方がずっと背が高い。胸ぐらを摑《つか》まれて拳《こぶし》を振るわれても、ひょいと首を動かせば躱《かわ》せる。按察使大納言の動きも鈍《にぶ》い。祐高が身体ごと動くと、取りついた按察使大納言の方が振り回されるありさまだ。

「按察使大納言さま、おやめください。そちらが目上とて見苦しい。若輩なれどわたしも公卿でありますぞ。礼儀を弁《わきま》えられよ」

「ええい、避けるな！」

袍の留め具だけ千切れて飛んだ。

ここは一回くらいぶたれてやった方がいいのかと思い始めた頃、按察使大納言が息を切らし、床に膝《ひざ》をついた。

「おのれ、おのれ……！」

按察使大納言は祐高に届かなかった拳を床にぶつけた。むなしい音はよほど痛々しく、やはり殴られた方がよかった。

祐高が袍の胸許《むなもと》を手で押さえて待っていると、ほどなくして学生矢田部は捕縛された。

ここまで追い詰めた男、どんな悪鬼羅刹かと思っていたが、縄を打たれて平少尉に引き立てられていく若者はまだ二十そこそこで顔立ちは柔和ですらあった。怯えた目をしていて、酔っていたとしても太刀で我が子の首を斬ったなど到底信じられなかった。

彼を笞打って白状させても、祐高はきっと納得できなかっただろう。

祐高が得たのは真実だけ、世の中は祐高の敵ばかりになった。

全て兄の言った通りになった。

11

兄に無断、というわけにはいかなかった。

朝は湯殿で寝汗を流し、髻を結い直して整え、香を焚きしめた新しい赤い直衣を着た。赤は子供っぽい色だが役に立つこともあるだろうと、忍が特別に仕立てたものだ。

すれ違いにならないよう兄に使いを送り、牛車で白桃殿邸に赴いた。

白桃殿邸では珍しく東の対に通された。春の庭の桜の木の葉がこのところの涼しさで赤く色づいていて庭好きの祐高に見せたいとのことだった。回廊を渡る間にその赤い桜の木々が迎えたが、紅葉の赤いのよりも寂しげだ。

「おお二郎、やつれたなあ、たった一日で」

祐高が東の対に入ると兄はなぜだか嬉しそうに駆け寄ってきて、祐高のほおを両手で挟んで肉のないのを確かめた。子供をあやすようで恥ずかしい。

「言ってくれればわたしがそちらに行ったのに。いやここは病み上がりに精がつくようなご馳走を出してやるべきなのか。何がいい。鯉はどうだ」

「いえ、粥を食べたばかりで腹は一杯です」

朝に人の家に来て飯を食うやつなどいるか――

「このような時刻に申しわけありません、参内なさるところでしたか」

とはいうものの大将祐長は縹《はなだ》の直衣に帯を締めないままだった。起き抜けに一枚羽織っただけでだらだらしている。

「一緒に行くか。折角元気になったのだ」

「いえ、わたしはお話があって参りました」

「ならば遅れてもかまわん。二刻くらい」

「二刻も遅れたら朝 政《あさまつりごと》は終わりますが」

「お前が内裏よりうちを取ったのだから当然だ」

こんなに気遣われると多少気が引ける。

兄が母屋の畳に座するのを待って、祐高も自分の席に座し、改めて一礼して切り出した。

「宴を催した鳥羽伏見の邸は兄上の別荘と聞きます。門番から話を聞きたいので、お許しを得ようと」

「それはわたしに都合のいい話をさせてくれるという意味か？」

兄は屈託なく聞き返した。――こういう反応は予測していたのでがっかりはしない。

「こちらの証言と照らし合わせたいのです。何を聞くか兄上に前もってお知らせするわけにはいきません」

「潔癖性め。この話に政治と無関係な部分などないぞ」

兄の方がため息をつき、脇息にもたれた。諦めたように手を振る。

「もうよい。お前のこだわりを貫《つらぬ》け。悩みすぎて寝込んだのだからな。わたしは鬼ではないぞ」

「それと、兄上に謝罪したいことがございます」

「謝罪？」

祐高にとってはこちらが本題だった。

「宰相中将さまの死の真相ですが」

「何だ、突然話が変わるな。お前までわたしが犯人だと言うのか」

兄は薄く笑った。

兄の妻の弟が死んで右大臣である舅の跡継ぎの座が空いた件は、世間では邪推が邪推を呼んで収拾がつかなくなっていた。

「逆です。わたしは犯人を知っております。かの御仁はもっと些細な恨みで殺められてしまいになりました。政ではありません、私怨《しえん》です。しかしわたしは世の中に波風を立てまいとして、病死であると布告しました。——そのせいで、兄上にかの御仁を暗殺したという不名誉な風評が」

「ああ、そう」

兄はうなずいた。動じた様子はなかった。

「まあ死んでしまったものは仕方がないし、真相を明らかにしたところでわたしを疑う者はいただろうよ。気にするな。得てして人は真実などより面白い噂の方を好むものだ」

その言葉を聞いて祐高は痛感した。兄にとって宰相中将の死は自分の立場を利するかどうか、だけなのだ。義兄弟として同じ邸で寝起きしていたことがあるのに。

「犯人が誰であるかもわたしは聞かないことにする。知ったところで詮《せん》ないことだ」

——何もできなくても知りたがる忍とは正反対——

「詮ないこと、などではありません」

祐高は悔しくてならない。

「兄上の名誉が傷ついたのはわたしのせいですし、今、兄上と女四の宮さまの新婚生活が上手くいかないのもわたしのせいなのです。わたしが余計なことをしなければ」

その告白で、先ほどと違って兄の視線が少し泳いだ。

「……そんなつもりでお前に愚痴ったのではなかったが。気に病むな」

「いえ、わたしのせいなのです。兄上が大恥をかけばいいと思って酒によからぬ薬を混ぜて贈りました」

「は?」

驚いたのか、兄の背がまっすぐ伸びた。祐高は続けた。

「誰もわたしを一人前の大人だと思っておりません。皆、わたしが正直者だ、悪いことはできない、そんな度胸はないと信じて——軽んじております。我慢ならなかった。半人前で臆病者《おくびょうもの》だと。朝宣も兄上も皆！　だから兄上の一生の大事を、台なしにしてやろうと！　一時の激情で愚かなことを致しました！」

先月、祐高がしでかした一件は、深く考えてそういうことだった。

こんなことを聞いて兄は激怒するかと思いきや、目を剝《む》くばかりだった。いつか酒と間違えて墨を飲んだときこんな表情をしていただろうか。すぐに返事もしない。やっと言ったのは。

「……お前、いつの間にか大人になっていたのだなあ。まさかそんなに悩んでいたとは。しかし——」

「許さないでください！」

兄が感慨深げにまとめようとしたので、言い終えるより先に祐高はまくし立てた。

「わたしは甘えた人間です。それだけのことをしでかしても兄上は笑って許してくださる、そう思っていたのです！　本当に兄上を裏切る気概などなく、いたずらをしただけのつもりだったのです！」

「普通はそういうことは、十五や六くらいでするものかと……」

「兄上は優しいから、わたしがねだれば寺の一つや二つ建ててくれると思ったのです！」

「……まあ、建てろと言われれば建てるが……なぜお前は寺にこだわる？」

「は？」

「兄上の留守中に白桃殿さまを甘い言葉でかき口説いたりもしました！」

「忍さまが今、家出をしているのはわたしが兄嫁に言い寄るようなふしだらな男と知れたせいです！」

「待て待て、何だかわからん。白桃殿？」

邸の女主人は邸の名で呼ばれる——弟が妻をかき口説いたと聞いてもまだ兄は怒った様子ではなく、身体を反《そ》らしておののいているようだった。

「変わった趣味だな……くれと言うならやったのに」

やっと息も絶え絶えにそう言った。

「懸想して我がものにしたかったのではありません、兄上が皇女降嫁で有頂天になっていたので当てつけてやりたかっただけです！　油断している寝首を掻いてみたかったのです！　わたしは不実な男です！　それで白桃殿さまにも忍さまにもそっぽを向かれているのです！　誇り高い白桃殿さまはわたし如きに辱められるのをよしとせず脇息を投げるは羹《あつもの》の鉢を投げるは、結局騒ぐだけ騒いで指一本触れられませんでした！　わたし一人が恥を晒《さら》しただけで白桃殿さまは至って貞淑です！」

「別に不貞でもよかったが……」

祐高の話を聞いている間、兄は死人のような顔で何の具合か「ぐぼっ」とげっぷともしゃっくりともつかない変な音まで立てていた。なのに返事はこれだった。

「兄上を裏切ってやりたいと思ったのに、それすら兄上に甘えてのことだったのです！　わたしは自分が恥ずかしい！」

「……お前にも青春の屈折があるということだけはわかった。お前と白桃殿？　他にいい女がいくらでもいるのに……」

「恋慕ではありません、何でもいいから兄上のものを奪ったりかすめ取ったりしたかったのです。しかし叶いませんでした！」

「まあわたしにもむやみに父上の妾に手を出していた時期があったが……そんなところでわたしとお前が似ているとは」

「わたしはあんなことをするべきではなかったし、宰相中将さまを殺めた犯人もこの手で罰するべきでした！　兄上の信頼に応《こた》える人間ではありません」

「お、おう」

なぜだか謝罪する祐高の方が大声ではきはきしていて、それを受ける兄の方が煮えきらずびくびくしていた。青ざめていたが、それは己の妻を案じてのことではなかった。

「真面目なお前が道を踏み外すほど悩んでいたとは……わ、悪かった。わたしもこのところ口やかましく言いすぎた。そんなに追い詰めていたとは。反省する。もう忍の上と別れろと言ったりしないし、小夜の上と政略結婚もしなくていいから。子育てにも口出しはしない。これまで勝手を言ったが、話し合おう。な。お前はもっと楽に生きていいのだ」

ついに兄の方が謝り始めた。自分は義弟を殺した疑いをかけられても平気なくせに、今になってうろたえて必死で言いわけしようとしていた。祐高が父の三回忌に数珠を忘れたときは烈火のごとく怒って親不孝者と罵り、従者まで叱りつけたのに。どう考えても祐高はあのときより今の方が不孝で不忠だ。

「わたしは別に大丈夫だ。気に病むな。白桃殿の貞操など大したものではないし、酔って大恥をかいて女四の宮の機嫌を損ねたが、十四の娘など美しい絵や小鳥を贈ってなだめれば済――」

「許さないでください！」

またしても祐高は兄の言葉を遮った。兄は目をぱちくりさせた。

「普通は許せと言うのだろうに？」

「兄上は検非違使別当などわたしの名につける飾り程度にお思いでしょうが、わたしはこれを天職と思います。もうわたしは間違ったことなどしたくありません」

祐高は言い放った。

「策を弄《ろう》して人を右や左に動かすのは政ではない。誰でもよいから見せしめに人を笞で叩いてみせて民草に言うことを聞かせる、検非違使庁の務めはそんなことではない！　わたしたちは真実をもって死者の霊に報いる。正しき裁きが君主の徳となる。別当祐高は主上の臣であるからには間違えてはならない、今からでも――」

結局、祐高が臥せっていたのはそういうことだった。

小寺の子らは熱に浮かされて見た幻に過ぎなかったのかもしれないが、天啓でないとも限らない。

見て見ぬふりなどできなかった。

「兄上、わたしは過ちばかりの恥ずかしい男です。己でわかっております、不出来で未熟で生きているのが嫌になる。でも首を斬られ命を絶たれたのはあの子で、生きているのはわたしです。痴《し》れ者《もの》のわたしが正しく生きて民草に範《はん》を示さなければ、この世に正義などありはしません。正義のない世は君主の徳を損ない、世に災《わざわ》いをもたらし、主上の御身にも降りかかるでしょう」

まだぼんやりしている兄の目をまっすぐ見つめて祐高は説いた。

「真実に誠実に向き合わなければ死人の霊を鎮めることなどできない」

「――阿呆《あほ》らしい」

兄の答えは短かった。さっきまで惑っていた目が冷たい。

「人など毎日死んでいるのに」

「全ての死人に向き合うなどできないでしょう。ですがそれはあの子の死を軽んじていい理由にはならない。目の前のこと一つ一つを糺《ただ》さなければ何もなしえません。兄上は面倒で目を背けようとしているだけです」

祐高は揺るがなかった。

兄はため息をつき、檜扇で自分の手のひらを叩いた。拍子を取っているようだった。何やら口の中でぶつぶつつぶやいている――

「……其《そ》ノ服屋《はたや》ノ頂《むね》ヲ穿《うが》チ、天斑馬《あめのふちこま》ヲ逆剝《さかは》ギニ剝ギテ堕《おと》シ入ルル時ニ……」

……古事記？

〝天斑馬〟とは確か、須佐之男命《すさのおのみこと》が神聖な機屋《はたや》に皮を剝いだ馬の骸を投げ込んで機織り女を殺し、天照大御神《あまてらすおおみかみ》の心胆を寒からしめた――公卿の教養としては知っているべきなのだろうが、なぜ今？

同じところを何度も繰り返してから、兄はすっくと立ち上がってすたすた祐高の方にやって来て、畳の前に座った——祐高が下がって畳を譲った方がいいのかと思ったとき、檜扇で肩を小突かれた。

「全く何から何まで勘違いをしている。甘えている。お前は骨の髄まで甘えているぞ二郎！」

祐高を喝破する声の張りが今までと全然違った。頭にびりびり響いた。

「親であっても子の命を取ってはならんと、それしきのことを民に教えるのに手間をかけていられるか！　悪事には厳罰をもって処するのみ！　幼子を殺めるような鬼畜が律令を説かれて悔《く》い改《あらた》めるか！」

先ほどはまるで興味なさそうだったのが信じられない。いや、兄の寝ぼけた白い顔がみるみる赤く染まって白目まで血走っていく。祐高は息を呑《の》んだ。何かが起きていた。

「悪には笞！　それしかない！」

「誤った相手を笞打っても改心など——」

「悪人を罰するなど誰にもできはしない、いいいいいいいいい！」

その挙げ句、大将祐長は信じがたいことを口走った。

「できなくても、罪を犯せば罰するという姿を見せるのがお前の役目だ、検非違使別当！」

「何をおっしゃっているのですか」

「子殺しの罪人が笞打たれているのを見れば子を持つ母は安堵する！　どうせ学生を笞打つ結果は同じならば拙速をこそ尊ぶべし！」

勢いで口から出任せ、出鱈目《でたらめ》を言っているのかと思ったが、それなりに理《り》が通る。返事ができない間も兄の話は続いている。

「お前が無為に過ごしたこの五日、洛中の幼子の母たちは皆、検非違使別当さまは貴族の絡む話は有耶無耶にしてしまうと恐れていた！　別当さまの邸に駆け込む、そこまでしても下司の声は揉み消されてしまうとな！」

怒っている？　なぜ？　見も知らぬ女や子のために怒る人ではないはずなのに？

兄はそこから急に調子を切り替えて声音を弱めた。

「そうして憐れな女が一人、京を去った。別当さまが手を差し伸べなかったばかりに――駆け込んだ翌日に沙汰が下っていればあの女は京から出て行かなくて済んだのに。民草に言うべきことがないか？」

「言うべき、とは何を」

「当たり前のことをするだけなのになぜこんなに時が経ったのか弁解しなくていいのか！この騒ぎで心を痛める大勢の人々に！」

兄は大仰に声を揺らし、袖《そで》に顔を埋めて嘆いた。まさに闊達《かったつ》自在。祐高は何が起きているのか受け止めるだけで手一杯だが――

冷静に考えると、凄《すさ》まじく恐ろしい。祐高は反論できない自分に気づいた。

「お前は撫民《ぶみん》を疎《おろそ》かにしている、民草を人と思っていない！　為政者の態度ではない！　己の責任を何だと！」

――兄は普段、民草が何を思うかに心を砕いたりしていない。気にしているのは朝廷の臣のことばかり。

彼は日和見の浮き草連中が長と仰ぐのに相応しい人徳の持ち主だ。間違いない。そもそも罪人を見せしめに笞打つことを〝撫民〟とは言わない――

多分、こんなことを言って一刻も経てば全部忘れる。

なのに的確に祐高が〝言われたくないこと〟を見抜いて射貫《いぬ》いてくる。この声ばかり大仰な演説で、こちらの言葉がどんどん封じられて言いたいことが言えなくなっていく。さっきまで確信していたことが揺らいでいく。

許されざる罪まで告白するほど覚悟していたはずなのに。

兄の方は自分で信じてもないことを今、思いつくまま喋っているだけ？　この速さで？

これが兄の全力？　祐高の足を掬《すく》いに来た？

「人は誤るものだ。朝廷の臣とてそれは同じだが、民草の上に立つ者は絶対に誤りを認めてはならない。認めなければそれは正義になる。正義に真も偽もない。正しいから正しいのだ。誤り、偽りを恐れて証がなければ何もできないなど惰弱の極み、臆病者だ、お前は。信賞必罰とはいいやつを褒めて悪いやつを懲《こ》らしめることではない、〝それらしく見えるやつをそのように遇する〟のだ。言葉を杓子定規《しゃくしじょうぎ》に受け取って毫《ごう》ほども違《たが》わぬまことの悪を捜すなど本末転倒も甚だしい」

勢いがいいだけの詭弁《きべん》なのに少しも反論できない。

――祐高が「許すな」と言ったせいだ。笑って許す方がずっと簡単なのだ、この兄は。

今、彼は――怒りに燃える須佐之男命そのもので、神馬《しんめ》の皮を剝いで女を殺すくらい何でもない。そう思い込むようにさっき、自分で自分を鼓舞していた？

「民草に範を示すだと、笑わせる。お前が綺麗ごとをほざけば声が世の隅々まで響き渡って悪党が改心するとでも？　笞による見せしめでも悪党が怯えて慎《つつし》めば正義で、心から誠を説いても改心しなければ無益だ。人を右や左に動かすのが政治ではない、世の中をよくするのが政だ。どうせ効かないと言って何もしないよりは見せしめでもやった方がずっとましだ。お前の真実とやらで世の中がよくなるものか。京の民草が畑を耕す手を止めてお前の長い話を聞いてくれると思っているのか」

政とは。

今、兄の口から出る言葉だ。

「お前は己の感傷や憐憫《れんびん》に都合のいい理屈をつけているだけで世間のことも将来のことも見ていない。悪に堕《お》ちて世に仇なす者を減らすために律令があり、沙汰がある。騒ぎが大きく耳目を引くうちに沙汰を下さねば。いくら正しくとももとうに忘れられた昔の罪を裁いたとて意味がない。我ら人の上に立つ者の務めは、法をもって無知蒙昧《もうまい》なる民草を教化し導くことである！　笞も枷《かせ》も道具に過ぎない」

――違うのです。

わたしは、あのとき、あの小寺で、確かにあの子らに会って。

だから、正しく。

「お前が貴族の間を右往左往した挙げ句に臥せっていた間も民は田畑を耕し、薪を拾い、魚を漁《すなど》り、市で商っていた。恥ずかしくないのか！　死人にしか意味のない真実など、何だ！　そんなもので主上の御稜威を守れるか」

淡い夢が歪《ゆが》んだ正論の濁流で押し流されてしまう。

兄は檜扇を短刀のように握り、祐高ののどもとに押しつけた。鈍い痛みが骨にじかに食い込んだ。

「過ちを認めながら許しを乞《こ》わないというのは確かに甘えだ。愚か者め。望み通り許しも罰しもしない。甘やかしてやる。ずっと子供のままわたしの愛に溺れ続けろ」

吐き捨てる兄の白目は真っ赤で今にも血の涙を噴《ふ》き出しそうだった。

同じ心にあらずとも

1

忍は御仏に祈っていた。

薄暗い御堂に荘厳な誦経《ずきょう》の声が響き、金箔《きんぱく》が貼《は》られた巨大な御仏が細く開いた玻璃《はり》の瞳《ひとみ》で慈悲深く彼女を見下ろしていた。大きな玻璃を仏像の目に嵌《は》め込み、瞳とする玉眼の技は仏像に生きているかのような表情を与えるが、こうなると冷たく見える。

周囲には白装束の僧たちが並んで経を誦《じゅ》している。僧といえば墨染めだが大がかりな法要では清浄な白をまとう。

「——さあ、お方さま、御手を」

僧に促《うなが》され、忍は両手を合わせ合掌する。

「これよりお髪《ぐし》を下ろします。誦経するのです。極楽浄土を思って」

童女の頃から伸ばしてきた身の丈より長い黒々とした髪に、これより剃刀《かみそり》を当て、肩までの長さに切り揃える――髪は女の命、それを自ら捨てて名前を変え、華やかな衣を墨染めに着替えて生臭《なまぐさ》を断って御仏に祈るばかりの静謐《せいひつ》な暮らしに入る。

が、男と違って女の出家は求道とは見なされない。女が徳を積む方法は男児を産んで僧にすることしかなく、本人の努力は認められない。未婚ゆえに出家することもあるが、男ほど価値のあるものではない。

常ならば女の出家は冥府《めいふ》に先立った夫を思い、その菩提《ぼだい》を弔うためのもの。死ぬまでの時間を亡き夫に捧《ささ》げ、新たな夫を迎えず貞淑であると誓うためのもの。女の姿を捨てて亡き夫に代わって一族を導く気概を示す、そういう人もいる。

だが結婚した夫が存命の場合――妻の出家は結婚生活の決裂を意味する。夫から与えられる全てを拒んで生きていくことを。

髪を切った女は死んだものと見なされ、家事や育児にかかわることもなく布施を受けてただひたすら誦経と写経を行い、極楽往生を念じる。無論夫とは床を分ける。我が子の顔を見る回数も減るだろう。

世間は自分をなじるだろう。夫を捨てた女であると。信心を言いわけに俗世で御家に尽くす務めから逃げた怠け者と。

夫と別れなければならない、どんな不義密通があったのかと疑われもする。

祐高も嘲笑《ちょうしょう》され、指さされる。妻に逃げられた夫と。

女が俗世を捨て、人生を捨てるとはそういうことだ。

自ら生ける屍《しかばね》となっても夫との愛欲の日々を断ち、男でも女でもないものになって命を御仏に捧げる――緩やかな自殺。

夫とともに極楽浄土に昇り、同じ蓮の上に生まれ変わる運命も失う。

それでも忍は抗《あらが》うことなく数珠の珠を繰り、憂《う》き世《よ》の悲しみを思った。響く誦経の声に心を委《ゆだ》ね――

「忍さま！」

その決意を破る声がした。

祐高が妻戸を押し開け、彼女を見下ろしていた。青みの強い狩衣が長身によく映えて心なしか顔立ちまで常より凛々しく見える。

いけない。忍は顔を背けた。

「祐高さま。わたし、あなたとはお別れして――」

「帰ろう、忍さま！」

祐高は聞かずに手を握り、忍を抱き上げた。身体が大きいのをいいことに、周囲の僧たちが慌てふためくのもおかまいなしだ。

――勝手な人。

思いながらたくましい腕に忍は身体を委ねていた。

彼に捕らえられてしまっては、忍が多少抵抗したところで無益だ。忍が祐高をひっぱたいたところでたかが知れているし、殺す気で打ちかかることなどできはしない――

「お待ちあれ、お待ちあれ！　ご無体な！　女人《にょにん》の尊い決心をむげにされるのか！　罪ですぞ！」

僧たちが呼び止めたが祐高は耳も貸さずに御堂を出、忍を抱いたまま白馬に飛び乗った。あっという間に山門をくぐり、街道に駆け出して——

街道のど真ん中ではたと我に帰って馬を止めた。忍がようやく顔を上げると、祐高はおろおろと来た道を振り返っていた。

「ど、どうしよう忍さま。つい連れ出してしまったが、戻って謝った方がいいのだろうか」

——今頃、少年みたいな顔をして頼りない声を出す。忍は白《しら》けてしまった。

「何よ今更。やめてよみっともない」

「法会をぶち壊すとは、大変なことをしてしまった。あちらの御坊は皆、とても偉い方々だったのでは。わたしは怒られるのでは。ああ、またわたしは考えなしをして兄上にご迷惑を。あなたのこととなると見境がなくなって」

何をぐだぐだと。

「戻ったらわたし、出家してしまうんだけど」

「それは困る。わたしが生きているうちに忍さまが出家するなどもってのほか、許さないぞ」

「なら、ちゃんとして」

「はい」

忍がぴしゃりと言うとなぜか祐高の方がしょんぼりした。

「どこに逃げるか決まってるの?」

「も、勿論《もちろん》だ」

これで「わからない」とか答えたら本当に戻って出家するところだ。

「……ところでここはどこだろうか」

「やっぱり出家しようかしら」

「忍さまがこんなところに来るから……方角はわかっている。あちらが西だ」

二人は草原の中にいた。枯れた葦《あし》と赤い薄の穂が風に揺れる。もう冬だというのに少しも寒くない。

その向こうに大きな黄金の水面が見えた——淡海? 貴族の邸の池ではない。

近江の古都は大きな湖のほとりだという。忍は本物の海を知らないが、鏡のような湖水は海と言われても信じるほどだ。真っ赤な日が沈もうとしていた。

太陽は天にあるときはさながら金の宝珠であるのに、今、湖水に触れるものは盆のように大きく炎のように赤く、溶けるように湖面にその赤が滲《にじ》んでいる。日輪がこんなに赤く染まるとは。禍々《まがまが》しいものを感じ、忍は息を吞んだ。

「忍さま。これを見せたかったのだ」

祐高は少し得意げだったが、忍には理解できない。

「……恐ろしい」

柄《がら》にもなく声が強張《こわば》った。

「夕日が恐ろしいものか。火が燃え移ったりはしない。ただまぶしいとか美しいとか言えばいい」

祐高は少し笑ったようだったが、忍は急に不安になって袖に顔を埋めた。

「わたし、人に見られてしまう」

よくよく考えて、馬に二人乗りなんて。何もかも丸見えではないか。

夫以外の男に姿を見られるなど、死ぬのも同じだ。

「誰もいない。この天地《あめつち》にはわたしとあなたと二人だけだ」

だが忍を守るべき祐高は、優しくかき抱くばかりで彼女を覆い隠す几帳《きちょう》も衝立《ついたて》も用意してはくれない。衣を脱いでかけるくらいしてくれてもいいのに。

「自由だ。どこにも逃げ隠れする必要などない」

全力で逃げ隠れしている最中だけど——などと減らず口も利けない。忍は袖で顔を覆って祐高にすがるしかない。

「御仏といえど日輪といえど、わたしたちの邪魔立てなどできはせぬ。わたしとあなたは比翼鳥のつがい、二人で一つだ。死するときも同じ」

祐高はどこで憶えたのか、随分強いことを言って馬を進めていく。先ほどは坊主に叱られるとしょぼくれていたくせに。

「そら忍さま、こちらの寺は義姉上《あねうえ》さまのゆかりで力を貸してくれると言う。お言葉に甘えよう」

祐高の言葉で顔を上げると、馬は小さな山門の前に来ていた。

「……祐高さま。わたしたち、寺から逃げてきたのよ？」

念のため忍は釘《くぎ》を刺した。

「まあ、思うところあるのはわかるが」

「わかっていただきたいし、小さくても寺よ。御仏に恥じるような行いはなさらないでね」

「し、しないとも。するはずがないだろうが。もう日が暮れる。夜に女人を連れ歩くなどあなたの身が危ないから」

夜でなくても危ない。

祐高は馬から下りると、忍を抱いたまま我が物顔で堂宇を歩き回った。

「こちらは大和《やまと》の帯解寺《おびとけでら》と同じく子安地蔵を勧請《かんじょう》し、特に女人にご利益があるという。こちらの功徳があれば女人は産で苦しむことも死することもない。何とありがたい」

祐高がべらべら喋るのに何となく不安を覚えた。

そして寺らしい瓦葺《かわらぶ》き入母屋《いりもや》造りの御堂《みどう》に連れ込まれると、中には香が焚かれ、焼き物の狛犬《こまいぬ》が守護するそれは豪勢な薄絹の帳《とばり》を垂らした御帳台が——

「……祐高さま。御仏に恥じるような行いはなさらないって」

あからさますぎて少し呆れた。——大和の帯解寺って。帯を解いたら子宝に恵まれるというのはどの辺が功徳なのだろうか。いや、できない人には深刻なのだろうが。

「あなたは前に、わたしに盗み出されてみたいと言ったではないか。好いた男に攫《さら》われるのがいい女というものなのだろう。わたしに寺から盗まれて、二人で夕日を見て情緒ある小寺にやって来て、恋慕の情が高まってはいないか。わたしを頼もしく思っていないか」

案の定、祐高は忍の肩に手を回してしれっと言った——どうしてくれようか。情緒も何も、忍は顔を隠していたので建物も庭もほとんど見ていない。

「今日はそういう気分じゃないの。またにして」

忍の答えは簡潔に、こう。

「そんなあ」

祐高はがっくりと肩を落とし、情けなく忍ににじり寄る。

「わたしたちは互いの御家が決めた、世間に恥じるところのない夫婦ではないか。夫婦は御家のため子宝をもうけて子孫繁栄に努めなければ先祖に申しわけない。夫婦の愛を御仏は禁じたりしていない」

「今日のあなたはわたしを御仏のもとから奪って迫っているのだから禁じられている方だと思うけど。御家とか世間とか先祖とかいつもあなたはそうね」

「わたしたちはそういう関係ではないか——も、もっと言葉に気持ちをこめろということか。心だけの愛はむなしい。身体だけではつまらない。心も身体も任せられるのはあなただけだ。わたしはもう、あなたが去ってから寂しくて寝ても醒めても。身籠《みご》もっていたときでさえこんなに長く離れたことはないから我が身を裂かれたようで」

言葉ばかり大仰にされても——忍は比喩《ひゆ》ではなく本当に我が身を裂いて三度も出産したので祐高がそんなことを言っても言葉遊びとしか思えない。

「もう一日くらい禁欲なさったら。多少我慢した方が健康にはいいわよ」

「なぜ今日はそんなにすねる。あなたはわたしの——まさか他に好いた男が」

祐高が青ざめるのが憎らしい。

「やめてよ。本当に気が乗らないだけ。祐高さま以外の男ならもっと噛みつくわよ」

「で、ではどうすればその気になってくれる。女人というのはどうしたら。今日、あなたのために仕度していたものは皆使い切ってしまった。どうしてわたしのためにもっとちゃんと夕日などを見て盛り上がっておいてくれないのか。ここまでいい景色はいくらでもあったのに」

勝手なことを言って、祐高は目に見えておろおろし始めた。

「——かくなる上は物語のような甘い言葉でかき口説くしかないのか！　今日は結構、わたしにしては甘い言葉をたくさんささやいていると思うのだが、その分の評価は！」

囲碁ではないのだから石を何個取ったら勝ちなんてものではない。だが祐高は諦め悪く、言葉を募《つの》らせてすがろうとする。

「あ、〝あなにやし、えをとめを〟！」

「比翼鳥がどうとか言ってた方がましだったわね」

「〝恋しかるべき夜半《よわ》の月かな〟！」

「それ恋歌じゃないわよ。〝ろくでもない世の中でも長生きしていればいつかいいことがあるのかな〟くらいの意味」

「文学はわからぬ！　こんな謎かけであなたの心は動くのか？」

「その気にならないというのはどちらかというと体調の問題だから、言葉を尽くしていただいても仕方がないわね」

「体調次第でわたしの愛がわからなくなると言うのか⁉」

「女の身体は複雑怪奇なの。忌《い》み日以外にもいろいろあるの」

「わたしはあなたを一途《いちず》に想って他の女を近づけていないというのに！」

ついに祐高は膝を折ってわっと泣き出してしまった――京の男は泣けば許されると思っている。根性が甘えている。

その「一途に想って」が恩着せがましい――などと言うと祐高本人を激怒させるのは間違いないし、乳母や女房など忍の側仕えまでも祐高の味方についてしまうのが目に見えている。どうも京では男は息をするように浮気をして愛人を囲うもので、そうではない祐高は世にも稀なる奇瑞の生き物、女の方から蓬萊《ほうらい》の玉の枝を差し出しても探し求めるべき上等な夫らしかった。男ばかり勝手すぎやしないだろうか。

忍は、夫にはもっと気の許せる愛人とみっともないふしだらな遊びをして妻の前では毅然としていてほしいのだが、愛人をあてがったりしたら根性が土台からだらしなくなって「愛人の前でも妻の前でも一様にみっともないふしだらな男」になるだけでうまくはいかないものらしい。

しかし夫をいつまでも泣かせておくわけにもいくまい。

「もう、祐高さま、子供みたいに泣かないでよ。わたしはあなたの乳母ではないのよ」

「なぜわたしを拒むのだ！　愛《いと》しい夫君と呼んでくれないのか！」

「では愛しい夫君。今日のところはお諦めになって。わたくし、きっと明日はその気になるから」

「明日だと」

「ええ、明日。眠って起きたらきっとあなたへの愛しい気持ちが増しているから」

忍は夫の横にひざまずいて念を押したつもりだったが。

「今日がいい！」

がばりと祐高が飛びついてきた——身体が大きいので抱きすくめられると重くて息が詰まる。

「わたしは三位の公卿だぞ！　妻たる者はいかなるときでも機嫌よく夫を迎えるもので、公卿たるわたしが触れて喜ばぬ女はいないだろう！　なぜ女の機嫌など取らねばならんのだ！」

それはほぼ駄々っ子のたわごとだった。

「わたしは何をしても許されるのだ!」

──残念ながら、京の雅男《みやびお》が女を手折《たお》るときの甘い言葉とはこの程度だった──


「まあ忍さま、吉夢ではないですか! 夫君が夢の中まで訪れてくれるなんて、何て素敵なのでしょう。物語のよう!」

──何となくそうではないかと思ったが、側仕えの女房たちは誰一人として忍の悪夢を理解せず、目を輝かせた。

重くてうなされて目覚めた忍が見たのは、六歳になる長男・太郎が胸の真上にのしかかって涎《よだれ》を垂れて熟睡している姿だった。寝ぼけたまままうろついて部屋を間違えたのだろうが、実母に夜這いをかけるとは恐ろしい息子に育ったものだった。

丁度夜明けだったのでそのまま起きて身仕度を整えさせた。着替えながら愚痴のつもりで夢の話を語ったら──これだ。

「流石、京で一番の愛妻家で知られる別当祐高さま、家出したお方さまを夢で追いかけてくるなんて情熱的でいらっしゃる。魂を飛ばして会いにいらしたなんて雅《みやび》やかな。羨《うらや》ましい。わたしも立派な男君の夢を見たい」

新参の楓《かえで》ときたら忍の長い髪を梳《くしけず》りながらうっとりしていた──世間では夢に男君が出てくるのは男が恋しがって会いたがっている印、ということになっていた。

「わたしは出家しようとしていたのを邪魔されたのよ、不吉よ不吉」

「それもよいことではありませんか、女が出家なんてするものではないし。男君が白馬で止めに来てくれるなんて素晴らしいですわ。ああわたしも盗まれてみたい」

十六歳の楓は恋に恋する乙女代表だった。忍の側仕えというのは大体が小役人の娘で、仕事はこんな風に身繕《みづくろ》いの手伝いや話し相手。暮らし向きに困っている人は少なく、親族が持ってくる縁談に期待できないので高級貴族やその付き人との出会いを求めて公卿の家に勤めている——つまり色恋の話に目がない。

祐高と忍の仲睦《むつ》まじいのは京では有名で、憧《あこが》れてあやかろうという者もいた。忍には理解しがたいのだが、「あそこの邸に行ってもお殿さまの愛人にはなれない」のだから働きに来る人は減るのかと思っていたがそうでもない。

「夢の中とはいえ、わたし、あの人に汚されたのよ！　ここは仮にも寺じゃないの！　あの人は夢の中までもわたしの功徳を損なって！」

「夫君に汚されるなんてそんな。夢の中でまで愛していただけるなんてありがたいじゃないですか」

忍が憤ってみせても誰も真に受けず、ころころと笑っている。

「本当、うつつでも訪《おとな》いが絶えてしまうことはありがちだというのに夢ですって、八年目にもなってお熱いこと」

「夢で御子を授かることがあるのかしら。釈尊《しゃくそん》の母は脇腹《わきばら》から象が入る夢を見て？」

「聖徳太子《しょうとくたいし》は母宮の口から御仏が入る夢で授かったとか」

「忍さまの次の御子さまはきっととんでもない聖人君子です。あるいは奇瑞の力で巨石を担ぎ上げたり熊《くま》を打ち倒したりできるのです」

「殿さまは四人目は姫君をお望みなのだからなよ竹のかぐや姫のような絶世の美女かも」

「まあ、かぐや姫なんて美しくても不吉だわ。やはりここは御家のため、国母となられる后《きさき》がねの姫君を！　主上、いえ若宮さまの妃となる美少女をぜひ！　そして皇子をお産みになって殿さまを大臣の座に！」

女房たちは皆、夢で子ができると信じて疑わなかった。

「夫君が追いかけてくださるうちに、邸にお帰りになった方がいいのじゃないかしら」

「これ」

誰かが口を滑らせて、古参の葛城《かつらぎ》に叱られた。

「忍さまは殿さまと若さま方、姫さまの健《すこ》やかなること、御家の一層の栄達を願って大和の寺々を巡られるのです。遊びに行くのではありませんよ」

葛城は声を低め、はしゃいでいた女房たちはしゅんと肩を落とした。

――そんな大層な話ではないのだが。

葛城は二十三歳にして、忍の物詣《ものもう》で一行を率いる責任者だった。

物詣でというのは聖地巡礼を名目に、観光で寺を巡る。歌枕《うたまくら》など各地の名所も巡って自分も和歌を詠《よ》む。ついでに出湯《いでゆ》でもあったら入る――ただの物見遊山だ。京の女君は一生にそう何度も遠出できない。ちょっとした旅でも大冒険だ。

女房たちは自分たちだけではなかなか遠くへは行けない。京を一歩出ると街道は野盗が多くて男でも危ない。警護の武士を山ほど連れていないと。

検非違使別当の妻について行けば、その辺の心配がなく旅だけ楽しめる。貧相な宿ではなく由緒ある寺の宿坊にも泊まれる。女の身で武士とも話をしなければならない葛城は大変だが。

そして葛城だけがこたびの旅の真の目的を知っていた。

——祐高に失望した忍の、夫への当てつけの家出。

連れている女房は皆、祐高がよく知らない新参ばかり。忍の乳母の桔梗はわざと置いてきて、代わりに長男の太郎を連れてきた。少しでも祐高が肝を冷やせばいいと思っていた。

いよいよ忍は祐高の傲慢さに絶望していた。白桃殿での事件に忍は傷ついていた。祐高は彼女を助けたつもりだったが、忍は信用されていないと思った。芝居とはいえよその女の諱《いみな》を呼んだのも気に入らなかった。

何より許すまじきは、女は男に甘い言葉をささやかれれば嬉しいだろうという決めつけ。

これまでも薄々感じていたが、祐高は自分以外の人間の意志を軽んじている。高級貴族の居丈高《いたけだか》で傲岸不遜なのと違って、見た目低姿勢で気遣ってみせるのがかえって始末が悪い。高級貴族は身分のない者など虫けらのように扱う人も多いが、祐高は自分を目下の者に親切な人間だと思っている。

その〝目下〟には高級貴族の女君も含まれていることがこのたびわかった――白桃殿も、そして忍もそのうちの一人なのだと。

この世の全ての人の心を理解するなどそれこそ釈尊や聖徳太子の領分、完璧《かんぺき》にこなすなど不可能なのかもしれない。

だが忍は少しだけ期待していたのだ。夫はただの女嫌いの変わり者ではなくもっと上等な何かなのではないかと。

それで遠路はるばる、京を出て伏見から河内国《かわちのくに》へ。目的地は大和国《やまとのくに》だが、東高野《ひがしこうや》街道で河内を南下して竹内《たけのうち》街道に入り、白鳳《はくほう》の名刹《めいさつ》の数々を巡る。

女ばかり牛車でのゆるりとした旅路なので道中、伏見で一泊、河内だけで二泊。街道沿いの寺で休み休み、最終目的地の初瀬《はせ》寺まで片道六、七日ほどを見込んでいる。

その二泊目で祐高に盗まれて襲われる夢を見て、忍は出鼻をくじかれた気持ちだった。

――まさかとは思うが天文博士のまじないで祐高の生き霊を飛ばしたりしてはないだろうか。もしそんなことをしていたら家出どころか本気の離縁を視野に入れねばならない。

――思えば、髪が長く衣を着込んだ女と白馬で二人乗りする手際がよすぎた。髪やら裾やら邪魔でそんなに簡単ではないだろう。どこに行っても誰とも出会わないのも夢だからだった。現実ではありえないことだ。

夢なら、顔を隠したりせずにもっとちゃんとあの夕日を見ていればよかった。それだけが惜しい。

伊勢物語で有名な河内国高安《たかやす》は取り立てて何もない田舎《いなか》村だった。木枯《こが》らしが吹き始める今時分は見渡す限り米を刈った後の稲の切り株ばかりだ。枯れ薄が揺れているのは風情があると言えなくはないが薄野などここに至るまでに嫌と言うほど見た。

「どうして筒井筒《つついづつ》の男はこんな農村の女に目移りして⁉」

「牛車で三日もかかったわ！　宇治どころじゃないわ、ここまで馬で通うのに嫌気が差しただけではないの」

「あれは京ではなく大和の男よ」

「こんなところ、南都からも見えもしないじゃないの！　大和もここからまだ生駒山《いこまやま》の向こうでしょう？」

「自分の甲斐性がなくて女に食わせてもらおうというのがそもそもの過ちよ！」

早苗《さなえ》や花鶏《あとり》、女房たちは口々にかしましく騒いだ。忍は太郎とその乳母二人と牛車に乗っていて女房たちの車とは離れているのに全部聞こえる。それこそ筒抜けに。

伊勢物語『筒井筒』は幼馴染《おさななじ》みの男と女が結ばれる話。かつて井戸端《いどばた》で一緒に遊んでいた君よ――しかし幼馴染みの女は貧しく、男は富裕な高安の女に心変わりした。

幼馴染みの女は慌てず騒がず一人でも小綺麗《こぎれい》に化粧をして男を慕う歌を詠み、その様子を陰から見ていた男は健気《けなげ》さに心打たれて元の女のところに戻り、高安の女には会わなくなったというが。

「〝風吹けば沖つ白浪《しらなみ》たつた山夜半《やまよわ》にや君がひとり越ゆらん〟ってよくこんなところまで一人で頑張るものね、という厭味《いやみ》ではないの」

「最初から見慣れないものを見て面白いから遊んだだけだったんじゃないのかしら」

「だとしたら高安の女も気の毒なこと」

そうつぶやく声があった。

「京にせよ南都にせよ都会の男君の気紛《きまぐ》れに振り回されるなら、最初から田舎に埋もれて恋などしなければよかったのだわ」

それは恐らく藤波《ふじなみ》の声で、忍はひやりとした――

二十二歳の藤波は忍の側仕えの中で一番のなよやかな美形だった。だが色恋目当てで働きに来ている他の女房とは違う。

彼女は少し目上の貴族の男と恋をして玉のような男の子を産んだが、子ができた途端に相手の男からの連絡が滞った。

正妻がうるさくてとても愛人の世話などできない、とのことだった。

彼女は既に親もなく、そのままでは飢えてしまうので子を乳母に預けて働くために忍のもとにやって来た――桔梗の縁者で、皆、大変同情して何やかんや世話を焼いていた。

しかし忍も、彼女を姫や二郎の乳母にはできなかった——乳母は乳が出るのは勿論、夫がきちんとした者でなければなれない。乳母夫《めのと》にはそれなりに財力を持ってもらい、将来、養い君の後見をするものとしてどこの家でも養い君の父が乳母とその夫を厳選する。貴族の愛人が偶然子を産んだから、なんて軽はずみに決めてはいけない。

京の女の運命とはそういうものだった。藤波はあまりにも男が何もしてくれないので、子供はもう少し大きくなったら太郎か二郎の遊び相手に加わり、読み書きを教え、祐高の伝手《つて》でなにがしかの役人になれるよう取り計らうことになる。

「高安の女も、誰かの筒井筒の君だなんて知っていればはなから恋に落ちることもなかったでしょうに——〝夕されば越え行く雁《かり》も龍田山雲の陰にてもひなを忘るな〟」

女房たちは先ほどまではしたない騒ぎ方をしていたのに、彼女がしっとりとした声で歌を詠むとすすり泣く者すらいた。

忍は彼女をこの旅に同行させるつもりはなかったのだが、誰だかが月の障《さわ》りで寺参りは無理、と言い出して入れ替えているうちにいつの間にか紛れ込んでいたのだった。

彼女の声を聞いただけで、少し祐高に気に入らないところがあるくらいで家出をする忍は子供っぽいと責められているようだ。夫が自分のことをわかってくれない、聖徳太子のような聖人ではないからがっかりしているなんて。

しかし家に米や絹を運んできてせっせと子の世話をして、殴るわけでもない上等な男なのだから我慢しろ、というのが恋愛なのか。

「誰もわたしの気持ちをわかってくれない」

忍の心に絶望が広がった。

皆にわかるのは藤波のような不幸なのだ。養ってもらえなければ食うにも困る。あるいは男が浮気者で独占できない。

そもそも側仕えたちは皆、忍が好きで一緒に暮らしているのではない。祐高の人柄を信じて主と仰いでいる者の方が多い。今朝の夢を皆が祝福したのがその証。

皆、楽しい旅行だからついて来ただけで忍が離縁して実家に帰ると言ったって誰も味方になってはくれない――

決意して邸を飛び出してきたのに、ひとりぼっちだ。

忍の目からもはたりと涙が落ちた。

「お母《たあ》さま、泣いてる？　痛い？」

横にいる太郎が目敏《めざと》く気づいた。太郎は萌黄《もえぎ》の綺麗な半尻《はんじり》に指貫《さしぬき》で、田舎を歩いていても公卿の子とわかるように立派な衣を着せている。旅で動き回るので髪はみずらにせず、伸ばしたのを後ろで結っている。あどけないなりに近頃どんどん目つきが祐高に似てくる。

「泣かないで。太郎の宝物、お母さまにあげる」

と、太郎は牛車の外を歩く童子に命じて、竹で編んだ小さな葛籠《つづら》を持ってこさせた。

「ほら、見てお母さま」

葛籠の蓋《ふた》を開けると――ひらひらと青いものが迷い出た。

大きな蝶々《ちょうちょう》だった。大人の両手ほどもある。頼りなく舞って御簾に留まり、翅《はね》を開いたり閉じたりする。蝶々といえば白や黄色なのに、それは全体に黒っぽい青で見たことがないほど美しい。翅を開け閉めすると不思議に色味が変わる。瑠璃の宝珠もこれほどではないだろう。昔の人は玉虫の翅を集めて厨子《ずし》を飾ったというが御仏に捧げたくなるほどの美しさ。翅の下の方が尻尾《しっぽ》のように飛び出しているのが、右の翅だけ欠けている。

「車を止めて尿《ゆばり》していたときに見つけたの。太郎が飼うつもりだったけど、お母さまにあげる」

太郎は得意げに笑んだ。

――見たことがないような蝶。

だが外は薄も立ち枯れていて風も冷たい。蝶が留まるような花などどこにも咲いてはいない。初雪でも降ったらお終《しま》いだ。

花の咲かない季節に、この蝶にはきっと仲間もいない。そう思うとかえって胸が締めつけられた。こんなに美しいのに。涙がこぼれるのを忍は無理に袖で拭《ぬぐ》い、笑ってみせた。

「ありがとう、太郎。珍しいしとても綺麗ね。中宮さまの御衣《おんぞ》でもこんな色のものはないでしょう。ええ、京では手に入らない宝物。大事にするわ」

――後で、暗くなってから太郎に気づかれないように逃がしてしまおう。子供は加減を知らないから虫けらなど近くに置いていたらすぐに死なせてしまうだろう。子供より分別のない騒がしい女房たちに見つかったら翅だけもがれかねない。

うっかり御簾の隙間から飛んで行った、あれは観音さまの化身で逃がしてくれてありがとうと夢で言った、とか何とか言いわけして。

逃がしたってこの蝶が生きていけるような花畑があるとも思えないが、見えるところで死なれるよりましだ。

命を失《な》くした綺麗な翅だけいつまでも飾っておくなんて忍にはできなかった。

「若さま、これは素晴らしい蝶ですね。千歳《ちとせ》も初めて見ます。お寺に詣でる行き道でこんなものに出会うとはきっと吉兆です。よいことがありますよ。お方さまにさしあげるとは親孝行なこと。ほんにご立派です、太郎さま」

乳母の千歳に褒めそやされて太郎が上機嫌になっている間に、声を上げないよう少し泣いた。

——あるいは祐高はこの蝶と同じなのかもしれない。仲間が恋を語らう春や夏には眠っていてぼんやり今頃になって起き出して。

忍が八年、ずっと抱いて温めて好きだと思っていたのは彼の蛹《さなぎ》。八年も眠っていて皮を脱いで翅を生やして恋の歌を鳴きさざめくのは蟬？

いざ皮を脱いで出てきたら思ったのと違う、前の方がよかった、普通の白や黄色の蝶でなくてがっかり、なんてひどい女。

それとも祐高はこれまで芋虫で今が蛹で、もう一度皮を脱いで別の何かになるのかもしれない。

これよりもっと美しい蝶になって忍の――誰の手も届かないところに一人で飛んで行ってしまうのか。

本当のところ、祐高の子を三人も産んだのに、ちょっと気に入らないところがあるだけで旅に出てしまう心の狭い自分も嫌。こんなに気遣ってくれる優しい太郎を授けてくれた夫というだけでは満足できない自分が嫌。

彼が孤独になったらかわいそうなんてこんなところで泣いている自分の欺瞞《ぎまん》が嫌。

――石ころを愛《め》でる祐高は正しい。石ならば孤独であることが悲しくはないし、永遠に変わることなくそのままだ。生きるの死ぬので心を痛めることもなく、硯入れに閉じ込めて忘れても罪もない。

忍も醜《みにく》くてもずっと心も姿も変わらない石長比売のような女であればよかったのに。

2

その日の宿は安宿部郡《あすかべのこおり》の八塚寺《やつかでら》というところだった。いよいよこの辺りで東高野街道から竹内街道に入る。近隣にいにしえの帝の陵《みささぎ》が八つもあり、その中には日本武尊《やまとたけるのみこと》が白鳥となって降り立ったものがあるとかないとか――

八塚寺は苔と松とが美しく、紅葉する木がない代わりにこの季節でも青々とした緑の景色が楽しめる。建物は少々古いが街道が交わる河内の要所にあるだけあってとにかく宿坊が広く、忍の連れている女房たち、その世話をする女の童たち、太郎の乳母子《めのとご》などの童子たち、警護の武士たちがのびのびと羽を伸ばせる——他にも客がいるらしいが顔を合わせることもない。難を言えば来てすぐにご本尊を拝めないことくらい。

女房たちが荷を解いている間、忍は畳にうつ伏せにごろりと寝そべって葛城に背中や腰を揉んでもらっていた。一日中牛車に乗りっ放しで足腰が凝る。

「高野山の偉いお坊さまがいらっしゃるそうですよ。人目をはばかる旅なのか名までは教えてもらえませんでしたが」

「高野街道だものねえ。人目をはばかるのはお互いさま、お坊さまなのは幸先がいいのでしょう」

太郎は知らない場所にはしゃいでばたばた走り回っていたが、ひとしきり探検を終えたのか息を弾ませて忍のもとに戻ってきた。

「お母さま、もう泣いてない？」

「ええ、太郎のおかげよ。母が頼りにするのはあなただけです」

実際のところ大人はいつまでも泣いていられないというだけだ。忍は起き上がりもしないまま腰を揉まれながら答えた。と、太郎はにんまり笑って手を差し出した。

「これもあげる」

「何かしら」

「とかげの尻尾」

――もうとっくに干涸《ひか》らびた茶色い紐《ひも》のようなもの、忍は手を伸ばしもしなかった。顔をしかめないよう、笑顔に見えるよう努めた。

「……太郎の宝物、大事なものをもらえないわ。太郎が持っていなさい。お母さまはもう十分だから」

「そう？　じゃ鷹《たか》の尾羽根は？」

「そちらの方がましだけど、どうやって手に入れたの。お父さまは鷹など飼っていないのに」

「少将純直さまが姫に婚約のあかしにって」

いずれにせよろくなものではなかった。

「純直さまは罪深いことを……四つの子に婚約ですって」

たちの悪い冗談なのだろうが、だからといって何も言わず聞き流すわけにもいかない。

「太郎も純直さまと婚約したい」

「母は許しませんよ。――姫にって妹のものを奪ったの、太郎。それは預かっておくべきなのかしら。純直さまを問い詰めるためにも」

――忍は太郎が祐高によく似ているので、旅の間、彼の面影《おもかげ》を見て夫のよいところを思い出したいというつもりでいた。まさか贈りものの趣味が太郎より祐高の方が上等だったなんて思いたかったわけではない。茶色の瑪瑙もどきは今となっては幼い頃の祐高のよすがとして気が利いていたし、あの上総の蝸牛の御石は確かに価値ある宝物だった――もらったわけではないが。とっくに死んでいて不変だし綺麗でないだけで汚らしくない。

「太郎、女にはもっとその辺で手折った花のような、後に残らないものをあげなさい。花は今綺麗とか散ったら悲しいとか言っていれば格好がつくのです。歌に詠みやすい。あれこれ考えて変わったものをあげても相手が困るだけです。女がほしいのは綺麗な恋の思い出であって面白い語りぐさなどではないのよ。無難《ぶなん》が一番」

羽根を取り上げながら忍は説教した――男の子を育てるのってつまらない。しかしこんなところで「のびのびとあなたの思う通りになさい」なんて言ったら将来困るのは相手の女だ。忍のような思いをする女がこれ以上増えてはいけない。

面白くもないことを言っていると何やらばたばた音がした。――警護の武士やらは食堂《じきどう》に通されたと聞いている。その逆から聞こえた。

男の悲鳴のような。

「何？　今、何か聞こえたわね？」

流石に忍は身体を起こした。衣など選り分けていた女房たちも手を止めて固唾《かたず》を呑んでいる。

「お坊さまの喧嘩《けんか》でしょうか」

「徳のあるお坊さまが喧嘩、するの？」

「たまにはなくはないかと――」

そのうち足音が近づいてきた。

まさかここには来るまい――と思っていたのに、妻戸がばたんと開いた。

「助けて、助けてくれ！」

男の声だ、嗄れていて若くない――忍は思わず袖で顔を覆った。

「な、こ、こちらは女君の坊でございますよ⁉ べ、別当祐高卿が令室の」

葛城がうわずった声を上げた。

「す、すまぬ！ 非礼を許せ！ 殺される！ 匿ってくれ！」

僧は切れ切れに訴えた。

――殺されるとは剣呑《けんのん》な。

忍が恐る恐る顔を上げると、妻戸のそばにいたのは墨染めをまとった老僧だった。眉毛が白くて忍の父より年上だろう。

「――殺されるとは恐ろしい。御坊が嘘もつかないでしょう。お一人くらい隠しておあげなさい」

忍はそう言った。すぐに、藤波や早苗が赤い衣を頭からかぶせて僧を几帳の陰に連れ込んだ――

また足音がした。無遠慮な男の足音が複数。忍はまたしても袖で顔を隠した。

「おい、ここに坊主が来なかったか！」

野太い声が尋ねた。

「失礼な！　こちらは女君の坊でございますよ！」

葛城は先ほどより肝が据わったのかしっかりと言い放った。

「こちらは畏《おそ》れ多《おお》くも公卿のご妻女、検非違使別当祐高卿が令室、忍の上さまにあらせられます！　高貴の女君のお姿を覗き見るとは痴れ者どもめ！　ここは清浄なる寺ではないのですか！　検非違使別当さまのご妻女のご麗姿、下司は見ただけで目が潰れる。控えおろう、河内の田舎者め、頭《ず》が高い！」

――やけになったのかもしれない。河内の田舎者まで言うか。

田舎者呼ばわりされて男どもは怒ると思ったのだが、どうやら惑ったようだった。ひそひそと何か相談する気配があった。

「――失敬をした。お部屋を間違えました」

打って変わって丁寧に言って、引き下がったらしかった。妻戸が閉じ、足音が遠ざかるのを聞いてから、忍は顔を上げた。

「すごいわね葛城」

「……わ、わたし腰が抜けました」

葛城は消え入りそうな声を上げて、さっきまで忍が寝そべっていた畳に倒れ込んでしまった。あの男どもがもう一度戻ってきたら二度は勝てない――が、足音はもうしなかった。

「助かった。女人の陰に隠れるなど情けないが半人前なのだ。許せ。坊主を助けたそなたらには来世、格別の功徳があるだろう」

と、先ほどの僧が几帳の陰から顔を出した。

「余は目が見えぬ。そなたらの姿は全く見えないから安心せよ。既に還暦の年寄りで欲も枯れており、女人に穢れた心など抱きようもない。ええと、公卿の令室ご一行であったか。なるほど、よい練り香を使っている。黒方《くろほう》か。やや丁字が強く軽い仕上がりだ」

今頃、かぐわしい匂《にお》いに気づいたようだった。とはいえ京の貴族は男も練り香に凝っているので匂いだけで男女を聞き分けるのは難しいだろう。

「ええい怪しいやつめ。女子供を守るのは男の役目だ」

と、太郎も今頃になっておもちゃの木刀をそれらしくかまえて僧に近づいた。恐らく彼は葛城の〝勇姿〟を見てその気になったのだろう。

「我こそは別当祐高が嫡男、母は二条大納言息女、太郎真鶴《まなづる》であるぞ。父に代わって母を守るのだ。ときに自ら手を汚すこともいとわぬ。男はみやびなだけではだめなのだ。ケビイシは京を守る恐ろしいお役目なのだ」

太郎は子供の声で一人前にませた口を利く――本物の狼藉者相手にやらなくてよかった。僧はきょとんとしていたが、やがて大仰にひれ伏した。

「おお、太郎君、お役目ご苦労。余は非力な年寄りの坊主で悪者ではない。許せ。そちのように勇ましい子が守っているとは、さぞ母御は美しい女人なのだろうな。見えぬのが勿体ない」

頭の向いた方向が太郎のいる場所と多少ずれている。――子供に調子を合わせてくれるのは悪人らしからぬ素振りだが、それだけで善人と断定できるものか。太郎もまだ木刀をかまえている。

「お坊さんとてごまかされんぞ。名を名乗れ」

「ううむ、名前はいろいろと都合が悪い。――蟬丸《せみまる》だ。逢坂山《おうさかやま》の蟬丸法師《ほうし》。そういうことにせよ。琵琶《びわ》の持ち合わせはないが」

僧はそう名乗った。

蟬丸法師といえば、雅楽の達人である博雅三位《はくがのさんみ》が師と仰ぎ、琵琶の秘曲を教わった盲目の僧――話しぶりからしてなかなかに学がある。言葉に訛《なま》りはない。〝余〟は京の貴族ではときどき使っているのを聞く。

黒方の調合を嗅《か》ぎ分け、評したのは田舎者とは思えない。出家前はそれなりに地位のある京の貴族だったのだろう。出家したのが十年以上前なら、すぐに誰と思い当たらなくても無理はない。

「太郎。そちらのお坊さまに宝物を見せておあげなさい」

忍はそう言ってみた。

「太郎の宝物？　あやしいお坊さんに？」

「悪者は恐れるかもしれないわよ」

「はて宝物とは。余は目が見えぬというのに」

「手に触らせてさしあげて」

首を傾《かし》げる蟬丸の前に、太郎は渋々《しぶしぶ》例の蜥蜴《とかげ》の尻尾を差し出して蟬丸の手に触れさせた。蟬丸は指先でつまんで探る。

「これは、紐?」

「とかげの尻尾」

太郎が正直に言っても蟬丸は慌てもしなかった。

「ほう、青くて綺麗な」

「ううん、茶色いの」

「そういうのもあったか。青いのと茶色いのはどう違うのだろうな。いずれにせよ蜥蜴が命懸けで残した形見、大事にせよ。生えてくるものといっても身を切られる蜥蜴も痛いだろう。かわいそうだ」

蟬丸が説くと、太郎はわかったようにうなずいた。

――目が見えないというのは本当のようだ。変なものを触らせたのに怒りもしないので人格者でもある。

気品のある人格者なら恐れることもあるまい。忍は深々と頭を下げた。

「試すようなことをして申しわけありません、蟬丸さま。生きものの骸をお坊さまに触れさせて」

「いやいや、女人が男を警戒するのは当然である。亡骸《なきがら》を恐れては坊主は成り立たぬし、尻尾の切れた蜥蜴はまだ生きておるやもしれぬ。余が蜥蜴好きなことしかわからんが、よいのか？」

「誰か御坊を畳に座らせてさしあげて」

身分ある方なら板敷に座らせていてはいけない。すぐに女房が畳を敷き、蟬丸の手を取って座らせた。

改めてまじまじと見るとやせた老人だ。円頭にはあちこち茶色いしみが浮いていて、力強い目つきは若い頃は美男だったのかもしれないが、顔にはしわが多い。瞳が見てわかるほど白く濁《にご》っていて視線が定まらず、視力がないのは疑いない。

五十なのか六十なのか。忍の祖父くらいの年齢なのか——祖父は十年ほど前に風邪をこじらせて他界したので年寄りは見慣れない。墨染めに黄色の袈裟《けさ》は高僧にしては簡素だが、旅なので凝った装いをしていないだけかもしれない。

「一体何があったのですか」

「わからぬ、突如無法の群盗が荒々しい声を上げて経堂《きょうどう》に闖入《ちんにゅう》してまいった。侍者《じしゃ》どもが余だけでも逃げよと申すのでこちらにおいでになった次第だ。何せ目が見えず旅先で勝手がわからぬ。侍者の足手まといにもなりたくない。余がおわすと侍者も逃げられぬ」

蟬丸はとんでもない目に遭って、混乱しているのだろうか。言葉が怪しい。

「群盗ですって」

「この辺りには近頃、数人がかりで仏像を盗む賊が出るそうだ。余が持ち歩く金無垢《きんむく》の仏像を狙《ねら》っておるのやもしれんが――」

蝉丸は袈裟の内から仏像を取り出して板敷に置いた――実に立派な誕生仏。釈尊が生まれた際に両手でそれぞれ天地を指して「天上天下唯我独尊」と語った姿を模《も》す――ものの、小さい。半寸ほど。細工も、曖昧に螺髪《らほつ》と顔と裳裾《もすそ》が刻んである程度だ。

「常に持ち歩いて恃《たの》みとする念持仏であって、下々の者が考える寺で拝む仏像とは違うのではないかと。余や侍者の命を守るためなら差し出すのはやぶさかではないが、これでは足りぬと言われたときにどうしようと」

「なるほど、もの知らずの輩《やから》は期待外れで激昂して何をするかわかりませんね」

大きな仏像を中まで黄金で鋳るのは難しいので大抵は木像に金箔を貼ったもの、金無垢といえばこんなものだが、大きな像より黄金の量は多い。――小さなものでも普通は青銅などに金鍍金《めっき》を施して金は表面だけ。この半寸全てが純金を鋳たものならやはり蝉丸は大変な大貴族の出だ。彫金細工が曖昧なのは金が軟らかくて長年触っているうちに減ったのかもしれない。

忍にこんな貴重なものを見せて、蝉丸の方が危ない。女だって金には目がくらむ。凝った練り香を焚いた公卿の妻女は金銀で目の色を変えるようなはしたないことはない？　香一つでそこまで信頼されるのも恐縮する。

「仏像強盗ですって。わ、わたしはそんなものを叱りつけて」

畳にへたり込んだまま葛城がうめいた。

「食堂の武士を呼んで来て。蟬丸さまのお伴《とも》を助けなければ」

「そ、そんな、坊を出た途端に賊が襲いかかってきたらどうするのです」

忍は命じたが、女房たちは皆、葛城に負けず劣らず怯えてひしと互いの手を取って震え上がってしまった。――女が叱って退散する程度の賊だ。この坊だけ清浄な力で守られていて一歩出たら賊が襲いかかるなんて、そんな物《もの》の怪《け》のようなことはないと思うのだが。しかし忍が自分で行くわけにもいかないし無理《むり》強《じ》いするのも――

するとと小さな足音がして、女房たちは悲鳴を上げた――

「もうし」

甲高《かんだか》い声は賊ではなく、太郎の遊び相手兼小使いの十三歳の少年、青竹丸《あおたけまる》だった。まだ元服前なので忍のそばをうろつくことを許している。

「あのう、少将純直さまからのお使いです。お文を申しつかりました」

妻戸を少し開け、青竹丸がそう言うので忍は戸惑った――

「ここは京ではないのになぜ少将純直さまのお文など？　河内よ？」

純直は祐高のいとこで、忍のいとこの桜花の夫として別当邸に住んでいるので、京なら手紙が届くが――

「しかし梅若丸《うめわかまる》が手紙を持ってまいりました。見間違えたりはしません。他にもあちらの従者がおりました」

青竹丸は言い張った。

梅若丸は女房たちも皆知っている純直の従者だ。手紙の使いは大体が愛想のいい童子で、主人が手紙の返事を書いている間、何もせず待たせていたのではかわいそうなので女房たち、従者たちで菓子を食わせて世間話をしたりする。主人が仲のいい相手の従者はこちらの側仕えとも仲がいい。主人がよく知っている友人でも、全然知らない従者が手紙を持ってくるなんてことはまずない。

青竹丸の差し出した手紙は女房幾人かの手を経《へ》て忍のところまで来た。

「丁度いいわ、青竹丸。警護の武士に命じて経堂を見に行かせて。こちらのお坊さまの侍者がそこで賊に襲われたというの、助けてさしあげて。皆で寺中よく見回った方がいいと思うわ」

忍はそう命じて、青竹丸が持ってきた手紙を開いてみると、確かに純直の手蹟《て》だった——悪い話に騙されているようだが、これほど親しい知人の筆跡を見間違ったりしない。

「ご無沙汰《ぶさた》しております。急ぎの用にてご挨拶《あいさつ》は省略させていただきます。このたび、少将純直は検非違使庁の命にて河内の奸賊《かんぞく》・糞鳶丸《くそとびまる》一党を捕縛すべく精強なる軍勢を連れてはるばる京を離れ、葛井寺《ふじいでら》に布陣しております。八塚寺に件の奸賊が出没し、尊い御坊が受難なさったとの報を受けました。偶然にも八塚寺には忍さまもご逗留《とうりゅう》とのこと。急ぎ使庁の武官とともにそちらに向かい、御簾越しにでも忍さまに詳しいお話をうかがいたく存じますがいかがでしょうか。非礼ではありますが一刻を争います」

急ぎということだが、文章自体は丁寧で純直自身が書いたものだろう。まだ墨が乾ききらない。

検非違使庁が大々的に河内の奸賊を捕縛するなんて聞いていないが――何せ忍は夫に愛想を尽かして家出中なので、聞かされていないだけと言われればそれまでだ。

家出の行き先は桜花に告げていないので、忍が河内国安宿部郡八塚寺にいるのを知っているということは東高野街道のどこかで牛車行列を見ていたのか八塚寺の寺別当や僧にじかに聞いたか、先ほど葛城が大声で切った啖呵《たんか》が耳に入ったか――

この旅は祐高が気づいて追いかけてきて連れ戻されて當麻寺《たいまでら》にもたどり着かないで終わる、というのが想定される最悪の事態だった。なので忍は側仕えに厳重に口止めし、あるいは目的地が近江国石山寺であると嘘を教えたりもして、伏見を通り抜けるまで同行者にも河内に行くと教えていなかった。

河内二日目の宿は葛井寺と八塚寺の二択で葛井寺の方が格式があったが、そちらは先客があるとのこと――まさか検非違使佐でもある純直率いる検非違使庁の軍勢が布陣していたなんて。悪いことはできないものだ。これで葛井寺で純直の隣に祐高がいたら年貢の納めどきか。そうまで裏を掻かれたなら忍は諸手《もろて》を挙げて完敗を認めなければならない。

「――蟬丸さま、わたしの夫のいとこの検非違使庁の佐さまが賊を討伐しに近隣の寺にいらっしゃるそうです。少将純直さまといってまだ十七歳と若年ながら堂々たる左大臣家のご嫡男で立派な公達です。よく見知った信頼できる方です。精強なる軍勢を連れているそうで、仏像強盗の件をご相談するとよろしいかと。今からわたしと話をしにいらっしゃいます」

打ちのめされながらも、忍は手紙の内容を蟬丸に聞かせた。

「おお、検非違使が」

一瞬、蟬丸の表情は明るくなったがまた首を傾げた。

「頼もしい話だが、検非違使は京を守護するがお役目ではないのか？　ここは京より随分遠いだろう。河内の平和を守るのは追捕使では？　河内守《かわちのかみ》の率いる検非違使？　いや左大臣家の嫡男で十七の少将？」

――やはり京でかなりの地位にいた人だ。寺から出たことのない高僧ならそんな疑問は抱かないだろう。

「女の身では役所の仕組みには疎《うと》くて。ぜひ純直さまにじかにお聞きになるとよろしいかと。――河内守は左大臣家の縁者だったかしら」

京の検非違使庁だけでなく地方各国の受領国司の下にも検非違使が設置されているという。京の検非違使庁の重臣は各国検非違使にも顔が利くのか、河内の賊の狼藉が目に余るほどで京から軍勢を差し向けたのか、河内守が縁故を駆使して左大臣に泣きついて軍勢を出してもらったのか、あるいは純直が個人的に河内に遊びに来たくて賊の件を持ち出したのか――最後もそこそこありえる、というのは蟬丸には言いにくい。いや純直は悪い人ではないのだ。

祐高に代わって忍を追いかけてきた、というのはないと思いたい。それなら本人が来た方がいくらかましだ。

他人を間に挟むなんてみっともない真似、死んでもごめんだ。


結論から言って、純直は祐高に差し向けられたのではなかった。

「何と、こんなところで忍さまに出会うとは合縁奇縁！　河内で賊討伐というのもしてみるものですね！」

急いで坊を御簾で区切って忍の姿を隠し、女房たちは几帳の陰に隠れて純直と会うことになった。

少将純直は御簾越しでも白い狩衣に緑の下襲で凜々しく、立派な黄金《こがね》造りの太刀を佩《は》いていた。狩衣に太刀とは賊討伐で張り切っているのだろうか。

旅の疲れか少しやつれて東下《あずまくだ》りか明石《あかし》行かというたたずまい。仔犬《こいぬ》のように愛らしい十七歳の少年だったが、少し見ないうちに大人びた色香を醸し出すようになった。旅先だからか見慣れない従者を何人か連れている。

「こちらは父に命じられて三日前から葛井寺で賊捜しですよ。河内守に泣きつかれまして。貧乏くじと思いましたが、まさか忍さまがいらっしゃるとは。しかも何やら難儀されてているとか。この純直にぜひご相談ください」

愛想がいいので遠慮なく言わせてもらう。

「こちらの〝逢坂山の蟬丸法師〟さまが寺の中で賊に脅されて侍者とはぐれて大変心配してらっしゃるの。わたしとは出会ったばかりだけどいかにも高貴の方で、御目《おめ》が不自由で気の毒で。亡くなったお祖父上《じじうえ》さまのように思うの。親切にしてさしあげて」

忍は御簾の中でやっと元気になった葛城にささやいて代わりに喋ってもらう。蟬丸は御簾のすぐ前にいる。

「蟬丸法師さまですか。博雅三位を名乗れるほど位が高くない少将風情のこの身が惜しいことです。侍者というのは何人、どういう者でしょう」

——おや。純直は「妙な偽名を使うな、ちゃんと名乗れ。高貴の身分と言うがどこの誰だ。はっきりしろ」と問い詰めるのかと思いきやさっさと納得して話を進めた。「忍さまを盾にして賊から逃れるとは女の陰に隠れる卑怯《ひきょう》者め」とも言わないのか。

蟬丸が経堂に置き去りにしたのは伴僧の遍真《へんしん》と稚児の七宝丸《しっぽうまる》。その他に僧やら稚児やら十人ほどいるが、経堂で受難したのは二人とのことだ。

「こちらの経堂にはかつて遣唐使で唐に渡って帰ってきた能書家の陽覚《ようがく》上人という方が写した経典が納められており、どのようなものか手で触れ、遍真に読み聞かせてもらっていたのだ」

「なるほど、お任せを」

純直が従者に命じて様子を見て来させたところ、報告はこのようだった。

「寺の僧も連れて行って確かめましたが、経堂は打ち壊されて荒らされ、安置されていた寺宝の大黒天像が盗まれていたそうです。忍さまの警護の武士にも声をかけましたが、侍者の方々はおおむね金堂にいて無事、しかし遍真と七宝丸は行方知れずと。外の塀に穴が空いておりました。賊はそこからまっすぐ経堂に向かい、蟬丸さまに襲いかかり、大黒天を奪って——二人を攫ったのでしょうか」

「何と」

「急ぎ、追っ手をかけます」

頭を抱える蟬丸に、純直は慰めるように言った。

「糞鳶丸というのは河内では有名な罰当たりの群盗の頭《かしら》で、近年このように寺を破壊して仏像を盗んでは売り飛ばしているのです。流石に僧を殺すほどではないですが目に余ると、河内守が訴えてまいりまして。京より近く、これを捨て置けば仏法が守られず世が乱れるということで捕縛にまいったのです。きっと身代金《みのしろきん》を取れると思って二人を攫ったのでしょう。やつらを捕縛すれば無事に戻ります」

聞いていて、忍は呆れた。

「すごい名前の盗賊ね……お手紙のは書き損じなのかと思ったのに」

「親がつけた名前などいかようにも変えてしまえばいいのだから、あえて皆が口に出したくないような名を名乗ることで噂が広まりにくくなるのでしょうか。悪党の考えることというのは度しがたい」

全くだ。

「それにしても葛城の大声が聞こえるなんて、ここから葛井寺は近いのねえ」

忍がつぶやくと葛城はそれを純直には聞かせず、忍にささやいた。

「――忍さま、いくら何でもわたしが賊を叱りつけた声が聞こえるほど葛井寺は近くはないです」

「あら？」

「この寺もなかなか広いですし、女の声がそこまで通るとは」

葛城ははしたない声を出して、後悔しているのだろうか。

「きっと蟬丸さまの残りの侍者の誰かが、騒ぎに気づいて葛井寺に走って純直さまにお声をかけたのですよ」

――それはおかしい。別に葛井寺まで走らなくても、忍たちにじかに言えばいいではないか。十人もいるのなら蟬丸さまは自分たちがお守りするからこちらに、と。僧の一行なら貴女の前に出てもいい年頃の稚児の一人二人いるだろう。

もう一つ気になることがあって、これは葛城から純直に尋ねてもらった。

「大黒天とは聞き慣れない御仏ね。こちらにはご本尊が別にあるのでは？」

経堂というからには経典の置き場で、仏像はついでにあった程度だろう。

「ご本尊は金堂の阿弥陀《あみだ》三尊ですね。こちらは持ち出すには大きすぎますし金堂には人が多かったので三人しかいない経堂を狙ったのではないでしょうか。大黒天は一体で三天分の福徳が稼げますし」

――生きた人を二人も拉致《らち》する余裕があって、仏像を持ち運ぶのが重い？　大作りなものなら人間の方が軽いのだろうか。しかし仏像強盗にしては根性のない話だ。何があるか下調べして、仲間を多めに募ったりしないのだろうか。

「――忍さまはなぜこんなところに、もう寒いのに物詣でですか？」

「え、ええ」

ついに純直に聞かれたくないことを聞かれ、忍は斜め上を見ながらそれらしい話を作った。

「ここから二上山《ふたかみやま》を越えて當麻寺で曼荼羅を拝み、更に東で名高い初瀬《はつせ》の観音さまを拝もうと。もう寒くわびしいからこそ御仏への祈りが通じるかと」

葛城は忍の態度に呆れながらもそのまま伝えた。すると純直の顔が明るくなった。散歩の気配を察した仔犬のように。

「女人と盲目の御坊では何かとご不便でしょう。この純直もご一緒しましょう。わたしも日頃不信心をしておりますから、寺には参ってみたかったのです。折角京を出て、父に命じられたお使いだけして帰るのも業腹ですし」

「ええ、ぜひ！　そういたしましょう！」

――というのは忍ではなく、忍の代わりに喋っている葛城が声を上げた。

「もう本当、わたしでは手一杯で！　日々、予定通り牛車を動かすのも駅で牛に飼い葉をやって水を飲ませるのも次の寺に連絡して宿坊を確保するのも！　おまけに賊まで跋扈《ばっこ》しているなんて！　まだ旅立ったばかりでここから先の方が長いのに。少将さまに頼れるならこれ以上のことはございません！　男君がいればどれほど心強いか。少将さまなら殿さまとお方さま両方のお身内、妙な男をお方さまのそばに近づけたと別当祐高さまのご不興を買うこともないでしょう！」

葛城の声は張り裂けんばかりの悲鳴でもあった。

――頼んでいないことを勝手に言うな、とは忍は言えなかった。旅路のあらゆる負担を葛城に押しつけ、賊を叱責《しっせき》までさせたのは忍だった。本当なら桔梗の役目だが「彼女は邸に残す」と忍がわがままを言ったせいで。

牛も馬も生きもので毎日腹を減らす、進んだ先で膨大な飼い葉を喰わせて水を飲ませる。京なら行き先の邸の厩《うまや》で世話をしてもらえばいいので、普段しなくていい計算をせねばならないのは大変らしかった。賊が出るのも見過ごせない。

純直は妻一筋でその妻は忍と仲よしのいとこの桜花で結婚して間もなく、忍は二人の結婚生活を応援していた。純直が忍によからぬ下心を抱くことはなく、親切心か自分が寺に遊びに行きたいかで言葉の裏を読む必要もない――葛城はそう思ったのだろう。

「それはご苦労を。全て純直にお任せください。行軍のために糧秣《りょうまつ》を管理するのは兵法の基本、真の武人は太刀や弓馬の技のみを誇るものにあらず。地味な仕事を厭《いと》わぬのが男というものです」

純直は胸を張った。

こうして、納得していないのは一人だけだった。

「……二上山を越えるとは、余の行き先とは違う。京においでにならねばならんのに」

特に忍と同行する約束などしていなかった蝉丸だ。

「蝉丸さまは貴重な誕生仏をお持ちで糞鳶丸に目をつけられ、このまま河内の賊の縄張りを進むのは危険です。一度竹内街道で大和国に入りましょう。やつが追いかけて狭い山道に突っ込んでくる、そこを二上山に潜んだ我が手勢がガツンと一網打尽という手筈《てはず》です。仏敵を成敗するためにもご協力いただきたい。攫われた侍者二人を取り返すためにも。しかる後、畝傍《うねび》辺りから下《しも》つ道で南都に北上、大和路《やまとじ》で京へ向かうのがよいかと」

行方知れずの侍者二人を引き合いに出されると蝉丸も強くは言えないのか、

「……あいわかった。南都から京に向かう。それまでそなたらと同行しよう」

渋々うなずいた。

――こうして、夫への愛を見失った忍の傷心旅行は一気に何だかわからないものになった。連れ戻されずに済んでよかった。よかったが、もっと行く先々の堂宇で空を飛ぶ雁を数えてわびしくよよと泣いたりするのが忍の目的で、仏道強化合宿をしたかったわけでもない。

いや、旅はここから長いのにそんな毎日泣いて暮らすなんて現実的ではない。雅でない名前の賊が出るのに詩情がないとか言っていられない。――致し方ない。人助けだ。

　そうと決まったら気分を切り替えていこう。

「純直さま、新しいお連れの従者は綺麗な子ね。男と思えない」

「忍さまともあろうお方が夫君以外の男の話をなさるとは」

「わたしが言わなければ女房たちがもじもじしますから。皆、興味津々よ」

　純直の後ろに控えた従者。二十になるかならないかぎりぎり少年と言っていい歳で、鳥の子色の襲を着て、物憂《ものう》げな眼差《まなざ》しが女のようになよやかな美形だ。几帳の陰の女房たちが必死に覗き見ているのを忍は感じ取っていた。仔犬のようにかわいらしい純直とは違う妖艶《ようえん》な色気で、一度に二つの味が楽しめる。

　恋愛を求めて忍に仕えている女房からすれば、純直の従者というのは一番の狙い目だった。あまり大それた貴族の愛人になっても遊ばれて馬鹿を見るだけ、大貴族の従者の正妻くらいが身の丈に合っている。将来性も期待できる。

　風にもよろめくような柳腰の美少年は目の保養になるが、「女にて見たてまつらまほし」というのは忍の好みから外れている。もっと精悍《せいかん》で男らしい方がいい。派手でなくても清潔感があって骨が太くて男くさい、そういうのがいい。

「五月夜《さつきよ》といって父に押しつけられた見張り役なのです。京の外で羽目を外さぬようにと。しかしそれほど女房衆に興味を持たれては、妻一筋のわたしより五月夜の方が羽目を外すことになりそうですね」

純直が紹介し、五月夜が会釈した。

「五月夜、女のようなあだ名だわ。綺麗な響き。皐月《さつき》の夜?」

「中宮大属《ちゅうぐうだいさかん》タチバナノマコトと申しますが、元服し官位を授かったばかりでどうも自分が呼ばれている気がしないのです」

五月夜が口を利いた。声は男なりに低いが爽《さわ》やかに響く。

純直の叔母の中宮を世話する中宮職《ちゅうぐうしき》の官吏。正確には〝橘《きつ》中宮大属〟か。〝五月夜〟の方が盛り上がる。それはそうだ。中宮職は文官なので彼は太刀を佩いていない。

「衛門府ではなく中宮職?　マコトはどういう字を書くのかしら」

「しばし旅の間、お考えになってみるのも一興かと」

「まあ。じゃあ皆で当ててみましょう」

「五月夜、忍さまの側仕え相手に遊びなど許さんぞ。わたしの従者が不実をしたのでは申しわけない。行くなら本気で行け」

純直が釘を刺した。

こうして純直との実りある会見は終わり——実りがありすぎたが——純直は葛井寺へ、蟬丸は五月夜と梅若丸に付き添われて金堂の侍者のもとに戻っていった。忍はやっと再び畳で足を伸ばしたが。

「忍さま!　お坊さまの前で五月夜さまが女のように麗しいなんておっしゃらないでください!」

「え？」

男がいなくなって御簾を上げた途端、楓やら女房たちが詰め寄ってきた。

「蟬丸さまは盲目でお気づきでなかったのに、麗しい美少年などお坊さまが自分のものにしてしまうではないですか！」

「か、枯れてらっしゃるとおっしゃってたけど」

「男の子は別腹《べつばら》かもしれないじゃないですか！」

楓は真っ赤な顔で訴えた。

「純直さまと五月夜さまはどういうご関係なのかしら」

「五月夜さまと純直さまでしょう？」

「わたしは蟬丸法師さまが加わるのもよいかと。御坊は二十年ほど前はなかなかの色男とお見受けしました」

「十年前ならわたし、いけたと思います」

早苗や花鶏、他の女房たちはひそひそと好き勝手なことを言っている。

「……あなたたち、ほどほどになさいよ……相手は生きた人なのよ。ここは寺よ、寺。御仏に恥ずかしい妄想はいかがなものかと。恋心も今は抑えなさい」

忍は呆れたし、葛城もこめかみを押さえた。

「皆、舞い上がりすぎです。特に楓。旅先で開放的になっているのでしょうか」

「葛城は舞い上がらないの？　天文博士とは大分毛色が違うから？」

「悪い冗談です」

五月夜は全然葛城の好みではない。彼女は見た目は落ち着いているのに摑みどころのない年上の男に振り回されている真っ最中だった。

「――女房がよその従者に心魅《ひ》かれているといろいろとよくないのでは。心に隙が生じて」

「純直さまの付き人よ。純直さまがわたしを陥れて夜這いをかけるわけないじゃないの。隙を見せてもいいのよ」

「まあそうですが……大丈夫なのでしょうか。びしっと一喝した方がいいのでは」

「もう言ったからあれ以上はいらないわよ」

――あなたが純直さまを頼ったのに、従者を信用できないとはひどいじゃないの。

「それより賊が見逃した金堂のご本尊、気になるわねえ。寺に来ておいてご本尊を拝まないのも非礼だし寺別当さまにご挨拶も兼ねて、一目拝みたいものだわ。葛城、そのように取り計らって」

傷心旅行を台なしにされたのだ。こうなったら純直の思惑も見せてもらおう。

3

さて翌日にいよいよ牛車は竹内街道に入り、二上山を登る。

「葛城の、その名はこの辺と縁があるの？」

「父が大和の介をしております。——正直、高安の女もそう変わらないので田舎者と呼ばれたときどうしようと」

それは女房たちの不徳の致すところ——しかし葛城も賊を河内の田舎者と罵った。大和の出ならいいのだろうか。

生駒山、信貴《しぎさん》山、二上山、葛城山《かつらぎさん》——河内と大和は数々の山で隔《へだ》たっている。龍田山《たつたやま》は生駒山の辺り。

山は異界でそれぞれの山に神秘の伝説があるが、中でも雄岳と雌岳、二つの頂点を持つ二上山にまつわる物語は悲しい。

天武天皇《てんむてんのう》の皇子・大津皇子《おおつのみこ》は壬申《じんしん》の乱で武勇を示し、漢詩や和歌の文才にもあふれ、溌《はつ》剌《らつ》とした青年。母は天智天皇《てんちてんのう》の皇女・大田皇女《おおたのひめみこ》。何一つ欠点のない大王《おおきみ》の器だった。

しかし母・大田が早世していたため、天武天皇の皇后は大田の同母妹・鸕野讃良皇女《うののさららのひめみこ》。鸕野讃良は自らの子・草壁皇子《くさかべのみこ》を次期大王にするべく画策し暗躍していた。草壁は大津より見劣りし、二人ともに求愛した石川郎女《いしかわのいらつめ》が大津を選んだのだからさあ大変。

大津は謀叛《むほん》の噂をささやかれ、二十四歳で死罪に処される。その亡骸が二上山に葬られた。妃の山辺皇女《やまのべのひめみこ》は髪を振り乱して殉死したという。

母を同じくする大津の姉・大伯皇女《おおくのひめみこ》は初瀬で身を清めた生涯未婚の清浄なる巫女、日の本で初めての伊勢斎宮《さいぐう》だったが、弟の死を嘆き悲しんで歌を詠んだ。

〝うつそみの人にある我や明日よりは二上山を弟世《いろせ》と我が見む〟

現世を生き続けるわたしは明日より二上山に弟の面影を見ることとします——

大津の死の三年後に草壁皇子は即位しないまま病死。鸕野讃良が自ら持統天皇《じとうてんのう》として即位した。

「山道を登りきったところですし、この辺で牛を休ませましょうと純直さまがおっしゃいます」

「では人も、梨などいただきましょうか。蟬丸さまと純直さまをお呼びして」

牛車から牛を外し、忍は牛車に乗って御簾を下ろしたまま、女房たちは敷物《しきもの》を広げて座り、蟬丸と、馬で同行する純直は床几《しょうぎ》に座って皆で剝いた梨や餅菓子をいただくことにした。目の見えない蟬丸を女房が手助けしたいところだが僧に女が触れるのは難があるので、五月夜と青竹丸がそばについて切った梨を口許まで運んで食べさせてやる。——はて。昨日は純直のところの梅若丸がついていたはずだが。

大津皇子の墓は道からは見えないが紅葉に彩られた山中の景色も趣があり、普段は聞かない鳥の声がする。〝たぎたぎしい〟と謳《うた》われて道が凸凹して牛車がひどく揺れるが、大して急峻《きゅうしゅん》な山ではない。丘程度の登り降りなのだが旅情はある。

「二上山は初めてです。万葉の昔に思いを馳せますね。このわびしいたたずまいはいにしえの頃から変わらないのでしょうか」

梨をひと切れ食べ終えて、純直がしみじみと語った。純直は今日、紅葉に合わせてか赤の襲で昨日より細身の儀礼用らしい飾太刀《かざたち》を佩いていた。

「〝二上山をいろせと我が見む〟か。ここから少し先の葛城山には一言主神《ひとことぬししん》がおわす。二上山にも何らかの神がいるやもしれん。おのおの、〝同母弟《いろせ》〟でなくとも〝せ〟の姿が見えるかな」

蝉丸も梨ひと切れでやめて、面白そうにつぶやいた。

――〝兄《せ》〟は男きょうだいとも夫とも取れる言葉で、女房たちは「将来の恋人」くらいに解釈したのか明るく笑った。姉しかいない忍にとって〝せ〟とは二つ年下の祐高しかいない。

「昨日は日本武尊、今日は大津皇子。わたしが旅路に果てるようなことがあれば京に残してきた桜花さまは二上山をわたしと思ってくれるだろうか」

「まあ純直さま、縁起でもない」

「でも陰があるのも素敵ですわ」

「大津皇子は謀叛人ですが日本武尊は違うでしょう」

純直が少しうつむくと、女房たちが口々に慰めた。

「日本武尊はただ父に愛されなかっただけ。力のみを倭国《わこく》の平定に利用され、妻も喪い、戦いに次ぐ戦いの日々に疲れて白鳥《しらとり》になってあの葛井寺の辺りに降り立ち、再び飛び立って天に昇った」

「美しくて悲しいお話」

昨日は伊勢物語で言いたい放題だった女房たちも、純直やら五月夜やら若い男がいると淑やかにため息をついてみせる。

「大津皇子も本当に謀叛だったのでしょうか。当時の藤原《ふじわら》の京から見れば二上山は西で御《み》霊《たま》が西方浄土に行けるように祈っていたという話もあります」

「大伯皇女はきょうだいでありながら大津皇子に懸想していたとも言いますね。道ならぬ禁断の恋です。〝二人行けど行き過ぎ難き秋山をいかにか君が独り越ゆらん〟」

——二人でも行きにくい秋山をあなたはどうやって独りで越えるのでしょう。

「あら、筒井筒の女の歌と同じ、〝君が独り越ゆらん〟」

「本歌取りよ。龍田山を越えるときは男は一人なのです。どんなに恋しくとも女は追ってはいけない。人前で悲しみをあらわにして大津皇子に殉じて死んだ山辺皇女を、大伯皇女はどのように思っていたでしょう」

早苗と花鶏がしんみりしている。

「女は追って行けないところにいるわたしは何なのかしらねえ——〝雁金《かりがね》の冬空寒し龍田山今こそ我が独り越ゆらめ〟」

忍が歌を詠むと皆がどっと笑った。

「まあまあ、ここは龍田道ではないし忍さまにはこの少将純直もついております。人妻を道ならぬところにはお連れできませんが猿楽《さるごう》の賑やかし程度には。そうお嘆きめさるな」

「坊主などでは物の足しにもならんだろうが余もいるぞ」

「太郎さまもいらっしゃるし、〝ひとり〟とはほど遠いですね」

「さあ、誰も羨ましいと思ってないのではないの。──五月夜は和歌や歴史は苦手？」

五月夜は蟬丸が一切れ食べ終わった後は青竹丸に任せて黙々と梨をかじっていたので、忍は水を向けた。話しかけられると思っていなかったのか、五月夜の返事は遅れた。

「え、ああ、田舎者でして」

「うちの夫もてんで駄目だけどどうにかやっているわ。──では昨日藤波に寄越したのは誰ぞの代作かしら」

「五月夜は藤波に歌を贈ったのか」

多少なりと複雑な事情を知る純直が眉根を寄せた。

「いえ、いいのよ。藤波も次の恋を探す頃合いだし。──ただ、〝紐を解く〟は今どきの和歌に使わない方がいいと思うわ」

「そうなのですか？」

五月夜はぼんやりと聞き返したが、純直は耳まで真っ赤になって蟬丸は気まずげに顔を背けた。

「あー……古風が過ぎるな。それこそ柿本人麻呂《かきのもとのひとまろ》しか使わぬ」

「そうですか」

知らぬは本人ばかりなり。女房たちも一斉に扇で顔を隠した。

古歌で〝紐を解く〟という言葉は、大体下着の紐のことであり大層直截《ちょくせつ》な物言いである。つき合いの深い古妻にふざけて言うならまだしも、昨日今日会ったばかりで寄越す歌ではない。

しかし五月夜は見たところ、真剣に藤波に交際を申し込むつもりなどなかった――恐らくは昨日あれだけ忍の女房たちに騒がれて、誰にも何もなかったらそれこそ男色ではないかと邪推される。面倒くさいので見るからに美貌で一番の高嶺《たかね》の花で返事を寄越しそうにない藤波に和歌を贈って済ませた。大人の態度としてはそんなところだ。

そのつもりが、和歌の出来があまりにあんまりだったので藤波の方から忍に相談してきた――

皆の前で言ったら五月夜に恥をかかせるかと思ったのだが、本人は全く動じていなかった。これはこっそりやんわり人伝《ひとづて》に言っても通じなかっただろう。忍は己の判断が誤っていなかったのを思い知った。

「まことと礼儀を知らぬ田舎者で恐縮です。藤波には申しわけない。――本当にお前が羽目を外してわたしが謝ることになっているではないか、五月夜。誰に相談してそうなった」

純直の方がぺこぺこと頭を下げた。純直は一見かわいらしい仔犬だが大貴族の嫡男に生まれた責任を一手に担い、これで気遣いがすごいのだ。

対して五月夜は、主人が謝っているというのにまだ梨をかじっている。顔が綺麗なだけに無惨だった。礼儀知らずにもほどがある。「口数少ない謎めいた美少年」というのがあまりいいものでないことを忍は知った。

ここまで、五月夜は歴史の話にも全く乗ってこなかった。

牛車に乗りっ放し、馬に乗りっ放しでは退屈なのだから土地の話をするのが旅の醍醐味《だいごみ》だろうが。名所史蹟《しせき》、歌枕なんて意外と大したことのないただの山や川なのはわかっているが、それでも前もって土地にまつわる伝説や古歌を調べてそれらしく謳って引用して新たな和歌を作り、盛り上げてみせるのが貴人の付き人というものだ。しかも蝉丸は目が見えないのだから紅葉も楽しめない。その分、一層に旅情というものを言葉で語ってやらなければ。知らないなら知らないで相槌《あいづち》を打つなどできるだろうに、なぜ興味がないのをあからさまにできる。この気の利かなさでどうやって左大臣家に潜り込んだのか。

「ええと、五月夜。京の女は遮二無二好きだ愛している君のためなら嵐《あらし》にも負けないと言われればそれでいいというものではないのよ。ましてや生々しい話など言語道断です」

「そうなのですか?」

何だか昨日も似たような話をした——五月夜には太郎よりも高度なことを教えなければならない。

「男が藤波のような器量よしに声をかけるのに好きだの何だの言うのはかえって無粋です。清少納言《せいしょうなごん》は理想の恋の様子をこのように書いているわ——月の明るい夜に赤い紙に〝あらずとも〟とだけ書いてある、それを庇で綺麗な女が見ている」

「〝あらずとも〟?」

「これが拾遺和歌集の〝恋しさは同じ心にあらずとも今宵の月を君見ざらめや〟の引用だ

とわかった女にだけ、恋の扉が開くのよ。手管、駆け引きとはそういうもの」

「京では和歌に詳しくて謎かけが得意な男がもてる、ということですか」

「違うわよ」

まじまじと聞き返すこの、祐高に勝るとも劣らぬ木石。顔が綺麗で和歌にも詳しかったらそれこそ光源氏になってしまうので天があえて欠点を課したのだろうか。これくらい朴念仁でも顔がよければいいという女にだけ恋の扉が開かれる。

〝見ざらめや〟は動詞〝見る〟＋否定の助動詞〝ざる〟の未然形＋推量の助動詞〝む〟の已然《いぜん》形＋反語の終助詞〝や〟で、「見ないことがあるだろうか（いや、見るに違いない）」。

「恋の切なさ苦しさを歌った三十一文字《みそひともじ》の名歌をぎりぎりの五文字まで削った分、実際の月夜や赤い紙で情趣を補い、相手に恋を予感させるのよ。ここからとても素敵なことが起きるかもしれないという夢よ。女が恋に求めているのは美しい思い出、一生養ってくれるのも必要だけど夢も見たいのよ。かと言って前世から結ばれる運命だったとかそんな重たい話ばかりでも駄目なの。軽い言葉遊びも大事なのよ」

「いや勉強になるな、老骨が今頃勉強してもどうにもならんが。枕草子《まくらのそうし》は読んだことがなかったがそんなことが書いてあったのか」

忍が葛城に語らせていると蟬丸の方が感心したようにうなずいていた。

「清少納言とは中宮定子《ちゅうぐうていし》の側仕えだな？　枕草子は后《きさい》の宮《みや》の無聊《ぶりょう》を慰めるための読み物。中宮定子といえば兄の醜態を恥じて自ら后の位を退き出家して、なお一条天皇《いちじょうてんのう》の寵《ちょう》愛《あい》を受けてその後も二人も子をなしたとか。寵愛は尼の信心を乱すと一条天皇の方が臣に謗《そし》られていたと聞く。そして産の床で死した——定子は何かと不遇の女性《にょしょう》であったが死ぬ間際まで真の愛に満ちていて、愛に殉じたのには違いない。だからなのか、軽い色恋に憧れるところがあったのかな」

——もののわかった人の言うこととはこうである。蟬丸の声は低く落ち着いて聞きやすい。

「中宮定子には何十年もかけた壮大な愛の物語など必要なく、聞きたかったのは己の身には起こりえない小手先の遊びの恋の話。そのような主の望みを汲《く》みつつ、後世にも語られる名文を綴った清少納言は恐るべき才女である。女の望みか。思慮したこともなかったが、なるほど、運命の恋など重い。女人も酒に酔うように見え透いた遊びに酔ってみたいときがあるが、見え透いた遊びなりに情趣がなければその気にもならんか。軽いなら軽いで洗練された技の一つもなければ。語らずして語る、仏道にも通ずるところがある。出家の身だがたまには女人の話も耳に入れてみるものだ」

とうに枯れ木の蟬丸が教訓を得ているというのに、五月夜の方はまだ仏頂面で「知らない人が何か言ってる。チューグーテイシって誰?」という顔をしていた。下官とはいえ中宮職だろうが。

逆に蟬丸は枕草子を読んでいないのに宮中の歴史には詳しいとは一体。普通は枕草子を読んで宮中に興味を持つものでは?

「蝉丸さまは若い頃はさぞ女人に持《も》て囃《はや》されたのでしょうね。老いてなお一層の人徳があふれ出すようです。わたしも妻のために興趣の何たるかも憶えておかないと。いつも〝愛している〟だけでは飽きられてしまいますね」

五月夜のみっともないのをもう詫びたくないのか、純直は蝉丸を持ち上げる方に回った。

「持て囃された、なあ。まあ好かれてはおったのかな。こちらは不義理ばかりだったが。この歳になると旧知は皆死に絶えて今となっては永遠の謎、余も老い惚ける一方なのだからよいように思《おぼ》し召《め》そう」

蝉丸は顔をしかめているのか笑んでいるのか、皺《しわ》の深い顔では読み取れなかった。

これで五月夜と蝉丸の評判は一転した。もう扇の陰から五月夜を見る女房は楓くらいしかいない。ほとんどは蝉丸を見ている。

休息を終えて敷物などを片づけるとき、女房たちはひそひそささやき合っていた。

「……忍さま、お坊さまとはいえなぜ蝉丸さまに斯様《かよう》に親切になさるのかと思いましたが、大層な大人物ですね。穏やかで教養豊かで謎めいていて。幼い時分から寺に籠《こ》もって高僧を目指したのではなく、俗世でひと通りの遊びをなさったのかしら。気品があるのに気さくで軽すぎもせず」

女には杓子定規な話しかしない高僧も多い。色恋などくだらん、これだから女は、とはねつける方向に行きがちだ。忍は僧の前で少しあけすけに語りすぎたかと反省するくらいだった。年長者に説教されても致し方なかったのに花を持たせてもらった。

「かわいいおじいちゃんだし、わたし、好きになってしまうかも」

「御目が不自由で、ご老体には他にもお困りのことなどあるでしょう。女の助けが必要ではないかしら」

「お坊さまに対して無礼よ、あなたたち」

はしゃぎすぎで釘を刺さねばならないほどだった。

「五月夜さまは自由なのですよ。何にも縛られず我が道を行くって素敵じゃないですか」

楓一人が言い張っていたが、あんなに純直に気を遣わせる従者は出世できない——いや若い彼女の恋は祝福すべきだ。少数派になって恋敵が一掃されたわけで。誰が本気で誰がそうでないか明らかになったとも言える。

皆を乗せて牛車が再び動き出したとき、忍の車に乗ったままの葛城だけが何やら深刻そうな顔をしていた。

「……あのう、忍さま。わたし先ほど見たのですが、あの蟬丸さまのお乗りの牛車。牽《ひ》いているのが、左大臣さまの黄牛《あめうし》に見えます。白い斑《ふ》の位置が同じです」

「黄牛ですって」

忍も息を呑んだ。

牛は身体の黄色いものが至上とされる——黄色といっても褐色寄りだが。堂々と黄牛と呼べるものは京に何頭もいない。

本当に黄牛なら左大臣家の宝で、わざわざ河内まで牽いてくる理由がない。牛は生きものので怪我でもしたら大変だし、何より――純直本人の持ちものではなく左大臣家のもの。いくら純直が嫡男でも遊び半分で持ち出せるものではなかった。牛飼童《うしかいわらわ》も専属がついてくる。何日も経ったらばれる。牛のために追っ手がかかるかもしれない。

「忍さま、純直さまは本当に河内に賊討伐にいらしたのでしょうか？　蟬丸さまが偉いお坊さまだから敬っている、そんな風に見えません」

葛城は他の女房たちと違い、蟬丸が俗の大人物の風格を見せたのが恐ろしいようだった。仏教説話を語る堅物の高僧なら純直もついに仏道に目覚めたか、で済んだ話だった。

「……黄牛の件はおおっぴらに尋ねたりしないように。純直さまを困らせるわ。わたしたちは何も知らない暢気《のんき》な女、そういうことにしておきましょう」

忍はそう判断した。

――昨日、葛城には言っていなかったことがある。

純直は親切な親戚の少年で、忍の貞操を狙ったり陥れたりはしない――

が、他のことならするかもしれない。

この世は色恋だけで動いているわけではないから。

當麻寺では様々な報《しら》せが一行を待っていた。まず、忍の牛車に駆け寄ってきた者が一人。

「やっとおいでになった！　もう待ちわびました」

白の狩衣が土埃《つちぼこり》であちこち薄汚れた小柄なギョロ目の少年。昨日今日と麗しの美少年ばかり目にしてきたので彼が年相応に飾り気のないところを見せると安心感と新鮮味があった——京から馬で大和路を飛ばしてきた陰陽寮学生安倍千枝松泰隆《あべのちえまつやすたか》だ。彼とは木津川沿いに南都回りで、當麻寺で落ち合う約束だった。

「京ではいろいろと騒々しくて、父もぼくを捜し回っていたようで、さっさと南都に逃れて大仏さまなど拝んでおりました。河内はいかがでしたか。御陵ばかりで何もなかったでしょう！」

——十六歳の陰陽師見習いは風情がないなりに愛嬌らしいところがあるのが不思議だ。美貌や美辞麗句で貴人の歓心を買うのは諦めているが、歓心を買うこと自体には積極的で自分をよく見せたくて前に前に出てくる。それが妙に子供っぽい。忍は彼には女心の何たるかを説こうという気にならなかった。

「おかげさまでものを思うにはよいところよ、河内は」

忍は御簾をほんの少しめくってじかに千枝松に声をかけた。彼は背も小さくて男という感じがなかった。

「明日はいよいよ評判の當麻曼荼羅を拝めますね」

「曼荼羅とか大仏とか、仏道が好きなの？　陰陽師なのに？」

「仏道の勉強を怠るなとの家訓がありまして。少将純直さまもいらしているそうですね？

少将さまが河内とは、意外な取り合わせです。鬼でも出るのですか」

「当たらずとも遠からず、賊が出るんですって。仏像強盗よ」

「流石少将さま、そういえば先ほど騎馬武者やら荷車やら物々しい一団が穴虫峠《あなむしとうげ》の方から参りました。少将さまの手勢でしたか」

「仏像強盗、捕らえたのかしら」

「様子をうかがってまいります」

千枝松は頭を下げ、ばたばたと駆けていった。陰陽師といえば神秘的な風情なのに、彼はその辺の従者の子と同じように駆け回るのを苦にしない。すぐに戻ってきた。

「河内の賊、糞鳶丸が捕らえられたそうです！　髻も結わぬむくつけき男が手枷足枷《てかせあしかせ》をされて荷車で運ばれておりました。いつから湯浴みしていないのかひどい臭《にお》いです」

「それはめでたいわね。八塚寺のダイコクテンを盗んだそうよ」

「大黒天？　珍しいですね。そういえばこの辺には役行者《えんのぎょうじゃ》が勧請《かんじょう》した大黒天があると聞きます。賊がそんなものどうするんでしょう、もっと儲《もう》かりそうなものを盗めばいいのに」

「大黒天って儲からないの？　……それはそうとあなたその賊の名前、普通に呼ぶわね……何とも思わないの？」

忍は赤子の汚物などは平気だったが、下品な言葉には抵抗があった。このたび初めて気づいた。

「わざと汚い言葉を名に入れて悪い神や魔物に嫌われる、結果として魔除《まよ》けになる、そういうまじないなのでしょう。京では珍しいですが地方ではたまに聞きます。あえて女に男の名をつける、男に女の名をつける。荒々しい男は、優しげで雅やかな名では侮られ軽んじられると思っている向きもありますね。河内の賊となれば人と違うことで目立ちたいのでしょう」

「名前のまじないねえ」

彼の話はいにしえの伝説とは違った聞き応えがあった。彼の名は〝幾多の枝の松〟で「の」を入れて五文字にすると和歌に詠み込みやすい。忍の名は〝男に思い出してもらえるように〟と父が呼び始めたもの。太郎は普段は呼ばないが夫がつけた名は〝真鶴〟で千年生きるという縁起のいい鶴にあやかった。京の貴族の名には様々な親の祈りがこもっているが、糞鳶丸はあえてそれらを投げ捨てている。それもまた矜持の一種なのか。

思いを馳せていると、また別の騎馬が横を通りすぎた。忍に挨拶もなく、随分装束を乱して急いでいるようだ。

「少将さま！」

まっすぐに純直に何かを報せに行ったようだが、尋常な様子でない。

「あれは早馬ですね。賊を捕らえてめでたい感じではないですね」

目端《めはし》の利く千枝松も気づいた。

「しかも賊の捕らえられているのとは違う方から来たようだけど」

ひそひそとささやき合っていると。

「何だと！」

純直の大声がこちらにまで響き渡った。悪いことが起きたのは明らかだった。

「確かめてきますか？」

「いえ、純直さまがお報せくださるのを待ちましょう。お世話になっているのだから急かすのはよくないわ」

「高貴の女人は気遣いがあるのですねえ。さっさと聞いていいような気がしますが」

「男君の面目や矜持は大事なものよ。慌てる人を眺めて理由を考えるのもそれはそれで楽しいし」

「それもまたお人が悪い」

「女に生まれた身の上を楽しまなければ人生、甲斐がないわ」

そのようにお高くとまって待っていると、やがて馬を降りた純直がよろよろと地べたを歩いてやって来た。

「忍さま。大変なことが起こりました」

「どうしたのかしら」

彼は知り合いの千枝松に挨拶もないまま、悔しげに声を絞り出すように言った――

「蟬丸さまの従者二人、僧・遍真と稚児・七宝丸が首を取られて八塚寺に晒されていたそうです。我が手勢は賊徒・糞鳶丸を捕らえたというのに、手遅れだったのです――」

忍も息を呑んだ。そこまでの事態は予想していなかった。横にいる葛城が小さく悲鳴を上げた。

4

「……これはもう物詣でなどと言っている場合ではないのでは。曼荼羅など見ている場合ではありません。一刻も早く京に戻らないと」

「来た道は穢れているから戻れないわ。南都回りの大和路で京に戻るには、何にせよ四日ほどかかるのよ。わたしたち女は馬を駆けさせて進むわけにいかない。牛車で毅然と進むのを純直さまの手勢に守っていただかないと。ともあれ、千枝松を待ちましょう」

當麻寺の宿坊で、忍はまたしてもうつむいて死にそうになっている葛城をなだめることになった。當麻寺は美しい庭が、とか言っている場合ではなかった。皆、死人が出たと聞いて泣き伏す寸前、息を潜めている状況では宿坊がまともな建物でよかったと感想を言う余裕すらなかった。

――陰陽師見習いの千枝松はまじないに長《た》けていて死穢《しえ》を恐れないので、来てすぐに何だが馬を飛ばして八塚寺の人死にのありさまを確かめてもらうことに。忍たちはゆるりと牛車で進んだので昼間一日かかったが、馬で急げば夜中にたどり着くはずだ。そしてまた朝に當麻寺に戻ってもらう。千枝松は大変だが、彼は小柄で乗馬が得意なので馬を急がせても疲れにくいという取り柄があった。

悲しいかな、高貴の女性は空を飛べない。忍も女房たちも馬に乗れず、牛車は急いでもそう速くはならない。ここから京まで何をどうしても四日はかかってしまうのだった。

達者な男に馬に二人乗りで急いでもらったとして馬も疲れるから乗り換えなければならないし、みっともないわりに一日縮むかどうか。一人で馬に乗れても速く走れるとは限らない。しかも忍と女房たち全員が馬で移動するのは現実的ではない。強引な真似ができるのは二、三人くらいで大半が置き去りになる。

先行する数人に護衛は何人つけるか。護衛を二組に分ければ別の賊に遭いかねない。河内や大和の賊は糞鳶丸だけではない。

全員の安全を考えるならこれまで通り、牛の歩みで進むしかなかった。

「既に賊は捕らえたとの話なのだから、泰然自若となさい。京から離れた地で女ばかりで嘆いていたら田舎者に侮られてつけ入られる」

「ああ、めでたい物詣での旅がどうしてこんなことに」

「侍者を亡くした蝉丸さまの方が悲しみは深いのよ。赤の他人のわたしたちが嘆いてはかえって失礼ではないの」

忍はこの論法で女房たちを励《はげ》ますしかなかった。忍からすれば見知った人でもないのに、話だけ聞いて震え上がって互いに取りすがる女房たちはその気になりすぎだった。

「蝉丸さまは？」

「御車でご一緒のときは、そう動じる様子もなく〝あまの藻塩火《もしおび》たくかとや見ん〟とお詠みになられました。嘆きは深いが表に出さない立派なご様子でした」

太郎の乳母、千歳が青ざめた顔色で答えた。今日は太郎が蟬丸の牛車に乗ると言って、牛車を布で仕切って彼女も付き添うことになったのだった。

「――ここは山の中なのに藻塩火？　ええと〝海人《あま》の塩焼きのように見えるだろうか〟で、塩焼きのように見えるものとは……火葬の煙。人の死を悼んで憂えているのでしょうけど……どこかで聞いたことがあるわね。元は誰の和歌？　上の句は？　引用ならわざわざ海の歌を引っ張ってきた理由は何かしら。首が見つかったというのに火葬の煙は少し飛躍といえば飛躍ね」

「こんなときによく和歌の解釈など」

葛城になじられたがこんなときだから、ではないか。皆とその気になって悲しんでいたのでは埒《らち》が明かない。

「なぜ忍さまは平気でいられるのですか」

「なぜっていつも――」

――いつもこんなものよ、死人の話なんて。

そう答えようとして、違うことに気づいた。

――いつもは祐高に守られている。

いつもは人の死にまつわる血腥《ちなまぐさ》い話はもっと遠い。恐ろしいのは口先の言葉だけで絶対に忍がかかわることのない出来事。検非違使庁の小役人が捕り物をしてお終い。前に出る祐高だって命が危険なほどではない。

忍は、わざわざ祐高に庇護《ひご》されている暖かな邸を出て、京から遠く離れた大和へ。ここはぼろの寺に見えて律令の通じない世界だ。糞鳶丸以外にもならず者がうようよいて、ときどきどこそこの受領国司が群盗に殺されたという噂を聞く。

純直は善良で頼もしいと言っても祐高が忍や子らを守ってくれるほど無私ではない。若くて頼りない。

とんでもないところに連れて来られた、恐ろしい、帰りたいと泣く女房たちの方が正しい。

それに女主人の忍は宿坊の一番奥まったいい位置にいて綺麗な几帳で覆い隠されて足りない調度は邸から持ってきたものを使い、接するのもいつもと同じ女房で、寺のものは綺麗な像や庭しか見なくていい。夜具が悪かったり、初めて出会った愛想のない下男に邪険にされたりすることがない。葛城が純直に泣きついたような移動の手間、煩雑な秣《まぐさ》の計算もしていない。流浪の旅のおいしいところだけつまみ食いしてわびしさに浸っているからこその「いつも通り」。

死んだ人が知り合いかそうでないか、犯人はもう捕らえられたなど問題ではない。何もいつも通りではなく、怖いものは怖い。

それが普通。

忍はまさしく比翼鳥の片割れだった。片翼、片目で一羽では飛べない。癒着を剝がした傷が開いているのに今の今まで気づいていなかった。飛べないのに歩けば大丈夫、と考えていた。皆に甘やかされてもいた。

——だからと言って改めて泣きむせぶ気にもなれない。泣いて解決しないのも事実なのだから。平和惚けして眠っている恐怖心を叩き起こしてもいいことは一つもない。女が皆、冷静さを欠いてしまってはいけない。

「——太郎。太郎はどうしたのかしら。用足しにしては長いわね。旅先の水にあたって下痢でもしていたら大変だわ」

ごまかすように忍は太郎の姿を捜した。——自分がこんな旅などに皆を連れて来なければ、と思うと罪悪感に押し潰されてしまいそうだ。どうにかして平和惚けを保たなければならなかった。

ほどなくして太郎は青竹丸に手を引かれて坊に戻ってきた。彼はお腹《なか》を壊すどころかいつもよりはしゃいでぱたぱた忍に駆け寄ると、興奮で目を輝かせて語り出した。

「お母さま、ゾクを見てきたよ！　すごいの！　ひげもじゃ！　お父さまや純直さまと全然違う！　もとどり結ってないしくっさいの！」

その話で忍は跳び上がりそうだった。

「……青竹丸。盗賊を太郎に見せたの⁉」

「手枷足枷をしてあるという話でしたので。近所の農家の小屋に籠められておりました。

小屋の奥を入り口から眺めただけで、中に入ってはいません」

——忍よりも平和惚けしている人がここに。これは恐ろしい。青竹丸は太郎の遊び相手の中では最年長で機転が利いて落ち着きがあると思っていたが、特に悪びれもせず正しいことをしたという顔つきだった。

「石を投げたけど当たらなかった」

「……太郎、手枷足枷をされている人に石を投げてはいけません。あなたは公卿の子、功徳が減ります」

無邪気にけたけた笑う太郎に、忍は卒倒しそうだった。——祐高の母は祐高より忍と仲がよく「男の子は怖い」が口癖で、長らく忍は母子の間に悲しい誤解があるのだと思っていた。だが誤解などなく「男の子が怖い」のは事実で、彼女は疲れてしまっただけなのかもしれなかった。

「ゾクのクソマル、大声を出してたよ！　クソマル！　クソマル！」

「賊の名を呼んでは駄目。……小鳶丸《ことびまる》、小鳶丸ということにしましょう。教育に悪いわ、もう。どうしてこんな名を」

太郎は普段は思いやりがあって優しい子のはずなのに、何が楽しいのか裏声で喚いて笑っていた。声を聞いているだけで頭痛がする。この一件だけでも忍は大和に来るべきではなかった。

「ゾクマル、お坊さんを殺してないって！」

「だから小鳶丸と呼びなさいと……何ですって？」

何やら信じがたい話が聞こえた。青竹丸が声を低めて言い直す。

「その。太郎さまが〝お坊さま殺しの悪党〟とおっしゃって。賊が答えたのです、〝八塚寺など行ったこともないしお坊さまを殺してもない〟と。賊めは、少将純直さまが嘘をついていると申すのです」

「そう！　それ！」

「少将さまが嘘などとんでもないです。太郎さまが幼子であるゆえ見くびっているのです。甘い言葉で同情を買って枷を解いてもらう、そのような浅はかな策なのでしょう。そうでなくてもわざわざおかしな名を名乗る変人の言うこと、全く理《り》のない出鱈目《でたらめ》です。信じるに足りません」

落ち着きのない太郎と違って青竹丸は実に聡明《そうめい》だった。

「そう思うのですが……奇妙なことはあるのです」

しかも慎重だった。

「奇妙なこと？」

「八塚寺は苔の庭が名物です。青竹丸も件の経堂を見に行ったのですが純直さまの従者が入れてくれず、外からだけ見ました。格子が壊されておりました。……しかし、経堂の周囲の苔に傷一つなかったのです」

「え？」

「寺の格子を壊して像を盗むような不信心な乱暴者が、綺麗で柔らかい苔に気を配ってそっと歩いたりするでしょうか。青竹丸は気遣いました。あの寺は、苔を損ねないように歩くなら渡殿《わたどの》を通った方が早いのです。経堂は貴重な経典を納めて普段は立ち入らないのか、あそこが一番奥まっていて美しい苔に囲まれていて、よそとつながっている渡殿は一つしかありません。その渡殿は、お方さまがいらっしゃった坊の前を通るものです。賊は大変不潔で湯浴みや香とは縁のない暮らしをしているようでした」

「鼻が曲がる！　くっさい！」

太郎が楽しそうに自分の鼻を摘まんだ。

「そのような臭いの者が渡殿を通って、お方さまや女房の皆さま方が気づかないなどあり得るのでしょうか。塀の穴から入ったという話ですが、塀の穴から経堂までまっすぐ目指せば苔を損ないます。苔を避けて歩けば回り道です。そちらを歩くと金堂の方が近いです」

「……金堂の阿弥陀三尊」

忍は唇を舐《な》めた。

忍が見たところ、金堂の阿弥陀三尊は細身で金箔が貼られた見事な立像で素晴らしい出来映えだった。あれに目がくらまない仏像強盗がいるのかと。むしろ見逃したら名が廃《すた》るのではないか。多少無理でも押し通すのではないか。三尊のうち一体だけでもどうにかするのでは――

しかし忍は一言も言わず、両手を叩いた。

「青竹丸、よいことを聞かせてもらったわ。太郎におかしなものを見せて、お仕置きしようかとも思ったけどやめましょう。ご褒美にお菓子をあげるわ。その代わり、今の話、他の誰にもしてはいけないわよ。純直さまは勿論、うちの下人の誰にも。その話をどうするかはわたしが決めます。あなたはもう忘れて。そうそう、あなたは特別に寝床を二人分使っていいわよ。のびのび足を伸ばしなさい。そのようにしてやって」

手近な女房に命じた。声に威厳をこめたつもりだったが、思いのほか楽しげになってしまった。

青竹丸が出て行った後、流石に葛城が姿勢を正した。聞いているうちに正気を取り戻したのだろう。

「……忍さま、今の話は」

「やあねえ。青竹丸は子供よ。信じるはずがないじゃないの。あの子の思い違い。きっとよく見ると苔の庭には通れるところがあったのよ。わたしたちは純直さまに守っていただかなければならないのだから、角が立つようなおかしな話は封じておかないと。純直さまを信じていれば間違いはないのよ。青竹丸に餅や柿《かき》など甘いものを食べさせてやって、たっぷり」

「あのう、忍さま」

あるいは葛城は別の地獄に気づいてしまったのか。気づかずに我が身の不幸を嘆いている方が楽だったろうに。

「わたしがあのとき叱りつけた賊は、臭くなかったと思うのですが。よく憶えておりませんが人並みに髻を結って烏帽子をかぶっておりました——だって髻を結わず烏帽子《えぼし》もかぶらずなんてみっともない者なら、憶えているのに決まっています。賊は頭目が汚らしい身なりなら手下も同じようなものでは」

僧でもないのに髻を結わず烏帽子もかぶらずなんて、裸で歩いているようなものだ。見たら忘れない。葛城以外の女房たちも顔を見合わせるばかりで「わたしは烏帽子をかぶっていない変態を見ました」なんて名乗りを上げる者はいなかった。

「あれは一体誰だったのでしょう?」

誰にも答えられようはずがない。

——なぜだろう。大変な事態なのに心がふわふわしている。

皆の命が忍の決断にかかっている。

女房たちは仕えているといっても着替えを手伝ってもらったり面白い話をしてもらったりするくらいで、忍のために命まで懸けろ、我が身を挺《てい》しても忍と太郎を守れなんて言える関係ではない。

幼い太郎までも危険に晒しかねない。自分だってどうなるか。

忍の失着一つで全て台なしになってしまう——

「もうし」

妻戸を叩く者があった。――声は五月夜だ。

「蟬丸さまが太郎さまとお話しになりたいそうです。坊に蟬丸さまのお席をしつらえていただけませんか。わたしはここに控えておりますので」

「太郎の？」

「クソマルの話⁉」

太郎は目を輝かせた。

青竹丸は褒美をやって休ませたばかりなので、十一歳の柳丸《やなぎまる》が蟬丸の手を引いて畳に座らせた。小さな老人だが、今夜は一層小さく見えた。

「蟬丸さま、ゾクのクソマルの話聞く？　くっさくてひげもじゃのボーボーで」

太郎は老人の目前まで行って顔を覗き込んだが、蟬丸は寂しげに笑った。

「いや。太郎君、今少し余のお膝に乗ることを許す。非常の時である、不作法になってもよい」

「おひざ？　こう？」

太郎が背を向けて蟬丸の膝に座ると――蟬丸は彼を抱えてうつむいた。手で頭に触れ、柔らかいほおに触れて――静かに、彼は一人涙をこぼしているようだった。嗚咽《おえつ》も洩らさず。

「蟬丸さま？」

「太郎」

忍は人さし指を立て、太郎に黙るよう促した。手振りで柳丸や他の女房たちを几帳の向こうに遠ざけて、忍だけで見守ることにした。

「――蟬丸さま、泣いてらっしゃる？　かなしい？」

太郎は目を泳がせて居心地悪そうだが、忍がじっと見ているので押しのけて逃げてはいけないことだけはわかったようだ。

「――お伴が、二人も死んでしまった。かわいそうなことをした……かわいそうになあ」

「死んだ。かわいそう。太郎、かたきを討とうか？　やっつけてあげる。刀で、純直さまに教わって。カセにつないであるんだからできるよ。石は当たらなかったけど」

「いらん。仇などいらん……遍真……七宝丸……かわいそうに……」

弱々しい悲痛な声だ。忍も胸が痛む。

――侍者は他にもいるはずだが、彼らより昨日今日出会った太郎にすがって泣く方が楽なのか。この當麻寺にももっと聡明な稚児がいるだろうに、あまりものわからない太郎の方が。

侍者たちも仲間の死を悲しんでいるだろうに、彼らと一緒には泣けないのか。

できた方だ。――できすぎる。

京の男は涙を隠さないが、真の貴族はあまり泣いたり笑ったりせず感情を出さないのが奥ゆかしいとされている。実に高貴な方だ。

高貴で孤独でちっぽけな老人。

少しの間、太郎に気まずい思いをさせて、蟬丸は涙を袖で拭った。

「いや気を遣わせたな。疲れたろう。もう余にはお甘えになって泣く母上がおわさぬから、逆に太郎君のような幼子にお甘えになるのだ。年寄りはあべこべなのだ」

涙を拭《ふ》いたらもう、穏やかな老僧だ。切り替えが早い。

「もう悲しくない？」

「まだ悲しいが、涙は止まった。そういうものだ」

「大変な事態ですし、もっと悲しみに浸っていてもいいんですよ。太郎はまだ大丈夫ですから」

忍が言うと、太郎の方は不満げに顔を歪めた。

「いやいや、幼子に強《し》いるのも何だ。無体は本意ではない。余には子も孫もおわさぬから
——妻、そのような女人も大分前に」

蟬丸は寂しいというよりは懐かしげに目を細めていた。

「そちらは病であったが、なぜかな。生きていた頃より、今の方がずっと愛しい。かわいい女だった。立派すぎて気後れしていた。もっと甘えればよかった。遍真と七宝丸も、多少お調子者で完璧ではなかったがよく仕えてくれた。遍真は叡山の者でやっと帰れるところだったのに。報いてやりたかった。この歳になると悔いばかりで嫌だな……いや、まだ友達はおるのだぞ」

なぜか蟬丸は言いわけするようだった。

「叡山に同い年の友人がいるが、ちと偉すぎてやはり気後れがする。というか、向こうの方が遠慮を知らずにまとわりついてきて暑苦しくてつき合うのが疲れるようになってきた。若い頃は何とも思わなかったのだが三十を過ぎると鼻につくようになった。高野山までは追いかけてこれまいと引きこもっておったら今度は仲直りするきっかけが摑めない。うまくいかんものだ」

──蟬丸がため息をつくのを聞いていると、なぜだか忍の胸にもぐさぐさ刺さった。

「……お気持ち、わかります。立派な男君に好かれるのはときどき重荷であるというか……恥ずかしながらわたし、立派な夫が息苦しくなってここに。穏やかで優しくて、浮気をするとか殴るとか罵るとか世間のひどい男のようなことは何もないのに、何というか……押しつけがましくて空回り？　派手に転ぶのを見ておれない？」

「ふむ。余はお歳を召されても男女の色恋のことはおわかりでなく老いぼれた身、若く麗しい忍の上の悩みをご理解できようはずもない。が、誠実だが加減を知らぬ力の余った番犬のごとき男に好かれてじゃれつかれて引きずり回され、とてもつき合いきれない、そんなお気持ちならよくご存知だぞ。あちらばかりやる気で返事をする前に次が来て困る。今頃あちらも老いぼれて、賢くなれとは言わんから少しはのろくなっていてくれればいいのだが。何なら余自身も空気の読めない朴念仁で六十年おわしているから、忍の上に忠告できることもあろう」

何だかものすごく重々しい言葉だ。

「蝉丸さまが空気の読めない朴念仁なんてそんな。うちの夫に爪の垢を煎《せん》じて飲ませたいくらいです。……侍者を亡くされて悲しいときに夫の愚痴など聞かせてもいけませんね」

「いや、お互いお気持ちが紛れるのはよいことだぞ」

蝉丸はうなずいた。

「もう他の侍者には哀傷の御製を詠んで聞かせたもうた。これ以上悲しむのはお一人でもできる。忍の上のどうでもよい話を——余の侍者が殺められたことほど差し迫っていない話をお耳にしたい。何でもよいから人死になどない話で重苦しいのを和らげたい」

「そうですね、ええ……悲しい現実を見つめすぎると心が壊れてしまいます。薬も過ぎると身に毒です。こんな大変なときだからこそ蝉丸さまには、人を驚かすのが楽しくなって調子づいたうちの夫が、よそさまの天井裏から落ちてきてわたしがついに愛想を尽かした話などで気を紛らしていただいた方がよいのかも……」

「どういうことだ」

流石に予想外だったらしい。蝉丸は訝《いぶか》しげに聞き返した。それはそうだ。

「言った言わないの痴話喧嘩《ちわげんか》程度なのかと思し召したのに、天井裏？　本格的に現実逃避できそうだ。ぜひ詳しくお聞かせせよ」

「お役に立てれば幸いですわ、こんなお笑いぐさ。女房や貴族の妻女の友人にはとても語れませんし京のお坊さまは口が軽いですし、蝉丸さまなら世間に吹聴《ふいちょう》なさることもないでしょう……純直さまにだけ言わないでいただきたいと、あちら夫と親しいので」

「うむ、勿論。世捨て人であるから語って聞かすほど人にはまみえん」

「わたしも遥々《はるばる》京から當麻まで来なければできる話ではないです。ええ、世の女は夫の不実を恨むと言いますが、わたしが恨んでいるのは皆をびっくりさせたい、それだけのためにわざわざ天井裏から落ちてくる蜥蜴、いえ守宮《やもり》のようなお調子者の夫……世の中のため、皆のためを思ってあの方なりに懸命にやっているのはわかりますが、あの人以外も世間は皆、一人一人が真面目に考えて生きているというのを思い知ってほしいですし、渾身《こんしん》の冗談が滑りに滑ったのをどうしてわたしが助けてやらなきゃいけないいんでしょう。良妻賢母、耐える女ってこうじゃないと思うんです」

口に出して言語化しただけで大分、何が問題なのかはっきりした。

——男に捨てられて干涸らびて死ぬくらいでないと女は同情してもらえない世の中で、忍は河内を越え、二上山を越えたところでついに意外な理解者に出会った。

長い道のりだった。

5

純直は夜のうちに首と胴、別々に見つかった亡骸を當麻寺まで運ばせて近くで荼毘《だび》に付し、葬ったとのこと。忍に正式な報告があったのは翌日の朝餉《あさげ》の後だった。

「お、恐ろしい賊でした。まさか仏僧を手にかけるとは。地獄に落ちます。仏罰を恐れぬ、よもや河内や大和の賊がそこまで野蛮なものとはこの純直、夢にも思わず。蟬丸さまのご気落ちはいかばかりか」

御簾の前で報告する純直はまだ顔が強張って声も震えている。

「異郷では何て恐ろしいことがあるのでしょう。蟬丸さまはお気の毒に、心より哀悼の意を表します。でも賊が卑劣で野蛮だったのは純直さまの罪ではないわ。あなたはできることを精一杯なさったのです、ご自分を責めないで」

対する御簾の中の忍は、葛城に悲しげな作り声を出させた。

「まさか身代金の交渉もしないでお坊さまを殺めるなんてねえ。損得もわからないで仏道に背く大罪を犯すなんて愚かなこと。で、賊を捕らえて、仏像の方は見つかったの？　何やら聞き慣れない、ダイガクとかガクテンとかおっしゃる……」

「大黒天、袋を背負った武神の像です。目下、捜索しております」

「では賊の、小蔦丸は、京の検非違使庁に送ってお裁きするの？」

「京に送って沙汰を下す心づもりでございます」

「なら純直さまとはここでお別れ？」

「いえ、数人の手勢をつけて馬に縛りつけて護送させます。このような魔境の地に忍さまを置き去りになどできましょうか。ますます純直がしっかりして皆さまをお守りせねばと。何かあったら別当祐高さまに申しわけが立ちません」

「それは心強い。女房たちが怖がっているの、一刻も早く京に戻りたいけれどここから牛車じゃ急ぎようもないでしょう？　下つ道で南都に上り、大和路に向かうにしても畝傍《うねび》辺りまで進まないと。お坊さまを殺めるような兇賊《きょうぞく》が出るとわかっては、女ばかりでは心許《こころもと》ないです。純直さまのお助けがないと」

「勿論ですよ。ええ、命に代えてもお守りいたします」

——決断が早いのねえ。悩まないの？

とはおくびにも出さない。

「では今日は、名高い當麻曼荼羅を見せていただきましょうか。不吉なことがあったのだから徳の高い御坊のお話を聞かせていただきましょう——」

忍がそのようにまとめていると、従者の誰かが声を上げた。

「忍さま、陰陽師が参ったそうですが——」

「あ」

——忘れていた。八塚寺に行かせた千枝松。

「陰陽寮学生安倍千枝松泰隆、ただいままかり越しました！」

大声を上げて陰陽師見習いが入ってきた途端、御簾の前で気落ちして肩を丸めていた蝉丸がひっくり返って悲鳴を上げた。

「あ、安倍晴明《あべのせいめい》の声がする！　余は死んだのか！　年相応とはいえまだ心の準備が！」

——何か多大なる誤解があるのが言葉でわかる。

「安倍晴明って、蟬丸さま、若い頃に安倍晴明の声を聞いたことが？」

「え？　まさか、我が家の年寄りでも会ったことなどないはずですが……」

入ってきたばかりの千枝松が座れずに困惑している。五月夜が蟬丸を助け起こした。

「蟬丸さま、何ぞ聞き違いでしょう。忍の上さまの知り合いの小僧のようですよ。蟬丸さまは生きておいでです。お気を確かに」

自分とそう変わらない五月夜に小僧呼ばわりされて、千枝松はむっとしたようだった。

「陰陽寮学生安倍千枝松泰隆です。晴明朝臣《あそん》の血筋ですが傍系ですし、足下にも及ばぬ見習いの小僧です。父よりも死んだ祖父に似ているとよく言われます」

はきはきとそう言った。

「祖父……祖父か」

蟬丸が声の方を向いて手探りするので、千枝松は致し方ないという風情で板敷に座してその手を取った。

「どこのどなたか存じませんが我が親族にゆかりのお方とお見受けしました。〝坊主に弱みを見せるな〟が我が家の家訓です」

「……家訓か。いや嬉しい。こんなところで旧知に出会えるとはな。知り合いは皆死に絶えたと思っていたのに、安倍晴明の生まれ変わりに出会えるとは。悲しいことがあったばかりで、よいこともあるものだ。因果《いんが》は巡るものだな」

蟬丸は感激のあまり涙ぐんですらいるようで、千枝松の顔をべたべた触った。千枝松は流石に馴《な》れ馴《な》れしすぎて身じろぎして逃れようとしたが、純直が彼をじっと見つめて「逆らうな」と眼力を送っているのに気づき、抵抗を諦めた。女のような美少年の五月夜を差し置いて、目つきの悪い冴えない千枝松が蟬丸にすがられているのは面白い絵面だった。

「蟬丸さまは仏僧であられるのに陰陽師と縁がおありでしたか。――千枝松はどうしてここに？」

「どうしてって忍さまのご相伴に与《あずか》って貴重な當麻曼荼羅が見られると聞いて京からすっ飛んできたのですが。〝坊主に仏道で負けてはいけない〟が家訓です。まさかもう見終わりました？」

「いや、これからだ」

陰陽師の家には妙な家訓がたくさんあるものだ。

純直が畏まって千枝松に命じる。

「こちらの蟬丸さまはお歳を召して御目もお身体も不自由でいらっしゃる。千枝松、お前がお気に入りのご様子だからおそばで手を引いたりお世話してさしあげろ。僧でご老体、手厚く敬うべきである。仏僧もご老人も国の宝。これも来世の功徳と思って」

「は、はあ。少将さまがそうおっしゃるなら。年寄りだらけの家に住んでおりますから心得はあります」

千枝松はまだ触られながら答えた。どのみち彼は年齢でも身分でも、偉そうな年寄りの世話をしろと命じられたら逆らえない立場だった。

――千枝松が昨日ここに来て、八塚寺に飛んでいって戻ってきたところ、というのはごまかせた。いい機転だ。

「いや少将どのは博雅三位には足りぬと謙遜《けんそん》したが、安倍晴明がいたら百人力だ。実に頼もしい」

侍者が死んだ翌日だというのに、蟬丸は随分と機嫌をよくした様子だった――安倍晴明と蟬丸法師には何の関係もないが。昨日の続きで落ち込まないよう空元気、の方針を保っているのだろうか。

さて名高い當麻曼荼羅は正確には観無量寿経浄土変相図。阿弥陀如来が住まう西方極楽浄土に、他にも様々な菩薩《ぼさつ》や諸聖衆《しょうじゅ》が集う図を織物《おりもの》にしたものだ。絹織物《きぬおりもの》に図柄《ずがら》を染めてあるので目の見えない蟬丸にはわからないのだが、純直が特別に別当に掛け合い、千枝松も手助けして、宝物殿に納められているのをじかに触れながら拝むという形を取った。女の忍は宝物殿の入り口までしか入れず、奥まで光が届かないのを遠くから拝むだけで何が何やらだというのに。いろいろあったとはいえ贔屓《ひいき》が露骨すぎる。

宝物殿の中では何人もの僧が蟬丸と純直を取り巻いて千枝松も取られて「これが何の菩薩」と皆でわいわい指さしているのに、忍一行には案内の老いた尼が一人ついただけだった。

「こちらの曼荼羅は遣唐使船で持ち帰った品を、さる大臣がこの寺に納めたと伝え聞いております」

「愛想のない話ね。若い清らかな尼が蓮糸を紡いで一晩で織ったとかにならないの？　貴族の姫君が夜な夜な二上山の御墓に眠る大津皇子の声に惑わされて徘徊するようになって、御仏に救われて尼になるのよ」

「面白いことをおっしゃいますね、お方さまは。當麻で草子を綴るときにはそのような物語にしましょう」

あんまりなので尼に八つ当たりした。

やっと千枝松を呼び戻せたのは夕餉の前、「明日からの旅路の吉凶を占う」という名目が必要だった。

それで千枝松は、流石に疲労困憊《ひろうこんぱい》してよろよろ坊にやって来た。彼は十六の男で元服していたが扱いは太郎の遊び相手と同じで、御簾や几帳を隔てない。

「気楽な物詣でのつもりがどうしてこんなことに」

「こっちが言いたいわ。わたしが當麻寺に曼荼羅を見に来たのにどうして蟬丸さまの方が歓待されるのよ」

「少将さま、あのじいさんにぼくの尻まで売る勢いでした。腰より下は触られてないし、そんなに元気じゃないと思いますが」

「それは五月夜に嫉妬《しっと》されそうねえ」

「美童上がりの中宮大属ですか？　自分の仕事が減って一安心くらいに思ってましたよ」

「本当にやる気ないわねあの子」

——忍はどうやら「やる気のない従者」がこの世で一番嫌だった。これもこの旅に出て初めて知った。

「ぼくの方を見ないように避けててすごく嫌われてるようなそうでもないような」

「それはやっぱり蟬丸さまの寵愛を奪われて嫉妬してるんじゃないの?」

「そのわりにじいさんが転びそうでぼく一人で支えきれなくても助けてくれないんですよね。じいさんに恩を売って気に入られる好機じゃないのかと思うんですけど。どう見てもあの顔はじいさんの接待要員なんですが」

「じいさんじいさんって呼び方が軽いわね」

「何だかよほど甘やかされているようで、丁寧に持て囃すより雑に扱った方が喜ぶのです。ぼくは年寄りには気に入られる方です」

千枝松は普段、五十代の気難しげな師匠の世話を焼いている。蟬丸の方が師匠より一回り か二回り上だと思うが、十六歳からすればどちらも「じいさん」なのか。

——はて。純直のところの梅若丸や、太郎づきの青竹丸など蟬丸の世話をする少年が他にもいたはずだが。

蝉丸の侍者の残りもなぜだか全然目に入らない。千枝松一人で支えきれなくて？　それは五月夜が手伝ってくれなかったから? 本当に? 少なくとも千枝松はそう思っているようで、悪口がはかどる。

「きっと中宮大属、顔がよすぎておつむもお姫さまなのです。高貴のお方はあまり麗しい顔の者がきびきび働いているとなぜだか萎《な》えるから、何もできないふりをしているうちに本当に何もできなくなったんでしょう。顔で売ってないぼくみたいなのは指示されなくても空気を読んで働かないと褒めてなんかもらえないけど、あの手のお人形は飯も食わずにもの静かに庭を見て思索に耽《ふけ》っているのがいいとか何とか言われるから」

「お姫さまも結構働くけど、まあ千枝松と同じやり方で目立つ子ではないわね」

「少将さまとは何だかよそよそしいから左大臣さまの愛人なのかな。太政大臣さま？　少将さまは中宮さまのお身内で中宮職の者をお連れでも不思議はないけど、普通は近衛府か衛門府の者を使うでしょう。右近衛少将で右衛門佐を兼ねておられるのだから。あの動かなさ喋らなさ、顔と尻で中宮職になったのは間違いない。少将さまより年上で元服しているのだからやはり左大臣さまのお好みなのかな」

——生々しい話に忍は戸惑った。女のこういう話は大体益体もない煩悩だが、働き者の男が言うと毒気がすごい。

「気になるけどそういうのは後にしましょう。八塚寺の僧と稚児の首の話をして」

「はっ」

千枝松は居住まいを正した。

「ぼくが行ったとき、もう首も胴体も片づけて當麻寺に送りつけているところでしたが、血の痕なら残っておりました。首があった経堂と、胴があった鐘撞《つ》き堂。死霊が貴人を追いかけないようにまじないをすると言って隅々まで見せてもらいました」

この陰陽師見習いは容姿など大した問題ではなかった。機転が利いて何でもやる。彼でなければできない仕事がいくらでもあった。

「鐘撞き堂に大きな血溜《ちだ》まりがあってそちらで首を斬って殺してから経堂に持っていったのは間違いないですね。経堂は格子が壊され、大黒天の像が持ち去られ、台座に丸い日焼けの跡がありました。その台座に首が二つ並べて置いてあったようで。既に斬った首から血が垂れ落ちて滲んだ痕が残っていました」

「血が垂れ落ちる程度、新鮮なうちに首が並べられた」

「滲んだ血は多少拭かれていましたが拭ききれず、それほど茶色くなっていませんでした。當麻寺まで早馬で一刻、そのすぐ前に見つかって拭かれた。昨日の真昼頃に首が斬られて置かれたものと。それとももう一つ。八塚寺ではお日さまが沈む夕方と上る夜明けと、南中する正午ぴったりに鐘を撞くのです。正午の鐘を撞く者が首なしの胴体を見つけたということで」

「二、二人が首を斬られて殺されたのは昨日の正午より前。血の変色具合から言って夜明けより、は大分後」

「ということです」

「経堂の周りは苔の庭ね？」

「はい？　あ、はい。そうですね。緑の苔が美しく」

「乱暴者が苔を踏み荒らした跡などは？」

「見たところ、お庭に乱れたところはなかったですね。格子と大黒天像だけです。――ついでに経典も見せてもらおうと申し出たんですけど、もう暗いから〝ついで〟なんかで見るものではないと寺に断られてしまって。暗いといっても外はまだぎりぎり日が落ちていなかったのに。陽覚上人の書、見たかったんですが」

「そんなに貴重な経典なの？」

「それはもう、八塚寺はわざわざ経典のために御堂を一つ建てるほどですから。なぜ経典を放っぽって大黒天なんかを持って行ったか不思議でなりませんね」

「それ」

忍は些細な言葉尻《ことばじり》に引っかかる。

「阿弥陀三尊はわかるけど、そもそも大黒天って何？　御仏を数える言葉は〝尊〟よね。〝天〟って鞍馬《くらま》の毘沙門天《びしゃもんてん》と何か関係が？」

「そういえば京では全然拝んでないですね、天部は。阿弥陀は如来で既に悟りを得て釈尊と同じものになった正真正銘の御仏で〝尊〟です」

血腥い話に怖じるところのない千枝松だが、御仏の話の方が楽しそうだった。

「天部は天竺《てんじく》の神仏で生まれつき神通力《じんずうりき》が強く、悟りを得ているとは限らない天人の長などで〝天〟、御仏や仏法を守護します。毘沙門天は通常、四天王で他の三天と組んで四方を守るものが、鞍馬では毘沙門天だけで祀られています。大黒天は正しくは摩訶迦羅天《まかからてん》で、天竺の天人としては親戚かも、くらいで毘沙門天と直接関係があるわけでは。叡山東《とう》塔《どう》辺りに大黒堂がありますが、河内には大黒天を本尊として拝む大黒寺《だいこくじ》という寺もあります。開祖は役小角《えんのおづぬ》。恐らく八塚寺の大黒天は経典を守護します――」

「詳しいのねえ」

「家業のお勤めではないので憶えて他人に語るのが楽しいです。仏像は格好よくて見応えがあるし」

「そんなものなの？」

「多分それくらいの根性でやるから面白いんです」

千枝松が語る経典や仏像の話は忍にも興味深かった――どうやらこれまでの話と大いなる齟齬《そご》がある。

そうなると最初の前提から変わる――

「さて仏教小話はこの程度で。ここで、ぼくの貴重な晩飯を半分、寺男にやって聞き出したとっておきの情報をお耳に入れたいと」

千枝松が声を低めて指先で忍を招いた。忍は身を乗り出し、耳を千枝松に近づける。

「首なしの胴体のそばに、立派な黄金造りの太刀が鞘とともに抜き身で投げ出されていたといいます。新しい刃こぼれができていて、その太刀で斬ったのは間違いないと」

女房たちに聞こえないよう小声でささやいた。その情報に忍は息を呑んだ。

「……そんなことってありえるの」

「ありえないなら、八塚寺の寺男に妄語綺語《きご》で他人を貶《おとし》める理由があったということでそれはそれで剣呑です。凡愚が何もないところから思いつきで口走ることではありません。――さてこんなど田舎に、黄金造りの太刀を佩くような貴人がそうそうおいでとは思えませんが。河内守はそんなものを持っているかどうか。一体どなたのものか忍さまにはお心当たりがおありで？」

「純直さまの太刀が一昨日と昨日今日で違っているのよね。昨日から参内用のいかにも抜きにくそうな飾太刀で。その前は黄金造りだったわ、ええ」

「それは大変ですね」

大変と言いながら千枝松は驚いた様子がなかった。何せ、他にいない。――これは女房たち、特に葛城などに聞かせてはいけない。

「しかし果たして昨日、少将さまにそんな暇があったのでしょうか？」

「昨日は延々、竹内峠を越えるのにご一緒していたはずだけど。あそこは坂は緩やかでも牛車一輛《いちりょう》通るのが精一杯の狭苦しい山道ですれ違いはできず、そんなに行ったり来たりできるとも思えない」

忍は咳払《せきばら》いし、改めて高い声で女房たちに呼びかけた。

「皆、昨日、竹内峠を行く折、純直さまの騎馬は行列のどの辺にいたかわかる？」

と、太郎と賽子《さいころ》を転がして遊んでいた千歳が顔を上げ、とんでもないことを言い出した。

「少将純直さまでしたら、昨日はいらっしゃいませんでした」

「は？」

「朝、太郎さまが少将さまのお馬に一緒に乗せていただくと言い出されて。太郎さまは以前に殿さまのお馬で近江までお連れいただいたのが大層お気に召した様子で、少将さまと二人乗りするのだとそれはそれはしゃいでお願いしたのです。しかし少将さまは葛井寺に忘れ物をしたとお伴を数人連れて取って返してしまわれたので、太郎さまは蟬丸さまの牛車にご一緒することになったのです。大層むずかって蟬丸さまにご迷惑をおかけして」

「そ、それは本当にご迷惑を。蟬丸さまにお詫びしないと――」

言いながら忍は声が震えた。

「……純直さま、二上山のてっぺんで皆で梨を食べるあのときまで、騎馬で葛井寺と行列を行ったり来たり？」

「はい。牛車に乗っていると後ろの方の騎馬が何をしているかは見えませんので。護衛の者はおりましたよ」

「忘れ物って何？」

「さあ、何でしたでしょうか。太刀とかおっしゃっていたような。そうそう。武官ともあろう者が武具を忘れるとは不名誉な、そうおっしゃったのです」

いよいよ忍も、千枝松も血の気が引いた。それに気づいていないのか、女房の早苗が暢気に言う。

「後から来たのは五月夜さまもですよ。寝坊したとか」

早苗はわざわざ忍のそばまでやって来て、小声でささやいた。

「これは口の悪い者が申しておりましたが、〝葛井寺の僧と後朝《きぬぎぬ》の別れを惜しんでいたのでは〟と。あちらは何日も葛井寺にいたので懇意になっていたのでは。忍さまとの問答の折、気が抜けた様子だったのは夜更かしして寝不足だったともっぱらの噂です」

――京では「口の悪い者が言っていた」とは「特に根拠はないが自分はこう思う」という意味だ。話半分に聞くに限る。

「楓が聞いたら卒倒するからそれは大声では言わないことね――」

忍がうなずいたふりで聞き流していると、花鶏が急に大声を上げた。

「〝旅の空夜半の煙《けぶり》とのぼりなばあまの藻塩火たくかとや見ん〟！」

「何？」

「上の句です！」

花鶏も顔を真っ赤にして忍に膝行《いざ》り寄った。

「忍さま、蟬丸さまのお歌を気になさっていたでしょう。わたし、あれからずっと考えていたけど今思い出しました。上の句は〝旅の空夜半の煙とのぼりなば〟です！」

「あなた、あれからずっと考えていたの……」

葛城や千歳は呆れている。

「花鶏はのんびりしているわねえ。〝旅の夜空の煙と上ってしまえば、海人の塩焼きのように見えるだろう〟――やはり火葬のお歌ね。で、どなたの作で旅の空とはどこ？　何の歌集に入っていたのかしら」

「作者はか――」

だが忍が尋ねると、花鶏は声を詰まらせた。先ほどまでの勢いはどこへやら、何やら気まずげに目を逸らす。

「……勘違い、です。わたくし、思い違いをしておりました。忘れてください」

「え」

あまりのことに千枝松の方が悲鳴を上げる。

「横で聞いていても気になりますよ！　せめて何と何を勘違いしていたのか教えてください！　と言うか、和歌の話はぼくは知らないからこれまでのあらすじをかいつまんで！」

「やめなさい、千枝松」

忍は彼を制した。

――恐らく勘違いなどではない。花鶏はそれを言ってはならないと思って引っ込めた。これは大きな手がかりだ。歌遊びは、匂わせる程度で後は自分で察するのが雅なのだ。

〝か〟――柿本人麻呂ではあるまい。万葉の頃の素朴な歌風ではない。もっと最近だ。

忍は口ずさむ。

「〝倭《やまと》は国のまほろばたたなづく〟……〝二上山を弟世と我が見む〟……〝あまの藻塩火たくかとや見ん〟」

日本武尊、大津皇子、そして――

「海人が塩焼きをしているのは、熊野《くまの》。熊野は観音の功徳によって死を想う海で、河内から更に南の和泉国《いずみのくに》、熊野街道の先。大和からは山を隔てた向こう。龍田山と二上山をごっちゃにしていいなら、蟬丸さまのおわした高野山もおおむね熊野でいいでしょう。そういうことね、花鶏」

「……はい」

花鶏は遠慮がちにうなずいた。それだけわかれば十分だ。

「ええと、千枝松、明日からの旅路の吉凶を占ってちょうだい。誰か、地図を持ってきて」

忍は声の調子を変えた。すぐに葛城が地図を持ってきて畳に広げる。

二上山を越える道は二本。〝竹内峠〟と〝穴虫峠〟――忍は指を差し、声を潜めた。

「千枝松、昨日、〝穴虫峠〟と言ったわね」

「はい」

純直の主張と食い違う。

彼は確か一昨日、「蟬丸を追ってくる賊を二上山で迎え討つ」と言っていた。なら賊は竹内峠を追いかけてくるはずで、それを捕らえた手勢は忍たちより後から来る。竹内峠はなだらかでも道が狭く、忍たちの行列を追い越すことはできない。

しかし當麻寺で待っていた千枝松が見た糞鳶丸護送の一行は、北側の穴虫峠からやって来た――

大体、追ってくる賊を迎え討つのに純直本人が行列から葛井寺まで行ったり来たりしているというのはどういうことだ――

「もし！」

男の声がした。柳丸が戸口まで話を聞きに行く。すぐに彼は忍のもとまで戻ったが、顔つきが強張っていた。

「少将純直さまよりお報せです。賊の糞鳶丸が仲間とともに遁走《とんそう》いたしました！　仲間の助けで枷を外して脱走したとの話です！」

それを聞いて、まるで逃がした賊がそのままそこに現れたように、女房たちが抱き合って悲鳴を上げた。

忍は悲鳴など上げなかった。

「……これは、正着なのか失着なのか。本当にその手でいいの？　純直さま」

忍は脇息にもたれてこめかみに触れ、心の中で彼が並べてきた棋譜を検討する。

忍の手番はいつだ？

6

――一つ。黄金造りの太刀。

糞鳶丸がこれを手に入れ、使ったとすればおかしなことになる。彼は一昨日から昨日の正午までに純直からそれを盗み取らなければならない。純直が寺の湯殿を使っている間、寝ている間が狙い目か。体臭の強い糞鳶丸がどうやって純直に気づかれないように近づくか。

純直が女子供を怖がらせまいと夜のうちに自分の太刀が盗まれた話を伏せていたとして、糞鳶丸は八塚寺に戻ってきて蟬丸がもう二上山にいると聞いて激昂して折角の豪奢な太刀で人殺しをしてその場に放り捨てて後を追って——

何て勿体ない話だ。血を拭いて売り飛ばせばいいだろうに。身代金を取るのが面倒になって人質を殺した、まではありえるだろうが折角の宝刀を売り払うのが面倒な盗賊なんて、そんな根性で生計が成り立つのか。まさか賊のくせに自分で殺めた死人の穢れが怖いとでも。

黄金造りの太刀はそれこそ鞘や柄を鍍金したか金箔を貼ったもので蟬丸の誕生仏より黄金の量は少ないかもしれないが、単純に大きさで誕生仏を遥かに上回る。全体に繊細な細工が施され、刀身も安物ではなく備前だの何だのの名匠の手によるものだろう。何せ今を時めく左大臣家が嫡男に持たせているのだから半端な仏像など目ではなく、こんなわかりやすい財宝はなかなかない。

しかし純直が自身でこれを使って隠しているというのも奇妙だ。太刀は魔を祓《はら》う神聖な宝物で、左大臣家の家名を冠するから金箔や細工で豪奢に飾ってある。どこぞの貴族の宝刀は雷を退けたとか、物の怪を斬ったとか——ただの大きな刃物ではない。ただの大きな刃物なら手下の兵がいくらでも持っている。

僧と稚児が無礼だったとか理由があって伝家の宝刀で成敗したなら、昨日の時点で堂々とそう言えばいい。僧殺しは仏法に背く罪だが、貴族の誇りを守るためには無礼討ちせねばならないこともたまにはあるだろう。あちらが仏法を犯す破戒僧だったとか何とか。——この際、後付けで捏造《ねつぞう》してでも。蟬丸には多少気まずいが、永遠に隠し通せることでもない。

太刀が穢れたら、清めて何もなかったふりをするより父祖の名にかけて自分の正義を主張した方が早い。

従者が勝手に彼の太刀を使って家名までも穢したなら大騒ぎだ。太刀に触れられる者は何人もいまい、誰がやったかなどすぐにわかる。——さっさと罰すればいいのに、なぜそうしない。そのようにして純直自身の罪を従者に押しつける手もある。

後ろめたくて血まみれの太刀を拭って隠さなければならないなら、やはり左大臣家の嫡男として不手際である——男らしくない。

それ以前に首を晒したり太刀を隠したり、どうしたいのか。支離滅裂だ。

——一つ。殺された遍真と七宝丸は、襲撃を受けて殺されるまでの間、どこにいたのか。

一昨日、襲撃を受けたその場で殺されたなら話は簡単だが、昨日の晩に千枝松の見たところ鐘撞き堂の血痕《けっこん》はそんなに前のものではなかった。朝夕の鐘を撞く者も気づくはずだ。昨日の正午まで誰も気づかなかった。それは確かだ。

生きていたなら人は腹が減るし用も足す。長いこと縛って転がして、というわけにもいくまい。声を上げないようにさるぐつわを嚙ませて、そんなに長い時間が経ったら首を斬らなくても息が詰まって死んでしまうのではないか。縄で縛られていたら手足にそのような痕がつくのでは。薬などで眠らされていたら尚更《なおさら》寝小便を垂れそうだ。

攫われていたのなら無理矢理閉じ込められていたのでは。糞鳶丸のねぐらは近いのか。八塚寺の一室に監禁されていたら誰か気づかないのか。

経堂から消えた彼らはどこをどうして鐘撞き堂へ。

——一つ。糞鳶丸はいつ捕らえられたのか。

千枝松が確かめに行ったとき、経堂は格子が壊されて像が持ち去られていた——やはり苔は傷ついていなかったとのこと。千枝松はあまり庭に興味がなかったようだが、苔に足跡があれば不自然で気づいただろう。

苔を養生するのに比べれば格子は直すのが簡単なところだ。元から壊れやすい。苔は生きものだから整えても元通りにならないこともありえる。

随分と親切な話だ。神仏を恐れぬ無法の賊のくせに直せるところだけ壊したなんて。

太郎と青竹丸が聞いた「糞鳶丸は八塚寺に行ったことがない」という話は本当なのではないか。

——一つ。経堂で蟬丸を襲撃し、葛城に一喝されて下がった、特に臭くもない男たちは何者だったのか。

経堂に行くには忍たちのいる坊の前を通らなければならないが、彼らはどうやって足音も立てずに蝉丸を襲撃して遍真と七宝丸を攫ったのか。

思えば、純直が手紙を寄越すのが早すぎた。

――一つ。純直は本当に葛井寺に黄金造りの太刀を忘れたのか。

彼は二上山から取って返して、僧と稚児を殺していたのでなければ、何をしていたのか。

――一つ。もはや巡礼も傷心旅行もあったものではないが、上つ方《うえつかた》の貴女、忍の上はどうあるべきか。

ことを荒立て、純直を敵に回してこんなところで孤立するのは連れのためにも避けたい。賊が他にいるかもしれない辺土で、側仕えも小さな息子も大事だ。自分の命だって。

ここで強いのはじかに武人に声をかけて命令できる純直で、忍が正しいとか年上だとか上役の妻だとかいうことに大した意味はない。千枝松だって風向き次第で純直側に取られてしまう。

女房たちすら純直の方についてしまうかもしれない。

忍が純直に逆らうような真似をすれば、彼女らは「心から忍や太郎の身を案じて」忍の口を封じ、粛々《しゆくしゆく》と純直に従うかも――

純直が見た目だけでも忍を親戚の貴女と重んじてくれるうちが華だ。こんなど田舎で、どんな狼藉をしたってなかったことにする、あるいはその辺の賊に罪を押しつけるなどたやすい。誰も見ていないのと同じ。

『悲観的だな、忍さま』

心の中で祐高が微笑《ほほえ》む。

二上山をいろせと我が見む——

葛城はいっぱいいっぱい。千枝松はいつ純直に寝返るか。物足りない忍は、話し相手に夫を選ぶ。

比翼鳥は一羽では片翼で目も一つしかない奇怪な鳥、つがいでなければまともに空を飛ぶこともものを見ることもできない——ものを見るのには彼の目が必要で、空を飛べないことを忘れるには彼の声が必要だ。

心の中の彼は丸い小石のように不変で穏やかで、蝶のように軽やかで朗《ほが》らか。

「あなたの手で助けていただくわけにいかないもの。悪いくらいでいいのよ」

彼への答えは口には出さない。心の中で想うだけ。

『それでも何とかなるのか?』

「そうね。そろそろ拗《す》ねるのはお終いかしら。皆が困るからなんて理由で仲直りも業腹だけど、元々家出をするほどでもなかったような気もする」

『許してくれるか?』

「蟬丸さまに話を聞いていただいて少しはすっきりしたし——実のところ何に怒っていて

何を許せなかったかもうわからないのよ」

『今、考えなければならないことがあまりに多いからではないかな』

「そうかもね。――ねえ、恋や愛を歌うというのは決まりきった文句を使われるよりはもっと匂わせる程度でいいのだけれど、そんな難しいことをあなたに期待するのはわがままなのかしら。名うての色男に教わった小賢《こざか》しい手管を使われても気持ち悪いし」

心の中の夫は笑むだけで答えてくれない。

代わりに、急に太郎が飛びついてきた――現実の太郎だ。抱きついて丸いむにむにしたほおをすりつけてくる。

「お母さま、お母さまがお花がほしいと言うからお寺中探したけど、お花なんて何にもないよ」

「――もう寒いからよ」

夏なら當麻寺は蓮の花が美しいという。

「そうね、無理を言ったわね。お母さま、何もほしくは――」

「だからこれ」

と太郎が差し出したのは、小さな紅葉の葉が一枚。先が五つに分かれて子供の手を思わせる。

もう枯れていて、枯れるのを嘆く必要もない。

「なかなか気が利くようになったじゃないの」

忍は笑ってその葉を取り、太郎の小さな身体を抱き締めた。

「ええ、これならお歌に詠みやすいわ。〝もみじ葉〟で四文字にするか、四文字足して七文字にするの。〝三室の山のもみじ葉は〟〝もみじの錦《にしき》神のまにまに〟――言葉にして紙に書いておけばいつでも今日の気持ちを思い出せるし、現実よりもっと綺麗な夢にできるのよ――」

紅葉など珍しくもない当たり前のもの。

当たり前のものだから、いっそ紅葉そのものではなくゆかりの言葉だけで〝龍田川からくれないに〟と洒落《しゃれ》た言い回しにしたり。

当たり前のものだから、この紅葉は朽ちてしまっても来年同じものが現れる。わざわざ當麻の紅葉でなくても、京の紅葉でもいい。だから失うことを恐れる必要がない。

何年も後の紅葉を見て六歳の太郎をずっと想うことができる。石のように永遠でなくても。

――太郎の方があなたより上手《うわて》よ、どうするの、祐高さま――

7

――さて、何を見せられているのか。

立場としては忍が一番身分が高いので純直も蟬丸も五月夜も忍の坊を御簾で仕切ってそ

の前に集うのだが、一番蔑《ないがし》ろにされているのも忍であるのがまざまざとわかる。

「賊を逃すとは見通しが甘かったですね、少将さま。僧を殺めた大罪人、指の二、三本切って弱らせて、京で首を晒すべきであったのに。仲間が助けに来たとは寝ぼけたことをおっしゃる」

五月夜がため息交じりにすごいことを言った。女のような顔で強い言葉を使うと冷酷さが際立つ。

「恐ろしいことを言うな、五月夜。晒し首など主上の徳を損なう。死罪など行わない」

咎める純直の声は弱々しい。びくついている。見るからにやつれて痛々しい。

「よそに隠れた仲間が助けに来るくらいのことは思いつくべきでありました。警備が薄かったのはわたしの手落ちです。蝉丸さまの侍者を殺めた仇をみすみす逃して、この失態をいかに償えば」

と純直が頭を下げる相手は、御簾の前に座している蝉丸だ——忍はいい面の皮。

純直は平伏《ひれふ》しながら、太い木の棒杖《ぼうじょう》を床に置いた。重さが音で伝わってくる。

「まことに申しわけなく思っております。……皆さまの仇を討てなかった分、こちらの棒で純直を打ってくださいませ」

「笑えぬ冗談だ、少将どの」

蝉丸はといえば横を向いているので表情が見えないが、穏やかな老僧とも思えないほど声が冷たい。

「余は目が見えず老いぼれた足弱の御身で、棒を持ってそなたをぶてとな。当たるはずがないであろうが。疲れるだけだ」

「ならば若い五月夜が蟬丸さまの代わりに打ちます。力いっぱいに」

と、しれっと言って五月夜が棒を取るのに忍は胸が詰まった——彼は立ち上がって棒をかまえ、純直の背に当てた。

「どこがよいでしょう。背でしょうか。子供の仕置きのように、尻？」

「五月夜、冗談を通り越して不快である。そちが余の代わりとな。身のほど知らずめ」

即座に蟬丸が言い捨てる、その声の鋭さだけで傍若無人《ぼうじゃくぶじん》の五月夜がよろめきかけた。

老僧がどうなだめるかと思ったのに、声の圧だけで修羅場が吹き飛んだ。脇息にもたれるだけでは蟬丸はつらそうなので千枝松が背を支えていたが、彼すら怯《ひる》んだ。——五月夜に持って回った言い回しは通じないとはいえ——

「二人とも、女性や幼子の前でよくないな。見え透いた遊びはもっと洗練されていなければ興が乗らん。忍の上に教わったであろうに」

蟬丸の言葉がやや柔らかい普段通りのものになり、五月夜は一礼して棒を置き、元通りに座した。

『事前に純直と五月夜で打ち合わせしてやっていた猿楽と思うか？　忍さまや蟬丸さまに止めてもらえると見越していた』

心の中の祐高がささやく。

「わからない。五月夜は本気で打つつもりだったような気がする。——純直さまも」

忍は声に出さないまま答えた。

「至らぬ身を申しわけなく思います」

純直はつぶやいて、畳に突っ伏して嗚咽を洩らし始めた——京の男は泣けば許されると思っている。

「ほう、少将どのは泣くのか。憶えておこう」

蟬丸はそううなずいた。

「実際のところ、遍真と七宝丸はよく仕えてくれてあれらの死は悲しいが、仇の何のは興味がない。仏僧を殺めた者には相応しい因果があろう。検非違使庁の官にこのようなことをおっしゃるのも何だが、律令からは逃れられても御仏の沙汰は下り、罪業は来世までも続くであろう。余はそのように叡慮《えいりょ》し、罪を犯した者を憐れみたまう」

「蟬丸さまの惻隠《そくいん》の情《じょう》、お情け深いことです」

「そちには慈悲に聞こえるか。御仏よりも律令の沙汰の方が慈悲深いかもしれんぞ」

五月夜は今頃お世辞を言ったが、蟬丸は淡々としている。蟬丸の悲しみはあの日、太郎にすがって流した涙でお終い——そこまで割り切れるものか。もう侍者たちのことなど忘れたと？

悲しみは弱みで、今はそれを見せるべきではない？

『——純直は罪を押しつけるならば賊を逃すべきではなかったな。だが暮らし向きに困って盗みを働くのと人殺しでは全然違う、ましてや僧殺しは仏法を損なう人の道に反した行い。たかが盗人《ぬすっと》をそこまでの大罪人に仕立てるのは良心が咎めて自ら逃がしたのか？』

「それは物事を美しく捉《とら》えすぎねえ。祐高さまらしいけれど」

『他に何があると？　忍さまは賊を助けに来る仲間などいたと思うか？』

「いるわけがない――罪人扱いして手枷足枷を長く嵌めていれば擦れて手足に傷がついて血が滲む。よく見れば傷が深すぎて昨日捕らえたのではなく、もっと前から枷を嵌めていたのが知れる。小鳶丸は僧殺しなどしていないと自分で訴えているのが、太郎と青竹丸からわたしの耳に入っているわ。目敏い千枝松もいる。詳しく調べられるのを恐れて解き放った。純直さまが枷を外して逃がしたのよ。あの涙は保身に回った己が情けないのよ。恐ろしくなって小鳶丸に慈悲をかけて泣いているのではない」

『よくもまあそんなに悪く取れるものだ』

「この手が正着ならばどのような効果があるか、吟味しているの。純直さまも政をなさる方で空気が読めるのだから正当な評価をしてさしあげないと。折角一番いい席を用意していただいたのだから、ただ猿楽につき合わされて損、と拗ねていては駄目よ。わたしの手番が回ってくるときのためによく大局を見ておかないと」

『政をする気か』

「公卿の妻ですもの。沈む船を見極めて逃れつつ、自分をよく見せる。当然でしょう？」

『我が妻はこれほど賢しい女だったかな』

「何にでもなるわよ。子と二人、地の果てにいるのですもの」

忍があれこれ打算を巡らす間も、純直は袖で顔を拭い、洟《はな》をすすりながら次の段取りを語る。

「これからのことですが蟬丸さまも忍の上さまも、明日、畝傍より下つ道で南都を目指し、そちらから木津川沿いに大和路で京にお戻りいただきます」

「余は京に還御《かんぎょ》するか」

「勿論でございます。斯様におぞましき地からは一刻も早く逃れていただかないと御身が危のうございます。少将純直、この上は全身全霊をもってお二方をお守りし、京にお送りするが務めでございます。賊を捜すはその後です。忍の上さま、太郎さまの身に何ぞあれば別当祐高さまに申しわけが立たず、これ以上貴い御坊を犠牲にするわけにはいかない」

『本当に初瀬寺には行かないのかな』

「さあ、どうかしら」

知れたものではないが、忍は太郎を抱く千歳に代わりに喋らせた。

「初瀬寺の観音さまは楽しみにしていたけれど、恐ろしい賊が野放しでは致し方のないこと。女房たちも皆、怯えています。わたしたちは純直さまを頼りにしております。どうかお見捨てにならないで」

——こんなところか。

「そうそう、純直さま。この後、お話しできないかしら。あなたの妻、桜花のことでご相談があるの。皆さまは席を外していただけるかしら」

　こう言えば蟬丸や五月夜は去らざるを得ない。蟬丸と一緒に千枝松も離れてしまうのは少し惜しいが。

　あっという間に御簾の前から純直以外の人がいなくなると、御簾の中には忍と、太郎を抱いた千歳と――

　忍は千歳にささやいた。

「あなたも太郎を連れて席を外しなさい」

　千歳はふくよかな顔を強張らせた。

「それではお方さまと少将さまとが二人きりということに――そんなことはできません。男女を二人きりにするなど」

「してちょうだい。わたし、今から純直さまに人倫に悖《もと》る不義のお誘いをかけるから。旅先で羽目を外す最後の夜よ」

　忍はいたずらっぽく笑ってみせた。少しでも冗談に見えるように。太郎は難しい言葉が理解できず、きょとんとしている。幼い彼は男女が御簾に隔てられなければならない掟《おきて》すら知らない。

「なりません。ここは清浄な寺ですよ。わたし、わたくしは別当祐高さまに何と言いわけすれば。許されません。あんな優しくて誠実な殿さまを裏切る手助けをするなど、わたくしにはとても。罪深い。どうかお考え直しください。少将さまの罪にもなります」

千歳は早口にまくし立てた――よし。彼女は真に受けた。

「そもそもあの方に秘密でここまで来たのだから、ここにいる全員、とうに顔向けできないことをしでかしているじゃないの。不倫なんて京の人妻は誰でもやっているじゃない。わたしも火遊びをしたいわ」

「恐ろしいことでございますよ。少将さまが応じるとも思えません」

「あなたが思っているよりずっとね」

何が何を、とはあえて言わなかった。

「わたしの気は変わりません。お下がり」

忍が低く言い放つと、千歳は汚いものを見るように目を細めながら、渋々御簾をめくって退出した――

「な、忍さま？」

太郎を連れた千歳が膝行り出て御簾の中の影が一つになるのを見て、純直も慌てた声を上げる。

「なぜ彼女を下がらせて、はしたない――わたしは別当祐高さま、それに我が妻を裏切るようなことはできません」

「もうしているじゃないの。わたしにもつき合ってよ。これは大事な話なのよ」

忍は生まれて初めて、夫のいとこにじかに声をかけた――御簾越しとはいえ。

『本当に大胆なことをなさる』

心の中の夫は呆れた風に、寂しげに微笑んでいる。――心の中とはいえ、ここには祐高がいる。忍は夫に恥じるところなど一つもない。だから純直に話しかけてもよいのだ。

「わたしも退出させていただきます」

「駄目よ」

腰を浮かす純直を忍は軽く叱りつける。

「逃げるなど許しません。あなたはここでわたしの話を聞きなさい、左大臣家の命運のために。わたしは全て知っているのです。今からあなたを弾劾するのだから」

「――全て、とは?」

「あなたが思う以上の全てよ」

純直が座り直した。千歳が完全に妻戸を出てから、忍は改めて息を吸って吐き、純直に話しかける。

「千歳と太郎がいたのじゃ、蟬丸さまのお話はできないでしょう? あなたは日本武尊、いえ大津皇子にも悖る大罪人。葛井寺、そして八塚寺であなたがしたこと、わたくしにはお見通しです」

純直の顔つきが変わった。一瞬その瞳に見たことのない光が差した。

「わたくしを殺すのは最後の手段に取っておきなさい。まずは話を聞きなさい」

忍から見てまだ幼い少年が猟犬の目をしたが、忍は――心の中の祐高の手をぎゅっと握って恐怖に耐える。細身の飾太刀は儀礼用に身に着けるもので抜きづらく、ものを斬るのにも不便なはずだ。

「わたくしも中宮さまの御いとこ、左大臣家の血筋に連なる者。悪いようにはいたしませんわ。ご協力したいの。御家のために。今ならまだ間に合う。あなたの軽挙妄動で朝廷が傾きます。どうか行いは慎重に。あなたもわたくしも目指すところは同じ。主上をお助けするのが臣の務めでございましょう。男でも女でも京の貴族は皆、一天万乗のただ一人の君主のために在るのです。逆ではありません。わたくしは忠義のためならば、夫を裏切った不義密通の姦婦《かんぷ》との謗りも甘んじて受けましょう。あなたはいかがですか、純直さま。お覚悟あって日本武尊となり、孤独な白鳥にも二上山の土にもなられるおつもりであったのでしょう?」

忍が声を張って訴えると、純直の目の光が和らいだ。——一番まずいところは乗り切った、そうなのだと思いたい。

「小鳶丸なる賊、わたくしたちが河内に至る以前から捕らえてあったのでしょう。八塚寺で起きたことは全くの猿楽のお笑いぐさ、そうなのでございましょう?」

——人殺し以外は。

8

「あなたは蟬丸さまを拉し奉ったのだわ」

「小鳶丸が八塚寺の経堂で蟬丸さまを襲うことはできません。かの経堂に通じる渡殿は一つ、わたくしの坊の前を通るもの。あの賊が通れば足音もいたしますし、何よりも体臭を嗅ぎ取ってしまったでしょう。長いこと身体を洗っておらずすごい臭いだそうね」

「塀の穴から侵入し、庭を突っ切って経堂に押し入ったのです――」

「お庭は美しい苔が敷き詰められていたわ。神仏を恐れぬ賊がものも言わない苔如きを気遣ってそろりそろりと歩くなど笑止千万」

「では何者が蟬丸さまと侍者を襲ったと？」

「無論、侍者の遍真と七宝丸が自分たちで勝手に騒いで格子を壊して、蟬丸さまに逃げよと申し上げた。蟬丸さまは御目が不自由なのだから二人もいれば、大声を上げてものを壊して賊が出たふりをして大御心《おおみこころ》を惑わすのはたやすいことでしょう」

「なぜ二人はそのようなことを？」

「あなたがそうさせたからでしょう？　蟬丸さまは貴重な金無垢の誕生仏をお持ちで、それを賊に狙われていると――しかし小さな念持仏です。半寸ほど。常に懐《ふところ》に抱いて、他人においそれと見せるものではありませんでした。なのに純直さまはご存知だった。それは事前に遍真からお聞きになったのでしょう。罰当たりな河内の賊が蟬丸さまをつけ狙って襲うならどんな理由が考えられるか、遍真に相談してそれらしい話をでっち上げたのでしょう」

「噂に聞いていたのです。糞鳶丸の次なる狙いは高僧の持つ純金の誕生仏であると」

「随分と謙虚で奥ゆかしい賊であること。純直さまはあまり八塚寺にお詳しくない。あの寺で最も貴重な宝は金堂の阿弥陀三尊――ではなく、経堂の経典です」

「何ですって？」

純直は本当に知らなかったらしく、眉根を寄せた。

「遣唐使で唐に渡って帰ってきた僧が写した経典、その保管のために御堂をわざわざ一番奥に仕立てて手入れした苔の庭で飾っているのですから。しかし昨日の夕方、千枝松が見た折には経典に乱れたところなどなく、一巻たりとも盗まれておらず寺でも騒いだりしていなかったようで。経典を見すごして大黒天像など盗んでいるとは滑稽《こっけい》なこと」

「糞鳶丸は非常識な名を名乗る河内の無学な賊、貴重な経典など一見してもその価値がわからなかったのでしょう。文字の書かれた古い紙が宝であるなど考えもしなかったのでしょう」

「いいえ、わかるのよ。あなた寺宝の経典をご覧になっていないのね。話は変わるけれど、純直さまは叡山に上がったことは？」

「恥ずかしながらこの歳まで不信心で、横川《よかわ》に少し顔を出した程度しか」

「結構よ、八塚寺に話を戻すわ。襲撃を受けた折、遍真は蟬丸さまのために経堂の経典を読んで聞かせていた――経典は広げられていたのです。そしてこの経典は、紺紙金泥で仕立てられていたのよ」

忍の言葉で純直が目を瞠《みは》った。

京の貴族は日常的に写経をする、紙と墨で——だから左大臣家の純直は経典など取るに足りないものと思っていたのだろう。河内の寺に騒ぐほどの宝などないと見くびっていたのもあるだろう。

しかし高僧が記したその経典は、金粉を混ぜた膠《にかわ》で記されていた。金粉が映えるように紺色に染めた上等な紙を使って、色鮮やかに——

八塚寺が千枝松に経典を見せなかったのは、高僧でも上流貴族でもない十六の小僧は夕《ゆう》闇《やみ》に紛れて見た目の似た巻物とすり替えたりするかもしれないからだ。外は夕日が照っていても室内は暗い。信用ならない者に経典を見せるのは日の高いうち、明るいときのみ。

「字が読めなくとも金色の文字の書かれた紙は宝に見えるのに決まっています。他に目的があってもついでにいただきます。経堂はすぐにあなたの手勢で取り囲んでしまったけれど、あなたがこのことを知らないのは、寺の僧が皆の前で経典を棚に戻したからではない、読み上げた遍真本人が襲撃直後にきちんと仏僧らしい作法通りに巻物を巻いて戻したから。それ以外にない」

本当に賊が入っていたなら八塚寺の僧は純直の手勢の前でわざわざ経典を広げて欠損していないか確かめ、巻物を数えもしただろうが、誰もそんなことをしていない——

身分ある仏僧・遍真が正しく取り扱ったのを信じていたから。損じていないか広げて確かめたら遍真を疑うことになり、非礼だ。

「それに河内の大黒天。天武天皇の御代に役行者が勧請したものよ。大きな袋を背負う武神です。厳《いか》つい顔で盗人を叱りつける、経典の番人として置いてあったものでしょう。純直さまは最初に蟬丸さまに出会ったときに変わったことをおっしゃったわね、〝三天分の福徳〟だったかしら？　よくよく考えて普通、御仏は〝三尊〟で数えるなら〝尊〟」

「お恥ずかしながら言い間違えましたね――」

「いいえ、間違っていません。比叡山延暦寺に最澄上人の勧請した三面大黒天のお話ならば。東塔の辺りにあるのだったかしら？　千枝松はなぜだか陰陽師のくせに僧を目の敵にして仏道に詳しいのよ。大黒天というものの福徳をもたらす天竺の男神《おがみ》二天と女神一天、仲間の三天が一体となって米俵《こめだわら》を並べた上に立っている三面六臂《さんめんろっぴ》の御仏。役行者の勧請したいにしえの御仏とは似ても似つかないとか。台座が米俵の形をしていて四角い。叡山は横川にしか行ったことのない純直さまは、なぜあのときに盗まれた大黒天が三面大黒天だと思い込まれたのかしら？　わたしはそもそも名前も知らなかったわ。河内のあの辺りの大黒天は袋を背負った一面二臂像、台座が丸い摩訶迦羅天。あの辺りで叡山式の三面大黒天の話をするのは、叡山出身の遍真だけ。それも経堂に入って像の現物を目にする前――わたしからすれば名前を聞くばかりでちっとも出会わないまま賊に攫われて死んでしまったのに、純直さまは随分仲よくお話しになったのねえ。一体いつそんな時間があったのかしら。そしていつ、純直さまは正しい〝袋を背負った河内の大黒天〟を目にしたのかしら」

　忍は意地悪をしたいわけではないのだが、純直はみるみる青ざめた。

「その遍真は死ぬまでどこにいたのかしら？　捕らえられて死ぬまで半日から一日ほどかかったはずだけど。賊に捕まって閉じ込められていたなら半日も大人しくさせているには、縛ったり殴りつけたりいろいろと大変でしょうけれど――純直さまが八塚寺か葛井寺の一室に隠していただけなら、〝しばらく大人しくしていろ〟と言うだけで済むお話」

「な、なぜわたしがあの者どもとつるんでいたなど――」

「そもそも、とても安直な話だったのよね。順番が逆で、丁度うまい具合に河内で賊を捕らえた。蟬丸さまをその賊の話で脅かして、忠実な侍者も姿を消してしまって心細くさせて、そこに颯爽《さっそう》と純直さまが現れたら頼もしい検非違使で近衛のうら若き少将さま、ぜひ守ってくれという話になる――市でものを売っているような女を口説くのにそんなことをするんですってね、わざとならず者をけしかけて助けるふりをして割って入る。賊は翌日捕らえたことにして、そのときに遍真と七宝丸を取り戻したことにする――昨日、太刀を取りに葛井寺に戻ったそうだけれど、本当のところは八塚寺に来て大黒天像を盗んでいたのでしょう。賊が入って格子まで壊したのに何も盗まれていないと不自然だけど、庭の苔を傷つけずわたしたちの坊の前を通らずに像を運び出すなんてできない。なのに千枝松が確かめたときに経堂に像はなかった。襲撃後は誰も経堂に入れないようにしてわたしたちが出て行った後でどうにかするしかなかった。あなたの話す大黒天は最初三面だったのが途中から袋を背負ったものに変わっていた、誤解を正すのはあなた自身で運び出したときしかない。昨日から梅若丸など見知った従者を見かけないのはそちらにいるの？　八塚寺はあなたの言いなり。あちらは本尊の阿弥陀三尊や貴重な経典を乱暴に扱われたりお庭の苔を損ねたりは我慢ならないけど、経堂の格子程度なら直してくれればいいし、大黒天像なら経典のおまけでやったり取ったりしてもまた返してくれればいいという腹づもりだった。——でも蟬丸さまがわたしたちの坊に駆け込んで——葛城に叱りつけられてつい下がってしまったのよね、あなたの手下」

純直の手勢は何人もいて、脅かすのに丁度いい人相の悪い者ばかり選んだのだろうか。

貴族の邸に使いにやるのは優しげな顔つきの者で、それ以外の者にはそれ以外の仕事。湯浴みの習慣がない賊と違って京のやり方に馴染《なじ》んで、強面《こわもて》でも身綺麗《みぎれい》にして烏帽子もかぶった武人——

やけになった女に叱られて納得してしまうくらい常識的で、無法者とはほど遠い。

「それで予定が変わったけれど——よくよく考えてわたしたちを巻き込んだ方が便利だと思いついた。だって子供連れでお寺詣でをして道端で万葉の歌を詠んでいる平和惚けの女どもが、誘拐犯の一味になんて見えないでしょう。蟬丸さまは無理矢理に連れ回されているのではない。小さな太郎と仲よくしてくださっている。わたしたちといたら安心だし、楽しいからご一緒している。蟬丸さまご自身の気が変わっただけで攫ったりなんかしていない。それがあなたの大義名分でしょう。蟬丸さまが本心でどのようにお思いでも、見た目がそれらしくほのぼのしていればいいのよ。わたしたちを使わない手はない」

あのとき、純直も八塚寺にいて葛城の声を聞いていた——太郎と蟬丸のやり取りも聞こえただろうか。

それで急いで文を書いて梅若丸に持たせた。まだ墨も乾いていないような文を。

反応が早すぎた。

「そうまでしてあなたが連れ去ろうとした蟬丸さま、わたしたちに諱や法名や俗の官名をおっしゃらないあのお方。僧としての位すらいかほどかもわからないのに純直さまに敬われている。純直さまご自身は馬にお乗りなのに、左大臣家の貴重な黄牛に牽かせた牛車にお乗せになる。日頃、左大臣さまがお乗りになるものに凡僧を乗せるはずがない。純直さまですらお一人では乗らないもの。左大臣さま、太政大臣さまよりもご身分が高い――」

當麻寺の當麻曼荼羅、八塚寺の紺紙金泥《こんしこんでい》の経典などこの世に二つとない宝にじかに触れるのを寺の者たちが嫌がらないほどの相手――

その側仕えである遍真も凡僧ではなくかなりの身分があり、紺紙金泥の経典に触れる資格があると認められる――

純直は聞きながらかぶりを振った。

「忍さま、それ以上は――」

「あの方、いかいかいかい、ご自分に敬語を使う。お歳を召して言葉が不自由なのかと思っていたけれど。日の本広しといえどもそんな方はただお一人しかいない、ということになっているけれど退いても言葉遣いまで変える決まりはない――」

「駄目です、口にしては――」

「上皇さま、いえ法皇さま。先帝、先々帝はもう崩御なさっているから三代より前」

自分で言って、忍は全身の毛穴が開くようだった。

「侍者の死を耳にして蟬丸さまが歌をつぶやかれたわ、〝旅の空夜半の煙とのぼりなばあまの藻塩火たくかとや見ん〟――花山院の御製です」

花山法皇はやはり若くして御位《みくらい》を退き出家して、熊野詣でをお好みだったという。

9

観念したように純直はうつむいて小声でささやいた。

「――御諱《おんいみな》、諡号《しごう》を口に出すのは憚られます。臣は〝山科《やましな》の院〟とお呼びしております。御代はもう四十年ほども前。先々帝の御兄宮、今上の祖父の兄にあたられ、ご病弱を理由に御位をお退きあそばした。国譲りの後、長らく山科の御寺を仙洞御所《せんとうごしょ》と定めておわしましたが中宮であった女院さまが御崩御《おかくれ》あそばすと各地の寺々を転々となさって。ここ十年ほどは高野山にお籠もりであられました」

――枕草子を読まないのに宮廷の歴史に詳しい謎はこうして解けた。間が空いていても先祖の話に詳しいのは当たり前だ。いつか自分の身に降りかかる話でもあったのだろう。

還暦ということは病弱を理由に二十そこそこで退位したのに、弟とその子孫の方が先に死んでいるとは。厭世《えんせい》的にもなるだろう。

「至って静謐におわし、もはや政から遠く離れておいでてしたが――京では近く、先々帝の三十回忌があります。警備責任の衛門督朝宣さまは今頃さぞやお困りでしょう」

「よりにもよって故人の兄上なんて大賓客が行方知れずで連絡が取れないじゃ日の本中から非難囂々《ごうごう》ね」

あの男を気の毒に思う理由は特にないが。

「しかし左大臣家としては、山科の院にご参列いただくわけにいかないのです」

純直は拳を握り締めた。

「〝国譲りは兄より弟へ、そのようになすべき〟とあの御方から一言、玉音《ぎょくいん》を賜ったらそれで東宮さまの即位が確定します。皇統は二つに割れ、わたしたちの恃みとする若宮さまは蔑ろにされる」

「若宮さまはまだ二歳で東宮さまは十二歳？　それほど焦ることもないと思うけれど」

「簡単におっしゃるな。玉音一つでどれほどの魑魅魍魎《ちみもうりょう》が跋扈《ばっこ》するか」

――魑魅魍魎とはたとえば大将祐長のような？

「わたしは父の命を受け、この地にて院を足止めすることになったのです。あまり身分卑しい下司が相手では院に失礼です」

「それでお父上に無理難題を言われたご自分の身を悲観して日本武尊になぞらえて？　健気でいらっしゃること」

二上山で純直は来た道を振り返って日本武尊の御陵を見下ろし、蟬丸は遠ざかる京の

〝弟《せ》〟を思っていた――

「他人《ひと》ごとではありません。忍さま、御身は中宮さまのお身内、わたしたちの側。祐高さまとその兄上は違う算段でありましょうが、ここはわたしとともに初瀬寺に参っていただけませんか」

――やはり純直は帰るつもりはなかったか。今更、忍を脅すような口ぶりで言った。

「院は千枝松をお気に召したご様子です。千枝松と太郎君で説得して、初瀬の観音の霊験にすがることになった。それでもう一日二日稼げます。うっかり、うっかりご予定をお忘れだったのです。院ご本人が失念していらしたのです。わたしたちといるのがあまりに楽しくて」

棒の件で雰囲気を最悪にしておいて「あまりに楽しくて」も寒々しい。

一日二日稼いで、次は更に東の室生寺《むろうじ》に行くのか？　初瀬街道で伊賀国《いがのくに》まで行くつもりか？

「わたしを祐高さまとお父さまの間で板挟みにして押し潰して引っ張って引き裂いて、それがあなたの政？」

「気は進みませんがこうなれば女子供を利用してでも目的を達成せねば。桜花さまを正妻として御家に認めてもらうためにはこたびは父の意に沿わなければならないのです。逆らえばわたしは廃嫡されるやもしれません。忍さまを――て、手籠めにして、弱みを握ってでも言うことを聞いていただくしか」

過激な言葉を使うときに純直の声が震えた。

「千歳の考える人倫の外れ方ね。まあそういうのもあるでしょうけれど、わたしの〝人倫に悖る〟提案は違うのよ」

忍はのんびり聞こえるように言った。純直からは顔が見えないのだから演技は声音だけでいい。

純直の神経が灼《や》き切れてしまったら、忍は全てがお終い。力では彼に敵わず、陵辱されるならまだましな方で首でも斬られて転がされたら名誉も何もなくなる。賊が跋扈する地では何でもありえるのだから。年上の余裕というものを見せなければ。

「わたし、沈む船を見限ることにしました。純直さまは忘れているようだけれど、蟬丸さまの——蟬丸さまとお呼びし続けます。侍者が二人も殺められているのよ」

「それはわたしの計画にはなかった話です。攫われたふりをしてもらっていただけで、糞鳶丸捕縛とともに解き放ち、遅れて當麻寺に来てもらう予定で。解き放とうと思ったのに局《つぼね》にいなくて。わたしに二人を殺して得などありません」

「そうでしょうね。折角手懐《てなず》けたのですもの。蟬丸さまの心証も損ねる。わたしや千枝松や太郎に頼らなくても遍真と七宝丸が生きていて、純直さまのおかげで助かりました、もっと純直さまのお世話になって初瀬に行きましょうと言ってくれた方が状況はずっとよかった。あなたはそういう理屈がちゃんとわかる人。二人は賊に攫われたのだから多少殴った傷などがあってもいいのだし、命まで取ることはない。——で、侍者を殺めた武具があなたの黄金造りの太刀であることはご存知？」

「見つけて拭ってしまい込みましたが、何かの間違いです。寝ている間に盗まれたのです」

聞かれることは予測していたのか、苦々しげではあっても声音に慌てたところはない。

「元々、狩衣で太刀を佩くものではない。太刀を忘れて二上山から葛井寺、いえ八塚寺に取って返す予定だったのです。本当に隠すとはこみ入った芝居をする者がいるのだと思って、後で捜そうと深く考えなかったらこんなことに。言いわけがましく聞こえるでしょうが、わたしがそんなことをする理由が――」

「そう、あなたの太刀を使って得をするのは、あなたではない人。河内にも大和にも人を殺せる刃物なんか他に山ほどあって左大臣家の宝物を売り飛ばせば働かずに暮らしていくこともできるのに、よりにもよって人殺しなんかに使って置いていった人。せめて人を殺した後、太刀も持っていって磨いて売り飛ばせばいいのに。――金品に目がくらまない程度に暮らし向きに恵まれていて、あなたを陥れて得をする人よ。無関係の人、身分のない人のすることではない。あなたが寝ている間に太刀を盗むことができるなら寝ている間に殺すことだってできたのに。むしろあなたが生きたまま困れば困るほど喜ぶ、そんな卑怯な裏切り者があなたのすぐそばにいるのよ。人を疑うってつらいわねえ――」

言っている間に、忍は少し楽しくなってしまった。かわいらしい仔犬のような少年が、彼女の言葉で耳を垂れたり逆立《さかだ》てたりするのはたまらない。

『純直の耳から毒を流し心に疑惑の種を植える、それが忍さまの政か』

祐高が困ったように笑っている。

「非力な女ですもの」

『非力さを楽しんでいる』

「女に生まれて不自由を嘆くばかりではつまらないでしょう。わたしは全くあなたのようではない、あなたのようにたくましく生まれついていれば卑怯な真似をしなくて済んだなんて、羨んで悔いるのが色恋のはずがないわ。女のわたしは毒蛇にしかなれないけれど、自分をおぞましいとは思わない」

女のまま美しく誇り高く桃の花を咲かせる道があるのは知っている。もっとうまくやればいいということも。

でも毒蛇も——蜥蜴もたまにはかわいいものでしょう？

『頼もしく、度しがたい、我が片翼』

「互いに足りないところを補ってこその夫婦でしょう？」

『〝あなにやし、えをとめを〟』

「〝あなにやし、えをとこを〟」

——きっと今夜、あの人の夢を見たらもうぐずったりはしない。

愛される女の死にざまはこんなところで刃に刻まれて土に還《かえ》るなんてものではない。

「夜半の煙になどなってたまるものですか」

10

當麻寺から初瀬はもう少しだ。多少、坂がある程度。

かつては古都・藤原京《ふじわらきょう》に向かう道だった。隆盛を誇った白鳳、持統《じとう》天皇の京は今やよそと同じ、薄の揺れる荒れ果てた荒野に過ぎない。遷都の後、柿本人麻呂はそれまでの近江の京が廃墟《はいきょ》となったのを嘆いたという。

〝淡海《おうみ》の海《うみ》夕波千鳥汝《な》が鳴けば情《こころ》もしのに古《いにしえ》思ほゆ〟

しかし大和に近江のような湖はなく、今はうら寂しい夕方の風情すらなく、白鳳たる寺と寺の間にはあちこち小さな山がある程度。耳成山とか天香久山《あまのかぐやま》とか名前だけは立派だが丘程度でかなりがっかりだ。

清少納言もたびたび初瀬寺に参ったが道中の描写は貧相な宿くらいで、彼女にとってもここは何もない野原だった。

「――少将さま、畝傍山《うねびやま》を通りすぎましたが。下つ道で南都に上るのでは?」

畝傍山は竹内街道から南で初瀬に向かって右手側。紅葉の赤と銀杏《いちょう》の黄色に染まった山を右手に仰いでしっかり通りすぎて、左手に耳成山、再び右手に天香久山が見える頃合いに千枝松が声を上げた。彼は牛車の窓から外を見る。

「少将さま、どうなっているのでしょうか。五月夜さま?」

牛車が急に速く動き出した。牛飼童が鞭《むち》を当てたのだ。身体が傾いて、太郎を抱いた千歳がのどを鳴らした。

外の純直が大声を上げる。

「予定が変わった！　このまま初瀬寺まで行く！」

「まだそんな駄々をこねておられるのですか！　いい加減になさいませ！」

五月夜が叱りつける。

「蝉丸さまをいつまで振り回すおつもりです！　かえって左大臣さまを嘆かせますよ！」

「これだけは譲れぬ！　わたしはこうするしかないのだ！　わたしは意地でも初瀬に行く！　邪魔をするなら、お前といえども――」

「ご乱心めされたか！　少将さまご乱心！　者ども、取り押さえよ！」

途端、聞いたことのない鬨《とき》の声が上がり、女房たちも悲鳴を上げる――牛車の車輪が石を噛むのか、揺れがひどくて壁に背を押しつけなければ転がってしまう。

「おい、弓矢が牛車に当たる！　何を考えてるんだ。貴人に矢を射かけるやつがあるか、五月夜！　本気で少将さまを射殺す気か！」

小窓から外を見ていた千枝松が、それでは間に合わなくなって後ろの御簾を跳ね上げる。

「失礼！」

外は土埃が舞っていた。馬のいななきが聞こえる。

「ええい、左大臣さまの黄牛に矢が当たるだろうが！　誰が弁償するつもりだ！　京で一番の逸物《いちもつ》だぞ！　人の命より値が張る！」

千枝松の威嚇はどこまで役に立ったのか。

彼はそのうち、呪文《じゅもん》を唱え始めた。

「臨兵闘者皆陣列在前！　急急如律令《きゅうきゅうにょりつりょう》！」

途端、凄まじい声とともに外の馬が棒立ちになり、乗っていた武者を振るい落とした
——女房たちは一層の悲鳴を上げ、外の男どもも怯んだ。

「見習いごときでも陰陽師にかかれば馬を狂わせるなどたやすいこと！　蛙を殺すより簡単だ！」

——得意げだが、これは呪術《じゅじゅつ》ではないらしい。鶏の卵の中身を飲んで、殻に竈《かまど》の灰と山椒《はじかみ》を詰めたもの。「こんなこともあろうかと」——どんなことがあると思っているのか常に二、三個懐に入れているとか。鼻面に叩きつければ馬でも熊でも怯むが、馬がかわいそうなのであまり使いたくないそうだ。呪文ははったりだが、蛙殺しより簡単なことだけは本当だ——馬の方が的が大きいので。

「少将さま、大丈夫ですか！」

「今のところは！　五月夜のやつ、本当に射かけてきたぞ！」

「思ったより恨まれておいでですねえ！」

「傷ついた！　矢は当たっていないが、心が！」

「それは少将さまは人に嫌われるのに不慣れでしょうからねえ」

「人倫に悖るのは向こうではないか！」

と言いながら、牛車の陰で矢を防ぎながら千枝松の問いかけに応じる純直の声は元気そうだ。

「初瀬の神域に駆け込めば荒法師が助けてくれます！　しばしのご辛抱を！」

それは思ったより辛抱しなければならない。とんでもなく揺れる。牛車の壁の持ち手なんか初めて使った。畳にも手を突っ張っていないと。牛車が遅い遅いと言われる理由がわかった。急ぐときに乗るものではない。歯を食い縛っていないと舌を噛む。千歳が太郎を抱いているが、腕から飛び出してしまったらそのまま泣き別れだ。千枝松はどうして縁から顔を出すようなことができるのか。

藤原京から初瀬までいかほどだったろうか。永遠のようにも思えたが、意外と四半刻ほどだったのだろうか。

牛車の速度が徐々に緩やかになり、やっと止まった。

「橋を渡りました！　初瀬です！」

千枝松の声に、恐る恐る顔を上げる。

丹塗りの山門。裹頭《かとう》を巻いて薙刀を持った荒法師がじろじろとこちらを見ていたが、話が通っているのか誰何するわけではない。――助かった――

胸を撫で下ろす暇もない。

「や、やつら山門に突っ込んでくるぞ⁉」

千枝松の声に振り返ると、鎧兜《よろいかぶと》の武者を乗せた騎馬の一団が土煙を上げて追いかけてくる。――あんなのがずっと後ろにいたとは。

「何で足を止めないんだ⁉　初瀬寺とことをかまえる気か⁉　あいつら大和の寺社勢力を何だと思って！」

「こちらに！」

初瀬寺は、山の上まで石段と廊《ろう》が続いている。足弱の身では登るのも覚束《おぼつか》ない。牛を外す間もなく、自分で強引に後ろから牛車を降りて純直の背に摑まって、おんぶして運んでもらうしか。

いよいよ季節の木々とか七堂伽藍《しちどうがらん》とか言っていられない。源氏物語ではこの初瀬の伽藍で幼くして京を去った流転の姫君・玉鬘《たまかずら》と、その母に仕えていた女房・右近が十数年ぶりに再会し、初瀬川《はせがわ》のほとりで歌を詠み交《か》わして――多分とっくに通りすぎた。

僧の案内で、純直は本堂に駆け込んだ。扉を閉めると真っ暗で、昼でも紙燭《しそく》の灯《あか》りを灯《とも》す。

そこは身の丈六間はあろうかという、初瀬の観音の足下だった。あまりに高くそびえて、弱々しい灯りでは観音の顔まで届かず足指くらいしか見えない。

「いかに罰当たりでも、ここまでは――」

恐らく武闘派ではない穏やかそうな僧が改めて初瀬の観音の縁起を語り出そうとしたが

――すぐにどたばたとした騒ぎが戸口の方から聞こえてきた。

「桁外《けたはず》れの罰当たりで人倫に悖る男だったようだ。御坊、貴人をお隠しせよ。こんなところまで来るやつは何をしでかすかわからん」

「少将さまもこちらに」

僧の案内で隠れ潜むことに――何せ身の丈六間、観音像の衣の裾と足の間に人が入れる。純直と二人、立ったまま入り込んでも触れ合わないほど余裕があった――

閉めたはずの扉が開き、禍々しい影が差した。

五月夜は烏帽子こそ取り落としてはいなかったが、狩衣の左袖が千切れた姿で太刀を下げていた――純直の黄金造りの太刀を。髻が乱れて白い顔に前髪が落ちているのは耽美《たんび》な風情だ。

「それで隠れたつもりですか、少将さま。烏帽子と太刀が見えておりますよ」

「は、初瀬の観音の慈悲がお二人をお守りです。大慈大悲がわからないのですか。神域ですよ、太刀をしまいなさい無礼者――」

僧が五月夜の前に立ち塞がったが、五月夜は容赦なく太刀の切っ先を喉許《のどもと》に向けた。

「御仏など馬鹿らしい。大きな木を彫ったものが自慢か」

「て、天魔仏敵！　仏法を犯す悪魔め！」

「御坊に乱暴するな、地獄に落ちるぞ五月夜！」

悲鳴を上げる僧を見かねて純直は裾から出、螺鈿《らでん》の太刀の鞘を払った――飾太刀より抜きやすい予備だろう。僧はよろめくように壁際に下がった。五月夜は薄ら笑いを浮かべている。

「ほう、観念して出てきましたか」

「観音さまに火でも点《つ》けられたら敵わんからな。御衣を汚してもならん」

「鬼ごっこはお終いですか」

「さっきからいかにも悪党の言葉遣いをしおって。お前、昨日までそんなではなかったのに驚くだろうが。不器用なだけで悪いやつではないと思っていた自分が馬鹿みたいだ」

言葉で驚くと言ったわりに純直は呆れていた——手勢が初瀬寺の山門に突っ込んだ時点で驚きは使い果たした。

「なぜわたしをつけ狙う」

「あなたはここで前《さき》の院を弑《しい》し、逆賊として左大臣家嫡男の身分を失う。そうなれば次の嫡男は信晴《のぶはる》さまです。こんな京より遠い寺で何が起きたかなど誰にもわかりはしない」

「京より遠い、か。万葉の言葉では〝隠国《こもりく》〟と言うのだ、初瀬の枕詞《まくらことば》だ。京の都のみならず南都、藤原京、飛鳥からも離れた、山々に囲まれた初瀬の谷。隠国の初瀬《はっせ》小国《おぐに》とも称し、隠し妻を思わせる。これだけで五・七で上の句を作りやすい。——〝こもりくの初瀬の川の網代木《あじろぎ》にいさよふ波のゆくへ知らずも〟」

純直が詠み、五月夜は面白そうに笑う。

「京の少将さまはこんなときに辞世の歌を詠んでおられたのですか?」

「お前のな。速く走るこつは何も考えないことと陰陽師に教わったが、雑念が湧いて」

純直はそれほど和歌が得意でなく、本歌取りでごまかしたのでそこまで頑張ったわけでもない——五月夜は気に入ったらしく、声が裏返るほど大笑いしていたが。

「み、京のお方は本当にこんなときに和歌を。すごい。本気か。枕詞だって」

「万葉の心を歌っただけだが、そんなに面白いか」

純直は笑われると思っておらず怪訝《けげん》な口ぶりだった。

「——その太刀、遍真と七宝丸を殺めたのはお前か」

「さあ？　あなたが従者に裏切られたんでしょう。誰ぞがもう大将さまにつくと言って。落ち目なんですよ、あなた」

五月夜は嘲ったが純直は舌打ちしただけで挑発には乗らなかった。

「——いやお前だ。お前がたくらんだのに違いない。院を弑し奉るほどのたくらみを巡らすからには、僧を殺し仏法を犯し、天道に背くことをも恐れぬ」

「大仰な。生きているだけで己で飯を食うこともままならない年寄り、せいぜい世の中をひっくり返す役に立ってもらうだけです」

「その不敬な言葉だけで許しがたい、逆賊め。そもそも見通しが甘すぎる。院を弑し奉れば大逆の徒として左大臣家は丸ごと終いで、朝廷は千々に乱れる。嫡男も何もあったものではないぞ」

「あなたの口さえ封じてしまえば左大臣さまがいかようにもしてくださる」

「我が父には過ぎたる評価だ。残念ながら父の権威のみで安泰と言えるほど朝廷は甘いところではない――」

「うるさい！」

五月夜が太刀を振りかぶったとき――

一瞬目がくらんだ。本堂の扉という扉が一斉に開き、外の風の匂いがした。

ぎゃっという小さな悲鳴はどちらのものだったか。

どちらでもない声がした。

「――我が妻と不貞を働いたというのはどちらだ。話は聞いているのだぞ」

光の中に、太刀を持った三人目が現れていた。

白の狩衣に群青《ぐんじょう》の下襲の組み合わせは〝葉菊〟。馬で飛ばして装束が乱れた二人と違って今着替えたばかりのように初々しい。三人の中で誰より背が高く肩幅があり、背が高い分、太刀も長く大振りで偉丈夫が強調される。

「別当祐高さま――」

純直の顔が明るくなる。

「な、だ、誰だ！」

五月夜は太刀を取り落とし、右腕を押さえていた。血が滴《したた》り落ちていた。

「そこな忍の上の夫である」

祐高が言って、初めて五月夜は観音像の方を――観音像の裳裾に隠れた忍を振り返った。

　忍は真っ黒な墨染めの衣をまとって更に頭からも墨染めをかずき、長い髪も衣の中に押し込めていたが、今、一番上の衣を取って長い髪を垂らした――髪だけ見せて顔を隠しているつもりだがどうなっているか。

　ここで「きゃあ祐高さま。わたし怖かった」と言って夫にひしと抱きつけばより効果的なのだろうが、残念ながら腰が抜けてもう一歩も動けず、声も出なかった。

「お、女？」

　五月夜は間抜けな声を上げ、忍と純直を見比べた。

「山科の院はどちらに」

「何の話か知らん」

　祐高は断言し、わざとらしくうなずいた。

「――純直が我が妻に無体を働くはずはないな。なるほど。女人のように麗しい顔。その顔で忍さまを誑かしたか、小僧。この別当祐高は京で最も心が狭く、妻のこととなると見境がなくなる。姦夫《かんぷ》姦婦は重ねて四つだが忍さまを手にかけるなどできんから、お前の身体を二回斬って四つに割ろう。それがいい」

　彼はにんまりと悪い笑みすら浮かべた。――現実の彼は全然穏やかでも優しくもない。この中で誰が一番悪党のような話しぶりが得意かというと、断然、祐高なのだった。

11

「残念ながら純直さま、あなたとっくに詰んでおられる。身のうちに卑怯な裏切り者を抱えて蟬丸さまとともに初瀬に至るなど無理です。お諦めなさい」

忍は當麻寺で純直と対峙して、彼にとどめを刺した。と言ってもこの時点では純直はまだ反駁《はんばく》する気力があった。

「無理など、やってみなければ——」

「蟬丸さまがなぜ花山院の御製を引用したかわからない？　花山院といえばどんな方？　ただ早く御位をお退きになったというだけではない。——あなたは日本武尊でも大津皇子でもなく、帥内大臣伊周にされるのよ。ご自分の不幸をかこってる場合ではないわよ」

その名を聞いて純直は紙より顔が白くなった。

——帥内大臣伊周《そちのないだいじんこれちか》は中宮定子の兄で凋落《ちょうらく》の原因。

きっかけは、花山法皇の従者二人を殺害したこと。

内大臣でありながら大宰府《だざいふ》に左遷され、一族は道長《みちなが》におもねる者以外全て失墜し、中宮定子の皇子は容赦なく存在を無視された。

「既に蟬丸さまの侍者二人が死んでいる。ここから問題を左大臣家全体に広げて連座縁座であなたの父上さま祖父上さま、今上の中宮さますらご身分を失うかもしれない。そうなれば若宮さまは即位どころではありません。親王の御位すら廃されて世の中から忘れ去られてやや子のうちに寺に入るか――」

大津皇子のように皇子本人が死を賜る時代ではないが、死ぬよりもっと惨い前例がいくらでもある。

「伊周は従者の殺害だけではなく、院ご本人に矢を射かけたり呪詛《じゅそ》を行ったり――」

「つまりあなたもこれから院に矢を射かけたり呪詛を行ったりすることになります」

忍は純直の反論を遮った。

「政とは、歴史とはそのように動くのです。そもそも侍者が死んだのもあなたのご意志ではないのでしょう？　蟬丸さまがおっしゃった〝御仏の沙汰は律令の沙汰より惨い〟とはそのことよ。こたび蟬丸さまの身に起きたこと全て、あなたが報いを受けることになります。あなた自身が為したことはほんのちょっぴりでも帝王の十善の功徳、御仏の因果で数十倍、数百倍に膨れ上がる。あなたはこれから本格的な弑逆未遂犯に仕立て上げられるでしょう。互いのために一刻も早く蟬丸さまから離れるべきです。わたしは別当祐高さまの妻ではなく、中宮さまの御身内としてあなたに忠告しているのです。御家のためにこの件から手を引きなさい。魑魅魍魎の大将祐長さまは会ったこともない蟬丸さまなんかどうなったっていいけれど、左大臣家を転覆させる好機なら何だってするわよ。若宮さまだって一度くらい東宮さまに御位を譲ったって十年ほど待たされる程度、左大臣家の後ろ盾を失って廃位されるより遥かにましでしょう」

純直からはもうぐうの音も出なくなっていた。

「そして左大臣家を救うためには、何としてもあなたではない別の犯人を用意する必要があります。あなたはもう負けた、負けても生きている。傷痕《きずあと》の始末をしなければ。痛くても傷を酒で洗って縫わなければ別の病になる。いえ、蜥蜴のように尻尾を切ってでも生き延びなければなりません。〝身分の低い下人が勝手にやった〟は純直さまの責任となるので、それなりに身分があり、左大臣家とは無関係と切り離せる者。――五月夜はどう?」

これが忍の〝子供に聞かせられない、人倫に悖る策〟だった。

「五月夜はその日、寝坊して正午まで姿を見せなかったと言うわ。口の悪い者は〝葛井寺の僧と後朝の別れを惜しんでいた〟と――葛井寺に五月夜と懇ろの者がいたら、男でも女でも頑として口を割らない。〝かわいい五月夜が人を殺すはずがない、自分と一緒にいた〟と言い張るのに決まっている。事実がどうであっても証すことなどできない、それがこちらには狙い目よ」

「……まさか忍さまは、でっち上げでも何でも五月夜を僧殺しの犯人にせよと?」

純直の声がかすれた。

「そうです。彼は衛門府ではない中宮職の官であなたの配下ではない。これだけ条件が揃っているのです。京で詮議《せんぎ》になどかけず、大和のどこかで殺しておしまいなさい。余計なことを言わないうちに」

つい先ほどまで忍にとって五月夜はただ気の利かない下官でひどい目に遭えとまでは思

っていなかったが、こう口に出したことで彼には純直の乗る天秤のもう片方に乗ってもらうことになった。

純直は忍の味方につけておかなければならない、敵の敵は味方——

ならば忍と純直と両方に敵対する存在を無理にでも作り出して結束する。

面倒な目上の女と揉めるよりも気楽な敵。大して長いつき合いでもない、いけ好かない下官。

「——いえ、できるならあちらから一発殴らせて、あなたは反撃しただけ。そのような形を取るのがよいでしょう。血迷ったのは五月夜であなたは被害者。さっき棒杖でぶってほしいと言ったとき、純直さま、五月夜と打ち合わせした？」

「打ち合わせ？　何のことですか」

「呆れた」

純直がきょとんとするのに、初めて忍は彼が気の毒になった。

「ああいう話をするなら事前に手加減してぶってくれる相手を用意しておくものよ」

「な、それでは真心が通じないではないですか」

「つまり蟬丸さまのような御方にああいう形で真心を伝えることはできないのよ。どこに仕込みの余地があるかお見通しなんだから」

こんなところで鼻白むとは意外と子供っぽい。聞いてみるものだ。

「——五月夜は相談なしであれは気持ち悪いわね。叱られて当然の無礼者。でも好都合よ、隙を見せたら向こうから殴りかかってくるということなのだから。親切なんかじゃないわ、あなた嫌われてるの。あなたがこれからすべきことは、蝉丸さまからなるべく遠ざかって五月夜にぶん殴られる。五月夜を陥れて派手な落ち度を作って、ついでに彼に殺人の罪も着せましょう。黄金造りの太刀、あえて五月夜の手の届くところ、目につくところに置いておきなさい。最後にあれを持っていた者が犯人、そのように論点をずらしましょう。どうせ後から知った者に仔細《しさい》はわからないのだから」

　純直の報告をそれらしくしておけばいいのだ。寺の者は皆、彼の言いなりだ。

「京の貴族ならば殴られるのは受け身を取って軽く済ませて、大仰に泣き喚きながら返す刀で息の根を止めるのです。理由は後から考えればいいけど、そうね。五月夜は左大臣さまの愛人で、まだ幼く心の繊細なあなたは自分より年上の男が父親と出来ているのを割り切ることができず、彼に日頃つらく当たっていた。向こうがその扱いを不満に思っていて、ついに主の息子に仇なした。飼い犬が手を咬《か》んできた――」

「……そこまで父と深い関係かどうか知りませんが。我が家に出入りする若い男の中で一番顔がいいから、僧の世話をするのにいいだろうと適当に連れてきただけで」

　忍はきっぱりと言い切った。

「ええ、見た目です」

「俗っぽくて万人にわかりやすい、京で受け容れられやすい話です。こうと決めて思い込みましょう。現にあなた、蝉丸さまのお世話役としては千枝松の方が使い勝手がいいとなったら乗り換えたじゃないの。あれは恨むわよ、五月夜は」

「じゅ、順番が逆ですが。人死にが出てから千枝松が」

「何でもいいのよ。世間を納得させる、あなたより見栄えのいい犯人。しょうもない下人が実は自分が太刀を盗んでやったと名乗り出てきても後日、大将祐長さまも世間も納得しない。大抵の人はどんな理屈があってもあなたがやったという方が面白いのだから、罪を押しつけるのに相応しい美しい犯人とは最低でも五月夜くらいの器量でないと。河内の賊・小鳶丸では足りません。しかももう賊は逃してしまったのだから五月夜しかいません。これより後に面白くない証拠が出てきて意外だけど盛り上がらない犯人が明らかになっても事態は悪くなるばかりです。疾《と》く決めましょう。やられる前にやる、いえ、あちらを操って転ばせるのよ」

　これは最終的に誰か一人を大和の神々の生《い》け贄《にえ》として差し出さなければならない勝負で、あまりに生け贄が貧相だと「やっぱり見栄えがよく高貴な血筋の純直がいい」と最初に戻ってしまうようにできている。

　そして忍にとっても将来、大臣になるかもしれない純直ならともかく、左大臣のお気に入り程度で得体の知れない五月夜の味方をしても後につながらない。助けてやっても、何を考えているかわからない五月夜に感謝は期待できない。ちゃんと恩義と解釈して後で返してくれるのは純直だ。

　生きて京に戻るのは当然として、その後も公卿の妻としての人生は続くのだ。どうせならおいしいところをいただきたい。

「あなたは蝉丸さまの拉致計画を台なしにされた挙げ句、やってもいない侍者殺しの罪を押しつけられたのです。もっと怒って。純直さまはお父上の後を継いで位人臣を極め、十年後二十年後に若宮さまの御代をお支えするお方でしょう。反抗的な下官の一人くらい切り捨てなさい」

忍が御簾越しに詰め寄ると、純直は息を呑み——不承不承といった風情だがうなずいた。

「しかし向こうから殴らせて陥れるなど、どうすればよいのでしょう」

「それは——」

検討しようとしたとき。

「あのう、お方さま、少将さま」

外から女の声がした。葛城だ。

「葛城、今は人払いをしている。近づいてはいけない」

純直は硬い声で返事をした。弑逆《しいぎゃく》がどうの話しているのを聞かれるくらいなら不倫と思われた方がましだ——

葛城は下がらなかった。むしろ「真っ最中」でなくてほっとしたようだった。

「存じておりますが……尋常でない物の怪が現れまして、これはぜひお伝えしなければならないと」

「物の怪?」

「天文博士安倍泰躬がたった今、京よりまかり越しました」

――忍も純直も、その言葉が理解できなかった。物の怪なんかを怖がっている場合か、とはねつけるべきだったのだろうに。

「京より……どうやって?」

「二本の足で、歩いて。通してよいでしょうか」

葛城も声が少しやけくそ気味だった。

「千枝松がいたな……ついて来たのか?」

「それが違うんですよ。話せば長くなります」

顔を見るまで、忍も純直も信じられそうになかった。

こうして坊の中は再び、忍と葛城の御簾の中の女と、純直と陰陽師親子の御簾の外の男に分かれた。

千枝松はただ寝ようとして叩き起こされて着替えて出てきただけだったが、天文博士安倍泰躬はうっすら汚れた白の修験者装束だった。髻をほどいて髪を後ろで結って、幣《ぬさ》のような飾りのついた三角の紙を額に巻いている。紙冠《かみかぶり》といって陰陽寮に属さない市井の法師《ほっし》陰陽師がするものらしい――市などをうろついて怪しい占いや術を売る安手のまじない師。忍はそんなものを見たことがない。

そんな格好で、涼しげな顔は紛《まが》うことなき京の天文博士だ。三十半ばにして陰陽寮の博士を務める英才が底辺のまじない師に身をやつして——彼の姿を見た途端、急に現実が押し寄せて忍が心に思い描いてずっと一緒にいてくれた美しい祐高の幻が吹っ飛んでどこかに消えてしまった。

「どうも、物の怪の仕業です。見苦しいなりで失礼いたします」

本人は平然と頭を下げた。

「ど……どうやってここを知った⁉ 知ったとして京から来られるものなのか⁉ 何だそのなりは⁉」

純直はそれこそ物の怪を見るように腰が引けていた。

「京に知らないことなどありませんので」

「ここは大和だぞ⁉」

「いえ、わたしが——この葛城が忍さまに無断で昨日、青竹丸に文を持たせて無理矢理にでも馬で京に行くよう命じたのです」

葛城が申しわけなさそうに言った。

「わたしはもう、お坊さまの生首が晒されたと聞いて胸が潰れる思いで、こんな地の果てでお方さまや女房衆まで何かあったらと思うといても立っても。なりふりかまわず殿さまに助けを求める手紙を書いて。お方さまが殿さまに抱いた鬱屈《うっくつ》した複雑なお気持ちとか慮《おもんぱか》っていられなくてですね」

「そ、それはごめんね……」

そういえばあれ以来、青竹丸を見ていない――

「青竹丸は今朝方、馬ともども半死半生で別当さまの邸にたどり着いて、その報を聞いてわたしが半ば走り半ば休むなどしてはるばる京から當麻へ。吉野《よしの》に比べたらたやすい道のりでしたがこの刻限です、門番が寝ていたらどうしようと思いましたね」

泰躬はしれっと言って、

「……どちらかといえば一晩中、馬を駆って京に戻らされた青竹丸、いじめですよそれは。まだ十三でしょう、あいつ」

千枝松が呆れて顔を歪めていた。

「わたし、この辺に詳しいものですから裏道を使って、身体の小さな青竹丸一人なら何とかなるかと……おとなげないことをしました、反省しております」

葛城は肩を落としているが――昨日は青竹丸が太郎をおかしな賊に引き合わせた挙げ句、純直の悪口を言った形になっていたので、彼女はお仕置きでそうしたのかもしれなかった。彼のたわごとを純直の耳に入れないよう、京に追い払ったのかも。

「……京から當麻、距離はどれくらいだ？」

純直はまだ納得できないようだった。

「牛車で四日と」

「早歩きで夜、街道沿いに泊まってきちんと寝た場合は三日くらいです。馬で急いでも二日ですよ。一晩は強行軍です」

千枝松の計算はこう。

果たして天文博士の答えは——

「一日で走ってきました」

「走れるのか⁉」

「無論、全身全霊、力の限り走る——などするとすぐに息が切れて疲れ果てて倒れます。長く走るには速足で歩くより少し速い程度に軽く駆けて、決して張り切らないよう我慢して緩やかに走り続けるのです。登り坂も下り坂もなるべく同じくらいの速さで。つまり馬にはない鋼《はがね》の自制心です」

——自制心があったらここにはいないのではないだろうか。

「立ち止まったり座ったりして休むとかえって疲れるので休む折もゆっくり歩き続け、水を飲むのも軽く走りながら。止まるのは草鞋《わらじ》を替えるときだけです。そのようにして朝から晩まで薄めた糟湯酒《かすゆざけ》と塩を舐めながら進んで、今たどり着きました。當麻なら吉野より近いので。走ると汗ばんで暑いので今時分の季節が丁度いい」

天文博士安倍泰躬は、夏に行者《ぎょうじゃ》とともに大峯奥駈《おおみねおくがけ》したらしい。京から吉野、更に熊野まで至り、往復してまた京に帰ってきた、全て徒歩で一月ほどかけて。

だから當麻寺に走って来るすべも心得て——本当に天狗《てんぐ》になったのではないか。役小角に弟子入りして、南河内から大和、葛城山のふもとの霊域のどこにでも出現できるようになったのではないか。そもそも祐高が調子づいたのも彼があまりにも何でもできすぎるから——いや言うまい。

「別当祐高さまはもう少し時間がかかります。馬で手勢を連れておりますので、早ければ明日の昼頃、初瀬寺にお着きかと。葛城さまのお手紙に、人を殺す群盗が出てお方さまのお命が危ないとそれは熱っぽく書かれていたので、いかなる敵が相手でも討ち滅ぼせるよう仕度を整えて。群盗は弓馬を操り、点ではなく避けられない面攻撃を仕掛けてくるとのことで万全の対策を」

泰躬が悪びれもせずべらべら喋るので葛城が縮こまった。

「……申しわけありません、わたしが慌てたばかりに話が大きくなって」

「いえ、役に立ちそうだからこれはこれで。終わりよければ全てよしということにしましょう」

大逆の徒を討つのには丁度いい。

「祐高さま、以前慌てて馬を駆って潰しかけたことがあったけど」

「馬も、急がせすぎると潰れるので早駆けでも加減するのです。——わたしは一人で初瀬を目指したらお方さまを追い越してしまうかと、當麻に。何なら今から初瀬に赴きますか？　ここまで来たら初瀬も大して変わりません」

「怖いからあなたはもう休んで」

「休むと疲れているのを思い出して動けなくなります」

「休んでよ」

「人間はわずかな米と水と塩で動くことができて馬より遥かに速い」

「あんただけだよ」

千枝松が吐き捨てた。

「夜中に初瀬の山門を叩いても不気味がられるだけですし、お使者は朝一番でいいですよ。体力を持て余した中年が気持ち悪くてすいません。そもそもぼくらは明日、畝傍から南都に行くんでしょう？　別当さまとすれ違いになります」

彼は冷ややかだった——恐らく、父親が自分より前に出て有能なのを見せつけているのが気に入らない。ここまで来ると有能を通り越して薄気味悪いのも確かだ。顔が綺麗な者がきびきび働いていると萎えるのであまり何もしないで動かないでほしい、というのは本当だった。

——ともかく。

「では初瀬に使庁の援軍が来るという前提で、予定では南都に行くはずだった純直さまは道中、一人で思い詰めて貴人を牛車ごと拉して初瀬に駆け込むふりをしましょう」

忍としてはその薄気味悪いほど有能なのを使いこなしてこそだ。

「それで誰も騒がなければ初瀬で祐高さまと合流してから別に手を考えるとして、痴れ者が騒いで醜態を晒したらこちらの思うつぼ。葛城やら皆を危ない目に遭わせるけどここは勝負どころです。——蟬丸さまは危ない目に遭ってもらっては困るので當麻に置いていき、當麻寺の荒法師に守ってもらいましょう。明日を乗り切ったら衛門督朝宣などが鳳輦《ほうれん》で迎えに来ればいいのよ。なぜ蟬丸さまが東高野街道の途中で連絡が取れなくなって、いきなり當麻寺にいらっしゃったのかも衛門督朝宣に考えてもらいましょう。愚か者が騒ぎやすいように、純直さまに忠実で絶対に逆らわないような真面目な従者は八塚寺で姑息《こそく》な裏工作をするという体裁で、なるべく當麻に置いていきなさい。隙を見せるとはそういうことです。昨日今日威張り始めた五月夜に命じられて言うことを聞いてしまうような浮かれたお調子者ばかりの行列を作るのです――」

「竹内街道で黄牛に鞭を当てて、初瀬まで一気に全力で走らせるとなると始点は――」

男三人が地図を広げる。泰躬は衛門督朝宣が誰を捜しているか大体察しているだろうと見越して、忍は知られてまずい言葉を伏せたままで作戦を説明した。

「蟬丸さまは太郎と千枝松がお気に入りです。黄牛の牛車に太郎と千枝松と――墨染めを着て髪を隠したわたしが乗っていれば、五月夜は勝手に蟬丸さまがその牛車にお乗りだと信じ込むでしょう」

葛城に言わせるときに彼女が少しためらい、聞いた純直も目を剝いた。

「忍さま御自らが僧のふりをするとおっしゃるのですか⁉　そんなはしたないこと！」

動きやすく髪型を変えるのは下賤《げせん》の女のすることで、高貴の女人がまっすぐな豊かな髪を隠すなどもってのほか。尼の衣は男の僧の衣ほど真っ黒ではない。男装だ。

千枝松も言い募る。

「蟬丸さまを危険に晒すべきではないでしょう。ですが身代わりは、當麻寺の僧から背格好の似た者を選べばいい。年寄りの坊主など他にもいますし、ぼくが迫真の演技で補いますから。わざわざ忍さまが危険を冒さずとも」

その答えは葛城ではなく自分の声で言うことにした。先ほどまでと同じように。

「迫真の演技でわたしを助けて。純直さまと我が子を危険に晒し赤の他人を陥れるのに、女だからという理由でわたしが一人ぬくぬくとよそで守られているなどできましょうか。わたしまで當麻に残ったら行列が空っぽすぎて怪しまれます。當麻寺には大事なものなど残っていないと思わせないと。何も起きず円満に皆で初瀬に着くならいい方で、五月夜一味だけ當麻寺に取って返してしまうのが最悪です。わたしのふりは、藤波にさせましょう。勿論、葛城が横について代わりに喋るのよ。下手を踏めば護衛が全員牛車を置き去りに初瀬に先んじてしまって、それはそれでとても怖いわよ。青竹丸が夜を徹して走った分、あなたも苦労なさい」

これくらい言えばそれらしいか？

——真の理由は、純直が策を取りやめてしまわないよう見張ること。何里も行進している間に「やっぱり気が変わった。人を陥れるなんてよくない」と心変わりするのもまずいが、そもそも恥ずかしくて言い出せないなんてつまらない理由で駄目になっても困る。

最悪は五月夜だけが當麻寺に戻ることだが、皆で南都に行って祐高と合流できないまま「実はここに山科の院などいらっしゃいません」となったら純直が何を考えるか制御できなくなる。忍は初瀬で戦力を持つ祐高と合流しないと次がない。五月夜を敵に回さないないと、純直の敵は忍になってしまう。

自ら蟬丸の代役を買って出、千枝松を使っていざとなったら自分で黄牛に鞭を当てて走り出させる。これしかない。

今度は、忍が純直を拉して初瀬に連れて行く。忍の力で彼を軍勢から引き離して攫う。祐高の陣営に取り込んで手駒《てごま》の一つにする。

左大臣家のため——それは大義名分、三つある理由のうち一つでしかない。

男というだけで、女というだけで若造にいいようにされてなるものか——

「それにわたしの夫が弓馬の軍勢を率いて初瀬に駆けつけるのに、わたしがいなかったらややこしい理由が必要になるでしょう。なぜ別当祐高卿ともあろう者が急に京を守護するべき検非違使庁の官とともに遥々大和の片隅《かたすみ》、隠国の初瀬小国まで——わたしと純直さまが一緒にいれば〝ついに祐高卿は純直さまにまで嫉妬して乱心して追いかけてきた〟で終わりです。世間にそれ以上の説明など必要ありません」

忍は一歩も譲らなかった。

12

初瀬の山門は忍が牛車を降りている間に荒法師たちが閉ざし、中に入れたのは五月夜と他数騎だけだった——

騎馬武者は純直と黄牛の牛車が急にあらぬ方に走り出し、五月夜が追いかけろと言うから混乱しながら追いかけていただけだった。矢を射かけたのは「手加減ができるやつに頼め」という忍の入れ知恵であらかじめ仕込んだのが一人で、触発されてもう一人二人手を滑らせた。

大半は高価な左大臣家の黄牛を気遣ってそんなことはできなかったし、純直が乱心したと聞かされてもうろたえるばかり。馬を狂わせる陰陽師の術も恐ろしくてすくんだ。が、だからと言って今はなき古都・藤原京の薄野原のど真ん中に置き去りにされるのも間抜けな話で、距離を取って後ろから恐る恐るついて行った。元からの忍の護衛などは、急げない葛城たちの牛車について藤原京に残ったのだと思いたい。

純直と五月夜、指示を出す主人が二人とも見えなくなると、堅牢《けんろう》な山門と初瀬の荒法師たちが目の前に立ちはだかって、日和見の武者たちは中に入るのを諦めた。こんなところで薙刀を持った悪僧と喧嘩をする理由は彼らにはなかった。

神域の中は、折れ曲がった狭い石段を登る。それ以外の道はない。わざわざ屋根のついているこの石段を騎馬のまま駆け上がろうとする罰当たりは、洩れなく頭をぶつけて落馬する。馬を降りて自分の足で登るしかない。

そのわりに壁はないので横から狙い放題。

初瀬の古強者たちは石段の曲がり角めがけて一方的に矢を射かけるのに丁度いい足場をいくらでも知っているが、神域で血を流すのはためらわれるので、まずは投石で足止め

――印地打ちは子供の遊びだが上手な人は鎧武者でも倒せる。公卿の子のすることではない。

石つぶてと弓矢を携えて神域に潜んだ荒法師と検非違使庁の手勢は、いきなり急峻な石段を駆け上がることになって息が切れてよろめいている馬鹿者の顔を一人一人見極めて、鎧兜ではなく小綺麗な狩衣で背後のお味方がどうなっているか一度も振り返らずに石段を駆け上る五月夜の姿も見て取った。

彼も他の者同様、石つぶてを全身に浴びせて動けなくなるまで打ち据えてしまってもよかったが、狩衣の袖をなくしても純直を追いかける姿があまりに健気で怖いもの知らずなので、折角だから名高い初瀬観音を一目拝ませてやろうと一人だけ通してやった――五月夜は純直の和歌で大笑いしていたとき隙だらけで、一太刀入れれば瞬殺だっただろうが、純直は祐高がすぐ外に潜んでいると信じて、彼にも聞かせるため五月夜に人殺しを自白するよう迫った。だが五月夜はむしろ、左大臣家は弑逆をためらわない自分を野放しにしておくべきでないなどとべらべら喋る始末だった。ちなみに案内の僧は墨染めの下に鎧を着ていて太刀で斬りかかられても何ということはなかった。

〝隠国の初瀬〟――伊賀国に通じる初瀬街道を守る要衝。神代の昔、勇猛で知られる雄《ゆう》略《りゃくてんのう》天皇の内裏があったとすら言われる歴史ある大和の山寺に、策も根回しもなく真正面から攻め込むような痴れ者には相応の仏罰が下る。

初瀬観音の功徳である。

祐高は五月夜を四つに刻むほど凶暴ではなかった——殺したら境内《けいだい》が穢れるので。太刀を握れない程度に右腕を傷つけたら十分。

すぐさま、使庁の武官たちで縄を打った。

「しかし信晴にそれほど忠義があるとは。お前自身は何者なのだ」

純直が尋ねると、五月夜は不貞腐れた声で答えた。

「乳母子《めのとご》だ。……信晴さまは二つも年上であるのに正妻の御子でないというだけで十六で播磨に追いやられ、御名にもお父上の偏諱《へんき》をいただけず日陰者《ひかげもの》扱い。烏帽子親の播磨守信《のぶ》親《ちか》さまの〝信〟と母方の〝晴〟——ご嫡男の烏帽子親はどなただ」

「……内大臣さま」

純直の名は左大臣家の通り字〝純〟と烏帽子親である内大臣惟直《これなお》の〝直〟だ。内大臣は従二位——播磨守は恐らく四位ほど。

「母が違うというだけでどうしてこんな！　このわしの烏帽子親も播磨守信親さまだ！」

中宮大属　橘　信《たちばなのまこと》、またの名を五月夜——播磨国五月夜郡《さつきよのこおり》から来た男。

自分で妙な名を名乗る糞鳶丸とは逆に、彼は他人から与えられた名前に呪われていた。

「信晴さまは播磨でずっと京に帰りたいとおっしゃって！」

「それは介だからだろう。守《かみ》なら播磨で働くのは年にふた月くらいで残りは下官に任せて京にいられる。もう一年勤めれば出世させてもらえるという話だ」

後からのんびり石段を登ってきた千枝松は、さほど五月夜や信晴に同情した風でもなかった。

「別に気まずく思う必要ないですよ、少将さま」

「なぜ千枝松がそんな」

「播磨介信晴を産んだ二十年くらい前の五節の舞姫というのは、うちの父の姉でぼくはあいつのいとこだからです」

なぜか純直の方が驚きのあまり後じさった。

「は、播磨の方が千枝松……天文博士の姉⁉　千枝松はそんなにわたしに近い親戚だったのか」

「左大臣さまの愛人がぼくに近いだけで少将さまはそれほど。父君の愛人とか知らないのが普通でしょう。上つ方の貴族の皆さまは、京の女を愛人にするからにはその身内は近くにいるというだけです」

千枝松は純直にはあっさりしたものだったが、五月夜のことはにらみつけて胸ぐらを摑んだ。

「なぁーにが五月夜だ。信晴の乳母子って、ぼくから目を逸らしていたのは太五吉《たごきち》だったからだなお前！　信晴にくっついてうちに泊まりに来たことがあったな！」

――恐るべし、名前の呪力《じゅりょく》。陰陽師の霊力は言葉一つで、全てを失ったように見える五月夜にわずかながら残されたものすら奪った。

「中宮大属とか偉そうに、洟垂れの太五吉が小綺麗に育っただけで！　気の利かない顔だけ男！」

「わしはともかく信晴さまを呼び捨てするな、陰陽師ごときが左大臣家の御曹司を！　お前たち母方が信晴さまの足を引っ張っているのだろうが！」

「晴明朝臣から名前をいただいているのに陰陽道《おんみょうどう》の勉強をしなくても播磨守になれるのは勝ち組だろうが。受領国司は年貢米で稼げるし播磨は近国で庶子としては好待遇だ！　信晴の足を引っ張っているのはお前だ！　播磨の方さまだって左大臣さまの側室としては扱いがいいんだ、大きなお邸をいただいて食うに困らず！　それを横にいるお前が少将さまを逆恨《さかうら》みするとは！」

——親しげな呼びようを聞くに、千枝松と信晴はいとこという以上に本妻の子ではない同士で、気の合うところでもあったのだろう。純直の方が気まずげだった。

「——言いにくいがどのみち、わたしが廃嫡されても次は母が同じで二つ下の純継《すみつぐ》だぞ。腹違いの信晴はないだろう。多分わたしがあまりにも右大臣家の小夜の上さまと結婚したくないとゴネて純継ももう結婚しているから、父上が信晴を引っ張り出して、右大臣家のために急ごしらえの箔《はく》を付けているだけで……」

「信晴は昔から左大臣家の女房と出来ていて京に戻ったら盗んで逃げると言っていたから、今頃盗んで逃げているんじゃないか、播磨に。臣下の男にあの小夜さまの夫は荷が重い」

「信晴さまは逃げたりなどせぬ！」

五月夜は健気にも縛られたまま千枝松に頭突きして烏帽子をずらしてよろめいた。信晴の話をしていると年相応の少年に見えた。

「信晴さまは色恋のために身を滅ぼす方ではない！」

「どのみちお前の阿呆なのに滅ぼされる！　政も歴史も知らんくせに図々《ずうずう》しい！　あいつも少将さまの代わりなんて柄じゃない、播磨がお似合いだ！」

千枝松と青臭く喚き合う五月夜を祐高はまぶしげに見ていた。

「——色恋で身を滅ぼす、羨ましい話だがな。十九にして女を盗んで逃げたい、そんなことがわたしにも言えたなら」

「あら、言ってくださらないの。あなただって二十二なのに」

忍は本堂の扉の陰に隠れていた。純直に背負われたりしたが、騒ぎも収まって、この後は誰にも顔を見せるわけにはいかない。ならず者が乗り込んでくるとのことで尼は寺の奥に隠れていて、置き去りにした葛城たちの牛車が到着するまで何もできず墨染めの中で顔を隠していなければならなかった。祐高はすぐそばにいるのに、手も握ってくれない。

「天文博士は？」

「先ほど打ち合わせを終えて粥を食わせたら、疲れていたのを思い出したらしく、そのまま寝込んだ。ここの宿坊で寝かせている」

「役小角の領域を出たら術が解けて普通の人に戻ったんじゃないの？」

「仕組みはわからんが、近頃走るのが趣味になって伏見まで馬で駆けるより自分で走った方が早いと言っていた。走るのが趣味など、冗談だと思っていたのに。京から初瀬や當麻まで行くのに早くたどり着くにはどうしたらいいか、抜け道など知っていたら教わろうと思っただけなのに本人が走ってたどり着くなんてわたしも信じられない」

祐高もなかなか河原の小石拾いなどおかしな趣味なのに、それを超えるとは。

「ああ、そうそう」

五月夜をいじめていた千枝松がふと、彼から離れて姿勢を正した。

「少将さまに蟬丸さまからご伝言です。ぼくは物憶えがいいので一度忘れてから思い出したときに言えと言ってました」

それで純直も背筋を伸ばした。

「何を一度忘れたと?」

「〝こちふかば〟――」

千枝松がそれでぺこりと頭を下げた。

「ご伝言は以上です」

「そ、それだけ?」

「これだけです。意味など教えてくれませんでした。――片もついたし早く當麻に戻ってさしあげないと。お返事はございますか?」

「あ、ええと……」

たった五文字で純直は呆然《ぼうぜん》としてしまっていて、うわごとのようにつぶやいた。

「では〝そのように伝える〟と」

「承りました。本当、お偉い人の持って回った言い回しって何なんでしょうね」

千枝松はそれで廊を降りてゆき、純直は恐縮した風に取り残されていたが、やがて従者に囲まれ、五月夜を引っ立てて彼も舞台を降りた。

——これでいよいよ事件はお終い、ということか。

「何だ、今のは」

祐高が目を細めていたので、忍が補足した。

「〝東風《こち》吹かばにほひおこせよ梅の花あるじなしとて春を忘るな〟」

「それはわかる。菅原道真《すがわらのみちざね》が太宰府に流されるときに自邸の梅の花に別れを告げた歌。わたしとてそれくらいは知っているが、今何の関係が？　初瀬の梅の花はそれほどの名物か？」

「ここで出てくる梅といえば、純直さまの従者の梅若丸でしょう。——生きていたのね」

「生き？」

「黄金造りの太刀が寝ている間に盗まれたなど、女を馬鹿にした話よ」

太刀などの武具を女に見せるのは不吉ということになっている。戦道具は男のもの。祐高も休む折は太刀は男の従者に預ける。話を聞かせるのもまずいと純直は思ったのか——単に本当のことを言うのが面倒くさかったのか。

忍は声を低めて説明した。

「河内で葛井寺にお泊まりだった純直さまはあの日、〝太刀を忘れた〟という名目で二上山の行列を抜けて、葛井寺に引き返すふりをして八塚寺に行った。ということは純直さまが朝起きて身仕度をなさった時点で太刀は葛井寺にあって、八塚寺に届けられる予定だった。それがなぜだか二上山に戻る際に間に合わないとのことで、とりあえず代わりに螺鈿の飾太刀を佩いたら、黄金造りの太刀は八塚寺の鐘撞き堂に人殺しの凶器として出現した――純直さまはご自分の手許にない黄金造りの太刀が盗まれ売り飛ばされる心配など一瞬たりともしておらず、それが誰の手にあるかずっとご存知だった。盗まれたのは寝ている間などではなく葛井寺から八塚寺までの間で、太刀に触れられるのは純直さまが運ぶよう命じた一人――それ以降行方知れずの梅若丸しかいないということよ」

千枝松は梅若丸と入れ違いに旅の一行に加わったので、この歌を読み解く暗号鍵《かぎ》を持っていない。恐らくそれゆえに伝言を託された。

「僧と稚児を殺めたのは梅若丸？　純直はずっと知っていたということか？」

「そう、恐らく二人の首が見つかったときにはもう梅若丸の仕業であるのは明白で、彼は逃げ隠れしていたのか密《ひそ》かに純直さまの従者たちに囚《とら》われていたのか、あるいは殺され口封じされていたか――囚われていたと今わかったわ」

「犯人をずっと知っていたのになぜ賊やら五月夜のせいにしようと？」

「それは勿論――梅若丸が院に傾倒して純直さまを裏切ったからよ」

最初の夜に蝉丸の世話をしていたのは五月夜と梅若丸だった。

五月夜は全く何とも思わなかったようだが、梅若丸の方は彼の人柄に心酔した。たった一晩で。

何せ、蝉丸は容姿に頼らず教養と人徳で忍づきの女房たちも根こそぎ誑かした君主の器。彼の正体を知れば我が身を挺してお守りしようという者も幾人か出るだろう。十二、三の少年などひとたまりもない――こうなると徹頭徹尾、「無駄飯食いの年寄り」と割り切って一顧だにしなかった五月夜の方がすごい。

「少将さまと法皇さまとどっちに従うかなんて明白じゃないの。僧で侍者でありながら御目の見えない院を拉する手伝いをした遍真とその稚児など許されない。純直さまに庇護され安穏としているのに近づいて討って、たくらみのあった経堂に謀叛人の首を晒した。それを純直さまが責めたら、逆に梅若丸は純直さまの不敬を責めるじゃないの――純直さまは怖いじゃないの、大逆の徒と呼ばれ罵られでもしたら」

人殺しと検非違使、法皇の忠臣と大逆の徒――罪を糾弾すべき立場が逆転していたことになる。

この事件で一番隠すべきことは真なる犯人、よりも真なる犯人の動機――

それを知られるくらいなら、純直は自分が犯人と思われてもいいほど追い詰められていた。

「純直さまはご自分がご存知のことをそのまま明らかにしたら、わたしたちに何と思われるか——全て賊の仕業！　太刀は盗まれた！　梅若丸？　知らない！　と梅若丸をどこか寺の物置にでも閉じ込めて——千枝松が行ってない葛井寺？　ここまで現実から目を背けて白を切り続けてきたのよ」

「……五月夜は本当に全然関係ないのを、純直は知っていた？」

「関係あったら怖くてとても触れなかったけど、逆にあの子が自分よりも遥かに不敬でほっとしたんじゃないの。不敬な者を殴って説教するのって逆よりずっと気楽じゃない。あなたの聞いているところで五月夜を挑発して、勢いでやってもないことをやったと口走るのに期待したけどそこまでうまくはいかなくて、まああれくらい不敬なら成敗する理由としては十分か、と」

「な、何て勝手な言い草だ」

「わたしとしても純直さまが梅若丸を殺していたなら、生き返らせるなんてできないのだから問い詰めても逆上させるだけ。どのみち従者の不始末は主である純直さまの不行き届きだから触るべきでない。政治的にも彼の心の安らぎのためにも、糾弾すべき別の犯人候補が必要だった——異母弟・播磨介信晴一味の暗躍、いい落としどころじゃないの。彼らはわたしたちが切るのに丁度いい蜥蜴の尻尾！」

忍は合理的に語ったつもりだったが、なぜか祐高は顔を歪めて呆れているようだった。

「つまりあなたは全力で純直を甘やかすためにこんなことを」

「味方なのにうっかりで純直さまに殺されないように、よ。梅若丸の巻き添えになったんじゃ馬鹿みたいじゃないの」

「格好つけて出て行ったわたしの方がそれこそ馬鹿みたいだ！　五月夜にかわいそうなことをしてしまった！」

　あなたが格好をつけて出てくるの、わりと馬鹿みたいよ——言いかけて自制した。

「で、梅若丸への伝言とは？」

「菅原道真が詠んだのより難しいわね。道真は臣下だから〝東風〟〝春〟はただ梅の花が咲く季節の言葉というだけだけど、院がお詠みになったら別の意味になる。〝東〟〝春〟といえば〝東宮さま〟だけど純直さまが若宮派なのだから〝若宮さま〟？」

唐国に倣《なら》ってかつては宮城は中央と南が今上帝、東が即位前の皇太子に割り当てられていた。今は名前だけ残っていて皇太子のための役所は〝春宮《とうぐう》坊〟だ。

「〝法皇さま・上皇さま〟は方角で言えば？」

「〝西面〟か〝北面〟だな」

「〝西〟なら〝秋〟、〝北〟なら〝冬〟。〝あるじなしとて〟で忘れないでほしいのはご自身のことではない。〝院がいなくなっても若宮さまにお仕えせよ〟となる。でもこれは、そもそも梅若丸本人ではなく純直さまへの伝言なのだから純直さまがよいように解釈するのが前提の話。あなたでも知っているくらい有名なお歌なのだから純直さまが思った答えが正解。歌をそのまま伝えるなり説き伏せるなり、後は純直さまと梅若丸で決める話ということ」

〝あらずとも〟は「気づいた女だけ」を絞り込む仕掛けだが、〝こちふかば〟はこんな有名な歌を三十一文字全て唱える必要などないというだけだ。

「……道真の歌とは逆に、梅若丸に対しては忘れろということになるのか？」

「院を思ってしでかしたにしても僧殺しは僧殺し。若宮さまへの忠義をもって罪を償えという思し召しなのでしょう。もう六十の院にまだ十代の梅若丸の忠義は重くて手に余る」

「だが梅若丸は院のご命令で僧を殺め、純直の計画を止めようとしたのではないのか？」

祐高は彼らしくもなく穿った推理をしているようだった。

「純直のたくらみを台なしにするためにあれの手駒を手にかけて。僧殺しは御仏に逆らう大罪で地獄行きだが、十善の功徳をお持ちの帝王のご命令に従ったのならば極楽に行ける。そういう話なのでは」

「まさか。二人が死んだ夜、院は太郎を抱いてお泣きになっていたのよ。純直さまの計画を知る梅若丸の暴走よ。かえって院を嘆かせることになるのに。若さゆえに潔癖で逸《はや》ったのね」

「泣い……」

今度こそ祐高はしばし絶句した。目をこすって忍をまじまじとも見た。

「〝泣いていたから院は何もご存知なく全くの無辜《むこ》〟というのは忍さまらしからぬ甘い見方ではないか」

「まあ、院ともあろう御方を疑うの？」

忍の方が夫に聞き返した。祐高は心外だとでも言いたげだった。

「い、いつもなら男の涙など信じられないと疑ってかかるのは忍さまの方なのに。院がお命じになったのでないならなぜ梅若丸を名指しすることができる」

「それはおそばにいたときの梅若丸の態度と、今に至ってもあの子の姿がないのでお察しになったのでしょうよ。あちら、六十年も人の上に立っていらしたのよ。臣下の心など手に取るようにおわかりよ」

「……その凄まじい人心掌握術で幼い梅若丸を手のひらで転がして人を殺させて泣き真似もしていたのでは？　ご自分でやらせておいて泣くことができる稀有《けう》な才能をお持ちだったのでは？」

「あなた、法皇さまともあろう御方を何だと思ってるの？」

「いや……こんな無茶苦茶な話にお一人だけまともで気の毒なばかりの人がいるなんてとても信じられないのだが……」

「本当、こんな臣下どものたわごとに振り回されるなんておかわいそうに」

「おかわ……ええ……」

なぜか祐高は忍の正気さえ疑っているようだった。

「あなたまさか院に嫉妬しているの？　それはとても不敬よ。院は未《ま》だ御崩御《おかくれ》になった后の宮さまを一途に想っておられます」

「嫉妬などとんでもない……それより忍さまはいつもと様子が違うが、大丈夫か？」

「全然大丈夫ではないわよ」

――何をとぼけたことを言っているのか。

「牛車を後ろから降りるだけで泣いてしまうお姫さまのわたしが！　檜扇より重いものを持ったことのないわたしが、院の御為に男装で暴走する牛車を駆って！」

口に出すと、今頃になって忍の目から涙が溢《あふ》れた。

最中は無我夢中でそれどころではなかったが、自分は今、とんでもない姿で夫の目の前にいた。純直におぶわれてこんなところまで来て、祐高が他の女の名を呼んだどころではなかった。

――馬鹿は自分だ。

人倫を踏みにじり真実を圧殺してあられもない姿を晒して。

當麻寺に、八塚寺に祐高がいたら、梅若丸と純直を並べて頭ごなしに説教して終わりだった。その方がいいのに決まっている。

賢しらぶって、犯人でもない純直に忖度《そんたく》して犯人でもない五月夜を締め上げて。

河内と大和の地で、ずっと賊の影に怯えて男に媚びへつらってきただけだ。正義や真実など何の力もないと軽んじて。

――みっともない。

片目片翼で、一羽ではまともに飛ぶこともできない比翼鳥。それがこのありさまだ。いつも通りに飛べると信じていただけで、地べたを這《は》いずってここに来た。

震えながら涙をこぼしていると、祐高が肩を撫でた。

「お、落ち着け。大変だったな。誰も死んでいないから案ずるな。あなたはよくやった、よくやった」

抱き寄せられて子供のように頭を撫でられもした。

「そう、院と純直の板挟みでつらかったな。女の身でこんなところでよく無事で。太郎も元気だ。あなたのおかげで全てうまくいった。本当に……無事でよかった」

祐高もすすり泣いていた。

腕にいつもほど力がない。

祐高の肩も胸もいつもより薄い。狩衣の下襲をたくさん着て見た目にはわからなかったが、ひどくやせていた。忍がいなくても食事はいつも通りのものが出ただろうに。

顔もあごが尖って青白い。触るとすぐに骨に当たってしまう。肌に張りがない。

年寄りのようだ、と思って忍は愕然《がくぜん》とした。

涙が引っ込んだ。

若い彼は大きくなる一方でずっと大木のようにそびえていると思い込んでいたのに、忍のいないたった数日でやつれ果てた。勤めで五、六日も家を空けることはあったがこんなにやせたことはない。太郎一人分とはいかなくても二郎一人分くらい減ったのではないか。

彼は母親と折り合いが悪いから忍以外の誰も助けてはくれない。

夫のこの六尺の身の丈こそ忍が八年間、丹精して育ててきた愛そのものだった。

――愛する人が小さくなるとこんなにつらい。

愛を語るのに物語のような言葉なんか必要なかった。

祐高も片目片翼の半身で京から初瀬まで一晩で来た。草鞋で走るのとさほど変わらない。

急いだら馬が潰れる。お伴と歩調を合わせなければ進む意味がない。馬が草を食んだり水を飲んだりしている間は自分も休む。主が倒れたら何もかも終わり。

女を想って一人で山路を行くのとは違う。鋼の自制心でじりじり一晩焦れながら、やせ衰えた身体で木津川沿いに大和路を南下し、隠国の初瀬小国まで。きっとろくに寝てもいない。

軍勢が必要なんて驚いたろうに。

「ごめんなさい……」

やっと忍の口からその一言が出た。

京を遠く離れて正義を捨てて見栄を捨てて、最後に捨てられないものがここにあった。

當麻寺で忍の愚痴を聞くと、蟬丸は太郎を抱いたまま、腹を抱えて笑い転げた――愚痴というのは笑われるものではないと思うのだが。小さな老人が身体をよじって笑っているとそのまま卒中でも起こしそうで怖い。宿坊に声が響くのではないか。

「蝉丸さま、貴族は大声で笑っちゃいけないんだよ」

太郎の方が注意するほどだった。

「わ、悪く思うな。そんな理由で京の貴族が夫婦喧嘩をすることがあるとは。いや深刻なのだろうが。守宮《やもり》のような夫に嫌気が差して！　それは友人には語れぬなあ！」

蝉丸は笑いすぎて涙すらにじむのか、袖で目を押さえていた。

「――お心は安まりました？」

「大いに安んじた！　実にいい男ではないか、別当祐高卿！　いい男の妻は気苦労が多くてやっていられない！　そうだろうとも！」

「お母さまキグロウが多いの？」

「まあね……」

太郎にまで不思議そうな顔をされた。太郎が「ヤモリヤモリ」と柱にくっつく真似など始めたらどうしようと思ったが、蝉丸があまりに喜んでいるので彼はそこまで気に入らないようだ。へそ曲がりに育ったものだ。

「――ああ、うん。嫌気が差すなら別れてしまってよいのではないかなあ！」

「簡単におっしゃいますが」

「簡単ではない。妻を不幸にするくらいなら別れた方がよい」

声高に笑っていた蝉丸だが、不意に声を落とした。

「――我が妻は十一や二で御家のために娶《めあわ》され、御家のために一生、離縁が叶わなかった。よそに懸想する男がいたのをご存知である。せめて余が御子の一人も授けてやっていたなら一族のため務めを果たしたのだと胸を張って生きられたろうに。恋が叶わずとも生《い》き甲斐《がい》を見つけられたろうに」

――政略結婚はそのように終わることの方が多い。

「あたら麗しい花が無為に散ってゆくのをご覧《ろう》ずるばかりの人生は、男もむなしい。そなたが幸せになれるなら、別れるがよい。そなたには帰れる家があるのだろう。夫のためにも。夫君とてあなたを不幸にすることなど望んでいない」

蟬丸の顔は穏やかだったが、もう見えない瞳の奥にどれほどの悔いがあるのか。

こんな親切な人のそばにいて、〝幸せになれなかった〟女もどれほど悔いただろうか。子さえいれば夫婦の実態がどうであれそれなりに格好がつく、その子を授からなかった女はどれほど天を呪ったか。

殴ったり罵ったりする男を嫌いになるのは簡単なのだ。

一方で優しい人を好きになるのがどうしてこんなに難しいのか。優しい人同士でどうして幸せになれないのか。

愛に殉じて死んだ中宮定子、悲しいが羨ましくもある。この世の栄華の全てを失っても愛だけは残っていた。

彼の妻は自分もそのようでありたかったと夢見ただろうか。

忍も一番幸せなときに死んでしまえばよかったと何度か思った。

「――わたし、わからないのです。自分の気持ちが揺らいで怖いのです。これまで八年とても幸せだったのに、わたし、どうでもいいことでこれからどんどんあの人を嫌いになるのではないかしら――わたしの思い通りになってくれない、そんな理由であの人を嫌いになる自分を許せるのかしら」

あるいは祐高の方は何も変わっていないのかもしれないのに。

「あの人を捨ててわたしだけが楽になっていいのかしら。あの人のことで思い悩まずに済むのが本当にわたしの幸せなのかしら」

「なるほど、な。忍の上は今、道を見失っているというわけだ」

蟬丸は脇息に頬杖《ほおづえ》をつく。普段接する僧はこんなに気の緩んだところを見せず、父親はもっとがっしりしているので不思議だ。男という感じがしない。別の世界の生きもののような。

「夫君もなかなか落ち着きのない御仁だが、忍の上もそうだな。己の気持ちが落ち着くのを待て。忍の上も今、大人になろうとしているのだ」

「わたしが大人に?」

意外なことを言われた。――もう二十四で子供が三人いるのに。

「余からみれば童女のように若く瑞々《みずみず》しい。声が高く幼い。若紫の如く、な。そなたもこれから蝶になって羽ばたく。これまで気づかなかった夫君の悪いところが見える代わり、よいところも見えるようになる」

蟬丸が笑った。

「余くらい年寄りでもまだ日々成長はあり、昨日は考えもしなかったことが起こるのだ――ただ旧知にまみえるためにまっすぐ京に還御するはずが、何の因果か當麻寺にて京で一番の比翼連理の裏話をお聞きあそばすとは。別当祐高卿の妻女がそれほどの苦労をしているとは、なまなかな僧や貴族から聞ける話ではないぞ。玉体を運んだ甲斐があったというものだ」

おかしそうに言われて忍は顔から火が出そうだ。

「人生を無駄にしたというのはな、これほどの年寄りのおっしゃることだ。忍の上は人生に楽しい時間が八年もあっただけで大したものではないか。少し待っておればきっとまた楽しくなる。歳を取ると今度は図太くなって多少の悩みは消えよう。大人になるとよいことばかりだぞ。御目が見えぬのは不便だが、汚いものを見なくて済むし綺麗なものばかり思い出せる」

蟬丸が穏やかに言うので思い当たった。

――もしかしてとうに干涸らびた蜥蜴の尻尾に触れても、この人が言葉を聞いて思い描いたのはそれまで見た中で一番色鮮やかな青い尻尾の蜥蜴。

ならば自分はどう映っているのだろう――

そう思ったとき、忍の脳裏に浮かんだのは十三や四の裳着《もぎ》前の童女の自分だった。まだ袴《はかま》の色が幼く髪も短く、手足も細くて人形など抱いている。

この世の悩み苦しみを知る前の無垢《むく》で可憐《かれん》な若紫。

子育てに疲れた女などではない、これから何にでもなれる――

「若紫なんて、真に受けて図に乗りますよ」

「乗るがよい。面白い話をしてくれたのだから褒美をやらねば。どうせこんなものは言った者勝ちだ。母上は若く美しい、太郎君もそう思うだろう？」

「お母さま若く美しい」

太郎は言われるがまま繰り返しただけだったが、それは〝事実〟になった。

「そなたは若く、明日は今日よりいい日になる。現実に大した意味はなく、余の言うことが一番正しい。きっとそなたはまた夫君に恋をする。そなたのような気高い女君に悪いことなど起こるはずはない」

忍は大僧正の祈禱《きとう》を受けたことも、陰陽師のまじないを受けたこともあったがそれらは几帳越し、御簾越し、壁越しに聞こえるものだった。

彼らが唱えるいにしえの呪文よりも、蟬丸の言葉は単純に忍の魂を言祝いだ。他人の功徳で夢を見られるのは素敵なことだった。

忍の血縁でも側仕えでもない赤の他人の祝福。それを忍は受け容れた。

「――言った者勝ちとおっしゃるならきっと、蟬丸さまのご妻女もそれほど不幸ではなかったのでしょう。御子がなくてもあなたさまのおそばで安らぐときもあったと思います」

お節介かとも思ったが、忍は言わずにおれなかった。礼が必要だ。

「だってこれほど優しくて立派な方を夫に持って不幸だなんて、まだ十四の忍には信じられません。結婚って素敵なことでしょう？　人生を無駄になさったなんて、そんなことはなかったと思います。懸想なさる方なんて一時の気の迷いだったでしょう」

十も鯖を読むのは少しやりすぎだったろうが、蟬丸はうなずいた。

「――うん。気まずく背を向け合うことはもう二度とない。余が何を口走ったところであちらはもう文句も申さぬ。知る者もそうおらんし、ここまで来たら後一つ甘えようか」

はにかむ彼の顔が奇妙に子供っぽく見えた。

「あれは余の最愛の妻だったよ。素晴らしい女だった」

「ええ、あなたさまは人生を捧げるに足る男君で、京で一番の比翼連理とはあなたさまとお方さま、お二人のことでした」

「慰めるつもりが慰められたな。大儀である」

馬鹿な言葉遊びと思うだろうか。

だが蟬丸の膝で聞いている太郎にとっては全て事実だ。

十年、二十年後、彼は思い出すだろう。母と老僧のやり取りを――母が十四の童女だったというのは流石に首を傾げるだろうが。

彼の中に言葉で美しい幻を積み上げていればいつか現実になる。それは逆より遥かにいいことだ。

「――思いがけないことの起きる世の中であるよ。老い先短いのに今更孫のような少将どのに振り回されてどうなることかと思ったが、悪いばかりでもない。山に籠もっていたら忍の上と話はできなかった。それにしても、京の公卿が行者に教わった術で鼠《ねずみ》や守宮を友として！」

蟬丸の楽しそうな声を聞いていると、あるいは忍の夫がしでかした痴れ者の真似は、この老人の心を慰めるのに必要だった。そのようにすら思えた。

人をひどく傷つけたがそれだけではなくよいところもたくさんある、忍に相応しい比翼連理。

いつか本物の祐高を紹介したいと思った。

蟬丸のくれた綺麗な夢は半分、役小角の霊力を持つ陰陽師に打ち砕かれ、残り半分は忍自身が暴走する牛車で引きずり回して叩き壊した。――若いから何でもできると言われて本当に何でもしてはいけない。現実から目を背けるにも限度というものがある。

後に残ったのは見た目が立派なばかりで彼女がいないと己で飯も食えない、半身しかない本物の比翼鳥の夫。

忍が考えたより遥かに重い愛の男。少し減ったが。

――蟬丸に別れてしまえと言われて躊躇《ちゅうちょ》した、あのとき既にわかっていた。捨てるこなどできはしない。

「わたしはただ風邪を引いてやつれただけだが？　もう治った。昨日も今日も飯は食っているぞ。今朝は干し飯だったが」

本人は「そんなに？」と疑いながら両手で肉の削《そ》げた顔を触っていた。祐高は身体が軽くなった程度にしか思っていなかった。

「わたしと結婚してから風邪を引いたことなんかなかったじゃないの！」

「生まれて初めてだな。そんなに心配してくれるならもっと長く罹《かか》っていればよかった。わたしが苦しんでいるときに騒いで梨を剝いて薬湯を飲ませてくれればよかったのだ」

「冗談じゃないわよ」

「あるいは死霊の祟りかもしれん。わたしが誠心誠意弔ったのでこの程度で済んだのだろう。死霊なりの恩返しということはないか。男は病んでいるくらいの方が女が尽くしてくれる、という」

何をほざいているのか。

「忍さまはそれほどわたしの体調が気になるなら朝夕つききりで見ていてくれないと。そんなにわたしの身を案じてくれるのはこの世にあなただけだぞ。――病み上がりの身で普通三日かかる初瀬まで一日半で迎えに来いというのが大変だったのは、そうだ」

祐高は得意げににやついていた。――惚れた弱みにつけ込まれている。自分の命を盾にして女を脅すとは何て卑怯な男だろうか。こんな人だったなんて幻滅だ。

「しかしその。忍さま恋しさだけで来たかというとそうでもないのだ」

そうかと思えば祐高は肩を落としていじけ始めた。

「左大臣派として純直さまを迎えに来た？」

「だけではない」

「何か他にも裏があるの？」

「尊い御方が国譲りがどうこうという話、恐らく京の皆さまは聞き流す」

彼は意外にもきっぱりと言い放った。

「純直が留守にしている間に東宮さまがまた不豫《ふよ》で臥せっておられる。わたしもやられた風邪だ。わたしはすぐ治ったが東宮さまのは重篤だ。兄から弟というお話はこたびは通らない。玉音があっても無理だろう」

「じゃあ二歳の若宮さまが」

「そうもならない。──兄上が准大臣になったら、ご病弱の東宮さまを退けて今上の叔父である兵部卿宮さまを擁すると決まったので。兵部卿宮さまは今上よりお歳を召しているが、成人していらっしゃるのだからすぐにも子宝に恵まれるやもしれぬ、とな」

「兵部卿宮さまって」

忍も息を呑んだ。

「忍さまの姉上の夫君だな。忍さまの姉上は、お妃になられるかもしれない」

──姉は宰相中将との結婚が駄目になって兵部卿宮とは再婚だというのに、お妃。

「忍さまの父上は来年あたりいきなり皇子さまの祖父ということも——今の左大臣さまに並び立つお立場になりえるが、左大臣さまに対抗して兵部卿宮さまやその御子を擁立するには納言家では弱く、義父上《ちちうえ》ご自身の覇気も足りない。こたびの左大臣家の失態につけ込むような真似は義父上お一人では難しいかと——我が兄の力がなければ。そうなったとき、兄上と義父上、兵部卿宮さまをつなぐのはわたしたち夫婦の縁だ」

夢のような話を聞かされている。

「義父上を説き伏せてこちらのお仲間に引き入れるのがわたしの役目。勿論、同じ家の姉と妹を妻とする義兄弟として兵部卿宮さまのご機嫌もうかがう。今やこのわたしは兄上の御為、身体を張って全力であなたの機嫌を取らなければならない立場になった。夫婦喧嘩などしている場合ではなく、四人目の子をもうけるくらいの勢いであなたとその父君を誑かして絆《ほだ》さなければならない」

「あなたがわたしを誑かす」

呆然と忍は繰り返した。

「つまりそれは、政略結婚の基本に立ち返った？」

「わたしはもっと成長してあなたの愛に相応しい男になってここに迎えに来たかったのに、そんなことは誰も望んでいない。弾正尹大納言さまにせっつかれた。今まで通り、あなたにべた惚《ぼ》れで鴨《かも》の仔《こ》のように親の後をついていくばかりの何も裏のない男を演じなければならない」

祐高が少し傷ついた風に言うのがおかしかった――「今まで通り演じなければならない」って今は忍にべた惚れではないと言うのか。やせてやつれて忍を慌てさせて、目的を果たして「計画通り」とほくそ笑んだらいいではないか。四人目を作る大義名分を得て喜べばいいではないか。

相応しい男になったかどうかは謎だが、何らか成長はしたらしい。

臆面《おくめん》もなく愛や恋を語れなくなったくらいには。

忍には別の感想もあった。

「よかった。蟬丸さまは無事〝弟君《せのきみ》〟のご法要に出られるのね」

――二上山に亡き弟の面影を見なくても。

「蟬丸さま、素敵なおじいさまで叡山の高僧と喧嘩して今まで高野山にいらしたとか」

「六十の天台座主《てんだいざす》さまが功徳はあっても性根のきつい方で、あの方を捜し回って毎日朝宣を締め上げて。朝宣は常日頃、飯を食わないふりをしていたがあんなやつでも高僧に叱れるとめげるらしくここ数日本当に飯が食えなくて顔が土気色になっていた。多分わたしよりやせたぞ。生ける屍だ」

「まあ。ご法要でお友達に会えそうで本当によかった」

――忍の計略は、蟬丸とまともな別れができないのだけが難だった。

陰陽師見習い程度で大した身分ではない千枝松はこれから當麻寺に取って返してまだまだ彼の世話を焼き、恐らく京まで同行するが、蟬丸と忍は再び京で出会ってももう〝世捨て人の老僧とわけありの旅の人妻〟ではなく〝法皇と公卿の妻〟で、気さくに言葉を交わすことは二度とできまい。

忍がここまでのことをしでかした理由の三つ目。左大臣家を守るためと自分の意趣返しのため、後もう一つ。

蝉丸を京に帰してやりたかった。

彼は将来や現実のことで忍を説き伏せたりしなかった。太郎を膝に抱いていたのに、男の子を育てるのに父親が必要だとも言わなかった。

彼の話には夢と祝福しかなかった。

左大臣家の内紛など外聞が悪いし、弑逆未遂に至っては今上帝の徳にかかわる。五月夜に二人分の殺しの罪を押しつけて裁くしかない。

五月夜は使庁の官とともに當麻寺、八塚寺とこれまでの道を戻って、その道中で純直の太刀を盗んだことと遍真と七宝丸の殺害について〝自白〟し、主からの窃盗と僧殺し及び稚児殺しの沙汰を下されるだろう。隠岐などに流されたりするのだろうか。

彼をわざわざ息子について行かせた左大臣は、言うことを聞かない嫡男に灸を据えるつもりが逆に弱みを握られる。騒ぎを揉み消してもらうのに祐高にも借りができる。乳母子の不始末で信晴は播磨に戻されるだろうが、恋人を連れて行けるならそれでもいいのか。

左大臣家がかかわっているという事実を伏せるために、五月夜個人の事情、単純な金品目当ての強盗殺人か痴情のもつれということになる。

――遡《さかのぼ》って、遍真と七宝丸は蟬丸の侍者だった経歴がなくなる。遍真はなかなかの高僧だったろうに。

蟬丸はそんな悲しい別れには慣れているだろう。

蟬丸とは全く関係なく遍真と七宝丸は死に、全く関係なく忍の上は少将純直と初瀬まで来てなぜだか別当祐高卿と大立ち回りして、祐高は純直の従者に怪我までさせた。

それとは別に衛門督朝宣が、たまたま道に迷って東高野街道を逸れて竹内街道に入った山科の院を迎えにやって来る――

梅若丸をどうするかは純直の機嫌次第だ。こっそり殺すか大和の役人などに任じて京から永久追放するか――蟬丸の最後の伝言を重んじて、何もなかったことにして若宮の従者にするかもしれない。もしかしたらそんなこともあるかも。

法皇拉致事件という一つの真実を四つに断ち割り、多数の思惑でもってこれからどんどん粉々に砕いてわからなくしてしまう。政の宿命が歴史の轍《わだち》を作る。

目に見えるものに振り回されるなど馬鹿らしい。

何重もの欺瞞《ぎまん》の先にあの老人自身の幸せが少しでもあればいいのだが。

――京や叡山にまだ何人かいる旧《ふる》い知り合いと、嘘か本当か若い公達が行者の術で鼠や守宮の真似をして愚かな姿に妻が嘆いたという馬鹿話で盛り上がるとか。

今は亡きお妃の親戚に、彼女は美しくよくできた女だったと語って聞かせるとか。

孫のような陰陽師見習いの少年と、次は比叡山に登るとか。千枝松は安倍晴明の生まれ変わりらしいが、役小角の弟子であるその父のことはどう思うだろう。

かの御仁にも取り返しのつかない過去を嘆かなくて済むような楽しいことがあればいい。

「では折角風情ある寺にいるのだから、今後の政のためにせいぜいわたしを気持ちよく誑かしてちょうだい。他人に期待される、あなたのお務めなんでしょう」

「改めて言われると死ぬほど恥ずかしいが世間の政略結婚は皆、そんなに男が女に尽くしているのだろうか」

「世間がどうとかではなくわたしがどう思うかでしょう」

「わたしがやせたのでは足りんのか」

「ええ、強欲なのよ」

ここまで来てめでたしめでたし、で帰れない。観光しなければ。

午後になってようやく葛城たちの牛車が初瀬にたどり着くと、忍はやっと手伝ってもらって墨染めを着替えて紅袴を穿《は》き、袿をまとって高貴の女君に戻った。

折角初瀬まで来たのだから几帳で身を隠しながら祐高と太郎と初瀬の御堂を巡って、今度こそ玉鬘と右近が和歌に詠んだ杉の木などを見下ろして——

「何と、斯様な季節に椿《つばき》が」

祐高が境内の一角で足を止めた。

行きは気づかなかったが、石段の近くに椿が植えられ、大輪の赤い花を大いに咲かせていた——正月明けに咲くものだと思っていたのに。

「早すぎて少し不吉でございますね」

太郎の乳母の千歳などは眉をひそめた。

「丁度よい、あれを」

と、祐高は従者に声をかけ、何やら小さな葛籠を持ってこさせる。

「ほら」

祐高が葛籠を開けると、ひらりと青い蝶が舞い上がった——

「あれっ」

太郎がぴょんと跳び上がる。祐高は得意げだった。

「珍しいだろう。こんな青い蝶は見たことがない。木津川で馬に飼い葉をやっているときに見つけたのだが、寒空でかわいそうでな」

蝶はひらひらと飛んで椿の赤い花に留まり、黒っぽい青の翅をゆっくり開いたり閉じたりしている。

「これ、太郎の」

「そうだな、太郎にやる。だが触るな、虫けらは人が触っただけ命が縮む。眺めて満足せよ」

「違う、太郎の」

太郎は必死に指さすが、うまく言えないらしい。

右の翅の尻尾のような部分が欠けた、それは太郎が高安の辺りで捕らえて、忍が密かに逃がした——

そんなことがあるはずがない。あの頼りない蝶が河内国から山城国《やましろのくに》の境まで飛んできて、早馬で駆けている最中の祐高に捕まったなんて——

世の中のほとんどの人が知らなくてもいい、あまりにささやかな奇蹟。

いるはずのない蝶と咲くはずのない椿の花。世間の何も変えはせず、他の人にとってはどうでもいいこと。

「虫けらは水に甘葛《あまずら》を溶いたものを飲ませてやると長生きする。しかしこの季節に花など咲いていない。どうしようと思ったが捨てる神あれば拾う神ありだ。初瀬まで連れてきた甲斐があった。花にも蝶がいなくてはな」

子供のように笑ってから、祐高ははたと我に返ったか、照れくさそうにはにかんだ。

「——あなたが大変なときに虫けらなどに情けをかけて、阿呆だと思うか。どのみち、この季節では二、三日で死んでしまうのに」

「いいえ」

蝶の翅が開き、瑠璃より深い色に輝くとともに、忍の心にも扉が開いた。

忍はこの蝶を見て憐れに思っても泣いて逃がしてやることしかできなかった。

それが花にたどり着いた。他ならぬ祐高の行いで。

この奇蹟に比べれば賢く立ち回って朝廷の安寧《あんねい》を守り御家の栄達を目指すなんて、いかにも無粋でつまらないこと。

彼は彼女と違う、それは何て素晴らしいことなのか。

〝あらずとも〟と書かれた赤い紙。

枕草子のこのくだりは和歌に詳しくて謎かけが得意な男女はもてる、なんて話ではない。

二人の間にだけ美しい夢の予感が見えたとき心の扉が開いて、恋の道が通じる。

扉は月でなくてもいいし、鍵は和歌でなくてもいい。

互いにわかり合えなくても、夢があれば。

今、忍の心に道が通じた。

奇蹟の扉が開いて、彼女の前に彼女の望んだ以上の彼がいた。

まあ、何て立派な男君——

「——ありがとう」

なぜだか涙がこぼれた。

あとがき

この時代の新巻鮭《あらまきざけ》は識別番号入り高級松阪牛すき焼き肉に匹敵する（※鮭の南限は千葉県九十九里《くじゅうくり》で近畿地方で獲れんことはなかったがどのみち京都ではＳＳＲレアなため）。この時代は鮭＞＞＞鯉《こい》＞鯛《たい》＞鰯《いわし》です。朝ご飯みたいなメニューなのに。

律令に「笞刑《ちけい》」というものが存在するので刑罰に使うのは竹や木の枝のムチで「笞」、牛馬を御するのに使うのが革の「鞭」です。言うて律令というものが機能してた時代って長くないので「鞭」で人をしばくことも「笞」で牛馬を調教することもあります。

……羽曳野《はびきの》市がヤマトタケルを推し始めたのってきっと昭和か平成以降でこの時代にそんなんあったんかなと自分でも首を傾げている。絶対諸々の寺のそれは時代が合わねーよ。清少納言《せいしょうなごん》は長谷詣での件《くだり》にそんなこと書いてねーよ。でも菅原道真《すがわらのみちざね》が縁起を書いたことになってるし、比叡山の主張もあるし……わりとロケーションが現代です。取材に行ったら絶妙に気が利くのか利かないのかわからない我が家の三代目カーナビ〝シンギュラリティ〟がわざわざ車一台ぴったりの道幅しかない「現代の」竹内街道に案内してくれて自分で運転していた俺は死にそうだった。牛車しかなかった頃の方がこの道、広かったと思う。なおカーナビの名前だが、こいつは三時間くらい走っていると「この交差点から三回左折すると三分早く目的地に到着します」という人類には理解しがたい指示を出すのが由来。

一応、針インター経由で室生寺まで行って「流石《さすが》にここまではないわ」と思って帰ってきました。

前の巻に比べると某氏は全然無理してないですね！　大体メロスの片道です！

江戸の甘酒は米を麹《こうじ》で発酵させるので米本来の糖で血糖値が爆上がりするが、平安の糟湯酒《かすゆざけ》は酒粕を薄めるタイプなので甘葛《あまずら》など甘味を別途添加しないとハンガーノックの危険がある……スポンサーがいるんだし、対策したのかな。

満を持して出てきた「小役人のDV夫が勢いで子供の首を切断、妻が生首を持って検非違使別当邸に駆け込んでくるが、DV夫は高級貴族の邸《やしき》に隠れてしまって検非違使では捕まえられない」は平安貴族の日記『小右記《しょうゆうき》』に記載がある平安リアル残酷エピソードですが、『小右記』の方はオチが有耶無耶で終わってます。メッチャ藤原道長《ふじわらのみちなが》の活動時期なのだが大河ドラマで……やらへんやろな。紫式部《むらさきしきぶ》の活動時期ではないからな。ミステリ以外のジャンルで解決できねーよ。

校閲「……何か具体的な年代出てくるけどいつ頃どうなった歴史なんですか」

俺「これはなぜかこの辺で歴史が分岐して保元の乱が起きてない異聞帯・探御簾スタンピード世界なので一巻の最初の方で『平安遷都から五百年……』とか吹かしと

きゃよかったですねー（※七九四《ナクヨ》ウグイス平安京から一一九二《イイクニ》作ろう鎌倉幕府まで三九八年。一一八五《イイハコ》なら三九一年）」

この世界には八十年分の「俺が考えた貴族の家系図」がありますがiPhoneの家系図アプリで作ったので展開が立体的で紙に起こせません。桜花《おうか》と朝宣《とものり》っていとこだったわ。

さてこれでシリーズ完結です。前の巻で終わりじゃなくてよかったね！「兄上回り全然終わってないやんけ」と思わなくもないですが祐高《すけたか》さまはケジメしたし、いつも泣いてばっかりの忍《しのぶ》さまがメチャ成長して地を駆けられるようになりましたよ。比翼鳥って一羽だと片目片翼だけど脚は何本？　まあ一本でも二本でも大差ないが……兄上が忍さま嫌いなのはどう考えても近親憎悪、同族嫌悪なのでギブアンドテイクの方向性が一致したら多分協力できるんやろ。多分。

称える言葉があまりに美しいのですっかり野蛮と暴力が覆い隠されてしまった虚栄の都・平安京に羽ばたく奇蹟の比翼連理。二人じゃなきゃ事件は解決できない。足りない彼に足りない彼女が幸せな夢を予感したところで、物語を閉じるといたしましょう。

汀《みぎわ》こるもの　拝

参考文献

『新版　古寺巡礼　奈良　第2巻　長谷寺』梅原猛監修・執筆　小野塚幾澄執筆　淡交社
『新版　古寺巡礼　奈良　第7巻　當麻寺』梅原猛監修 他　淡交社
『新版　枕草子（下）』石田穣二訳注　電子版　角川ソフィア文庫
『竹内街道』上方史蹟散策の会編纂　向陽書房
『悲劇の皇子たち　日本書紀を歩く①』靍井忠義　青垣出版
『万葉集　全訳注原文付（一）』中西進　講談社文庫
『後拾遺和歌集　新日本古典文学大系8』久保田淳・平田喜信校注　岩波書店
『竹取物語　伊勢物語　新日本古典文学大系17』堀内秀晃・秋山虔校注　岩波書店
『古事記』倉野憲司校注　ワイド版岩波文庫48
『死者の書』折口信夫　図書カードNo.４３９８　青空文庫

本書は書き下ろしです。

〈著者紹介〉

汀 こるもの（みぎわ・こるもの）

1977年生まれ、大阪府出身。追手門学院大学文学部卒。『パラダイス・クローズド』で第37回メフィスト賞を受賞しデビュー。小説上梓の他、ドラマCDのシナリオも数多く担当。近著に『探偵は御簾《みす》の中　白桃殿さまご乱心』「煮売屋なびきの謎解き支度」シリーズなど。

探偵《たんてい》は御簾《みす》の中《なか》

同《おな》じ心《こころ》にあらずとも

2023年11月15日　第1刷発行　　定価はカバーに表示してあります

著者……………………………汀《みぎわ》 こるもの

発行者…………………………高橋明男

発行所…………………………株式会社 講談社

〒112-8001 東京都文京区音羽2-12-21

編集03-5395-3510

販売03-5395-5817

業務03-5395-3615

KODANSHA

本文データ制作……………講談社デジタル製作

印刷……………………………株式会社ＫＰＳプロダクツ

製本……………………………株式会社国宝社

カバー印刷……………………株式会社新藤慶昌堂

装丁フォーマット…………ムシカゴグラフィクス

本文フォーマット…………next door design

ISBN978-4-06-533501-7　N.D.C.913　298p　15㎝

講談社
タイガ

探偵は御簾の中シリーズ

汀こるもの

探偵は御簾の中
白桃殿さまご乱心

イラスト
しきみ

ヘタレな検非違使別当《けびいしべっとう》（警察トップ）の夫・祐高《すけたか》と頭脳明晰《めいせき》な年上妻・忍《しのぶ》。秘密の契約結婚から両片思いを続けて八年、今では鴛鴦《おしどり》夫婦と評判だ。そんな折、夫の兄嫁・白桃殿《はくとうでん》の上が京《みやこ》を乱す媚薬《びやく》を広めたという危ない噂《うわさ》あり。このままでは重罪で一族崩壊、祐高と忍に離別の危機も。女の事件の解決は妻の役目と、忍は夫の助けが望めない女だけの邸《やしき》へ。そこで待ち受ける兄嫁の罠《わな》とは？